激扬的水花

——过一种热忱的教育生活

俞玲玲◎著

把目光聚集于教育生活中

那些细微、琐碎但充满了愉悦的瞬间

天津出版传媒集团

百花文艺出版社

图书在版编目（CIP）数据

激扬的水花 / 俞玲玲著．-- 天津 ：百花文艺出版社，2022.1（2025.3 重印）
ISBN 978-7-5306-8169-5

Ⅰ．①激… Ⅱ．①俞… Ⅲ．①散文集－中国－当代
Ⅳ．①I267

中国版本图书馆 CIP 数据核字（2021）第 249770 号

激扬的水花
JIYANG DE SHUIHUA
俞玲玲 著

出 版 人：薛印胜
特约策划：王美元
责任编辑：张 雪 **装帧设计**：WONDERLAND Book design 仙境 QQ:344581934
出版发行：百花文艺出版社
地址：天津市和平区西康路 35 号 **邮编**：300051
电话传真：+86-22-23332651（发行部）
+86-22-23332656（总编室）
+86-22-23332478（邮购部）
网址：http://www.baihuawenyi.com
印刷：三河市兴国印务有限公司
开本：880 毫米×1230 毫米 1/32
字数：242 千字
印张：11
版次：2022 年 1 月第 1 版
印次：2025 年 3 月第 2 次印刷
定价：69.80 元

如有印装质量问题，请与三河市兴国印务有限公司联系调换
地址：河北省廊坊市三河市北外环路南密三路东
电话：18630658620 邮编：065200

献给我的父亲——

清明过后，父亲在浙二医院住院。每天结束早上的课后，我就匆匆赶往医院。父亲已经很虚弱，却对我说:“你来干什么？快回去。你是老师啊，要上课的。”

第二天再去，没到五分钟，父亲又说:“你来又没有用的。把学生管牢。快回去。”

教诲永存心头。

序一

素履之往

——献给我心中最美的老师

美，分为内在和外在。内又称心灵的窗口，外又称形象的标志。

最美老师，必定不是单从形象美来谈的。魏巍《我的老师》中的蔡老师脸上有榆钱大小的痣，能说美吗？苏轼的脸很长，一滴眼泪要流很久才能流到下巴，能说美吗？孔夫子很丑，“顶如反宇”“中低而四旁高也”，丑到各位诸侯没兴趣见他；苏格拉底也是，在雅典的街头，他那张脸被人打过各种比方：螃蟹、猩猩或者怪物。这些人，难道不是我们心目中最美的老师吗？

何为最美的教师？在马克斯·范梅南看来，是那些在学生心目中能够替代父母角色的人。学生与老师的依恋关系是人际关系中亲情之外最美好的关系。良好的师生关系，是教育质量的支点。

何为最美的教师？在陶行知看来就是那些“真人”，就是那些成为学生心目中范本的人。教师拥有学生道德上的肯定，说真话，做真事，善待每一个学生，把目光平等地投向所有的人，特别是那些学有困难、行有问题的孩子。

何为最美的教师？在雅斯贝尔斯看来，就是那些对生命充满热情、对知识充满探究、对未来充满向往的老师。“热情”是最美教师的第一品质。唯有热情，他的课堂才会不断否定，精心雕琢；唯有热情，他的光辉才会映射到讲台。热情来自教师对这份职业古老而崭新的价值体认。

当我的身边关于“最美”的讨论越来越多，越来越热闹时，我却记起了三十多年前，在英语课上的一幕：

“Camel！同学们，发这个音的时候，开口度至少要这样！请看！”说完，五十多岁的谢周瑜老师放下手中的英语书，双手撑在讲台上，咧开嘴，张大再张大，清晰地发出了这个单词的音，然后我们看到了他的两颗大门牙，以及门牙中间的大缝！大家都笑了，“骆驼”就是这样的！谢老师也笑了！

多年过去，我依然忘不了谢老师的形象：灰色的中山装，一双布鞋，一张清瘦的脸，一双闪着光的眼睛……

《易》中说：“素履之往，独行愿也。”或许，最美的老师拥有那些质朴无华的态度，拥有那种无论尘世变迁，不忘的杏坛初心。

没有最美，最美是我们的方向；没有最美，最美是不可抵达的彼岸。我们可做的，唯有努力与向上！

序二

初心

——献给在教室里度过的日子

何为初心？是“春蚕到死丝方尽，蜡炬成灰泪始干”的无私奉献，是“人生自古谁无死，留取丹心照汗青”的精忠报国，是“烈士暮年，壮心不已”的奋发进取。我的初心同许许多多普通教师一样：教书育人，甘为人梯。

二十岁时，我走上讲台，校长让我们一起分配来的新老师在会上谈谈职业的理想。我说：“让岁月来见证。”那时，我暗下决心，我要努力在平凡的岗位上不负韶华，让青春闪光。我爱岗敬业，勤勉尽责，先后获得萧山区名教师、萧山区功勋班主任、萧山区功勋教师、杭州市模范班主任、杭州市优秀教师、全国百佳班主任等一系列荣誉。这些荣誉，见证了我们萧山对一名普通教师的培养，见证了我二十八年快乐的付出和对教室的热爱。

人的追求是否高尚，应该说与是否“曾读数行书”密切相关。我的每一天都从阅读开始，清晨坐在学生中间大声读，碎片时间用电纸书读，研究问题时精耕细读。我就是想用自己对学习的热情去唤起学生对学习的热情。

根据学校的课程安排，依据孩子们的年龄特点，我设计了“快乐成长”系列主题活动。一月一主题，一月一活动，于是形成活动的纵式结构；对于同一个主题，从不同的方面展开，形成活动的横式结构。以元宵节活动为例：2015 年，“扬帆启航”亲子运动会；2016 年，“共赢猴年”联欢会；2017 年，“为你读诗”主题活动；2018 年，“湘湖的诗会”主题活动；2019 年，“金猪闹春”联欢会。连续五年，我们以“中国梦”为主题，用团聚的方式，以昂扬的精神面貌，迎接新学期的到来。有人问我：“为什么愿意放弃休息的时间？”曾经一位白发苍苍的老人拉着我的手，说：“老师，我的孙子胆子小，麻烦您多锻炼他。”孩子是实现中华民族伟大复兴的中国梦的主力军，而我们教师是打造这支“梦之队”的筑梦人。

微信时代，公号为营。精进自己，分享他人。把教室当成天地，把天地当成教室。“天地一教室”日拱一卒，百日维新，成为互联网时代师生幸福成长的窗口。没有人要我做这些，是我自己想要歌唱。

2019 年 3 月，我接到通知，接待来自英国阿尔比恩小学的师生。时间紧，任务重，我竭尽全力，直到他们来的前一个晚上，我仍在努力，备课到凌晨两点。第二天，阿尔比恩的校长带着师生一行来到学校，我用流利的英语给他们介绍了校园，执教了中国文化课。临走，卡尔校长两次说：“很高兴见到你！”我知道，他是很高兴通过我们的学生，认识了一个自信强大的中国。

平凡的岗位创造社会的幸福，敬业的执着积累着人生的价值。

无悔。

目录

序一　素履之往 / 1
序二　初心 / 3

教育，就像一首诗 / 1

跨越十六年的访谈 / 2
四年级学生的理想 / 9
你就是最美的一个 / 14
文字里的心意 / 17
如履薄冰 / 22
我想在阳光下睡一会儿 / 26
一朵微笑的云 / 29
男孩的悄悄话 / 32
从“斗笔”到“下棋”/ 36
未解之谜 / 41
除了孩子，还有谁会这样 / 46
“黄香李”读书法 / 49

再见，坏习惯 / 51
拖拉找上门 / 55
一个男孩子的座右铭 / 59
包包大人的收纳习惯 / 62
不同寻常的三八节 / 66
请不要当着孩子的面 / 70
第一次，绝不让步 / 73
好孩子的成长 99% 靠妈妈 / 75
家访，不是任务 / 79
家访邀请 / 83
出租车司机谈教育 / 86
向家长学习 / 89
不要急 / 95
学生叫我“狐狸精”/ 101
危机也可以演变成契机 / 103
“滑翔机人”和“飞机人”/ 108
好奇 / 113
图钉的花样年华 / 116
你失望了 / 118
寒假从早起开始 / 120
素质报告单 / 123
厉害了 / 126
语言的优雅，源于心灵的优雅 / 129

非暴力沟通 / 132
有时老师靠不住 / 137
摇摆 / 139
学生第一 / 142

课堂，未知的旅程 / 147

幸福是什么 / 148
《清平乐·冬日银河》/ 151
我还没有完全发育 / 154
姓氏里藏着美好愿望 / 157
生命，生命 / 160
从读者到教者 / 163
“渲染”与“勾勒”/ 166
徐文爷爷的纸条 / 169
浪费时间 / 172
遗憾 / 175
听听自己上课的声音 / 178
杂说 / 181
朗读之美 / 184
引导学生进行有效的朗读 / 189
“为什么得不了优”/ 191
书有馨香心有痕 / 196
墙上的语文 / 203

我的班会我做主 / 208
倾听，对师生都重要 / 212
家长进课堂 / 216
并不是结束 / 220

阅读，希望的暖流 / 225

那些书，那些成长 / 226
与《论语》相遇 / 230
有趣的和有力量的 / 234
睁眼看世界 / 238
“我们的教育要彻底改变” / 241
如何激励更有效 / 243
任性的孩子很痛苦 / 246
门房也精彩 / 250
关于技术的认识 / 253
重新定义上网学习 / 256
你需要做一个选择 / 259
唤醒沉睡的书架 / 263
自我发展 / 266
阅读者 / 269
精神升上去 / 272
理念的指导 / 274
妈妈的影响 / 278

圆满生活 / 281
一份读书笔记 / 284
苏霍姆林斯基的阅读格言 / 287
欢歌四季 / 290
阅读，是希望的暖流 / 295
头发着了火 / 302
你激起的水花，可以掀动世界 / 304
结构化的阅读最有力量 / 307

附录，人物小传 / 315
后记 / 330

教育，就像一首诗

跨越十六年的访谈

2021年1月12日的晚上，阅读《人物春秋》，看到这么一段：

> 大中祥符四年（1011年），二十三岁的范仲淹开始外出游学，来到当时一所大书院应天书院（位于今河南省商丘市），昼夜苦读。一次真宗皇帝巡行这里，同学们都争先出去观瞻圣容，他却仍闭门读书，别人怪之，他说："日后再见，也不晚！"可见其志之大，其心之静。

我看到这里的时候，突然想起十六年前的一个孩子——裘越杨。那一年他正读四年级，有一天，曹文轩老师到我们学校来做讲座，学校安排了孩子与作家亲密接触的环节。许多孩子事先准备了钱，准备购买曹文轩老师的书，并请他签名。孩子们很兴奋，在教室里跑进跑出。有的拿钱出去，有的拿书进来，有的大叫着："看，这是签名！"当时我在讲台改作业，下面只坐着一个学生，安静地在窗边看书，一脸沉然。我远远地问："你怎么不去？"

“嗯，不去。我正看他的书呢！看书不一定要认识作者。”裘越杨远远地答。

事情已经过去十六年了，今年我又教四年级，看这一段的时候，忽然想起了这个学生，以及他的表情。有些孩子从小就内心笃定，从不盲从，这不简单。

心里一动，翻看手机，还有他妈妈的微信，于是把这记忆中的一幕告诉了她。孩子妈妈很激动，说这么多年，孩子还在老师的记忆里。其实不是特意记着，是那种沉稳的态度自然留下的印象。

13 日下午，微信有加好友的申请，署名为裘越杨。孩子说要来看我，我很激动，算一下时间，他已经是一个大人了。14 日下午，我在学校门口等他来。远远地看到一位沉稳内敛的青年，手捧鲜花，缓缓地走来。那一刻，我竟鼻子一酸，莫名地为岁月感动。脚步渐近，去掉口罩，眉目间依稀小时模样。一开口，语速不快，很儒雅的后生，又让我想起他小时候的淡然了。

我们在校园一圈一圈地走，说苏格拉底的“产婆术教学法”，说负笈留学的艰辛，谈海外生活对人的影响，聊中西文化的差异，又侃旅行的惊喜……多年未见，师生身份已经转换，他已是我的老师。关于他职业选择的初心，着实打动我——“我国的法律体系已经很完备，但还有许多工作可以做。每个人都可以通过自己的努力，对社会产生更好的的影响”。唉，这位学霸虽然只用了三个月，就通过了法律资格考试，但是他对于职业的理解，却让我汗颜：我二十岁的时候不知道自己要干什么，就上了讲台，一站就是近三十年，有时却不那么坚定。

我想起了有一天，跟一位七十多岁的长者聊天，他坐在我的汽车后座，说他一辈子都没有热爱过他的工作。他的话极大地震撼了我。“嫁错郎，入错行”，是人生的悲剧了。

裘越杨的理想直面现实，闪耀着光芒。这个下午，天如青石，日如金盘，阳光一如他念书的加州，但是我的心是被这个学生的初心照亮的。

于是我提出不情之请，能否进入课堂，给孩子讲讲理想。“好啊！”裘越杨爽快地答应了。在简短的欢迎和介绍之后，两届四年级学生跨越十六年的时空进行了问答，特记录在下，纪念一个灿烂的午后。

1. 问：你为什么想要成为律师？

答：我们每一个人在社会上受两个方面约束，一方面是道德，另一方面是法律。比如有人无故打了你一下，这是不道德的行为。但是如果让你受伤了，那么就要有法律来约束他。我们国家的法律已经很完备了，但是我们还可以做得更好。我想要通过自己的努力，让法律发挥更好的作用。

2. 问：你小时候就想成为律师吗？你的理想变过吗？

答：不是的，小时候，我曾经想成为曹文轩的同事。有一回，他到我们学校来做讲座。同学们都买了他的书，让他签名，只有我没有动。我想，等我长大了，我要去北大，和他做同事。再大一点，我喜欢唱歌，于是想成为歌手。再大一点，当我在美国读书的时候，我驾车进行公路旅行，去了十个州，我又想成为旅行家。现在，我阅读了大量关于法律的专业书，看了许多的法律案例，慢慢坚定了我的想法，成为一名律师。

3. 问：你上小学的时候，成绩好吗？

答：我读小学的时候，比较轻松，成绩比较好。不过，学习这件事，总是不轻松的。我们读书，成绩好一点，是为了以后能有更多的机会选择自己想要的生活。所以，大家加油！

4. 问：你一个人在美国，生活习惯吗？

答：我一个人在美国的时候，刚开始很不习惯。因为我在杭外读完初中，就去美国了，那时候人还很小，要一个人面对陌生的国家很害怕，而且一个人在异国他乡，无依无靠，什么事情都要自己解决，是很不容易的一段经历。现在回头想想，也是很珍贵的一段经历。我有五个春节没有和爸爸妈妈一起过，是很孤独的。因为那时候太苦了，所以现在家里妈妈烧什么菜，我都觉得非常美味，非常感恩。

5. 问：美国的学生和我们有什么不一样？

答：美国教育和我们中国的教育有很多的不一样。中国的教育有许多优点，美国的教育也有优点。比如，在美国的课堂上，老师经常使用苏格拉底式教学法。苏格拉底大家知道，是西方大哲学家。这种教学方法不是把答案直接告诉学生，而是让学生思考回答，学生错了，也不直接指出来，而是提出另外的问题引导学生继续思考。它比较鼓励发表独立的见解。在课堂上，如果你谈不出自己的观点，是有些丢人的。所以大家在阅读的时候也好，听新闻的时候也好，希望不要以好和坏简单地评价一件事，要尽量想全面一点。

6. 问：你是文科好，还是理科好?

答:文科理科都很重要。去杭外的时候，我文科理科都很好。读着读着，发现自己更倾向于文科。于是在美国读了一个文科的研究生。但是，我发现文科我还是不够厉害，我现在写法律文章的时候，对自己很不满意。如果我能够在小时候多读一点，再多读一点，一定不是现在这个样子。

7. 问：我的理想是成为一个厨师。（同学笑）你觉得好吗?

答：很好啊！要知道成为顶级大厨是很了不起的。你会发现你根本吃不到他烧的菜。我们都知道日本有一个寿司之神——小野二郎，即使是美国总统想吃他的食物，也要提前两个月预订。就算他的店铺桌位很多，也供不应求。同学们，不要小看他的理想。成为一个真正的大厨，是很了不起的。这个男同学的理想，绝对让人尊重。

8. 问：如果我的理想和父母的要求不一致，那么我应该怎么办?

答：尽自己的力量实现它，你会变得很快乐。当你快乐地做自己想要做的事情时，你肯定会非常成功。你的爸爸妈妈一定会支持你的。

9. 老师说你小时候，很爱看课外书，那么你现在看课外书吗？

答：今天我买了一个小蛋糕给老师，就是想对老师说，我小的时候，上学的味道是甜的。很大一部分原因，是由于课外阅读，我在书里发现了一个与现实生活既相似又完全不同的世界。不过现在，我要看的书大部分还是跟我以后的工作有关的。我还不能随心所欲地读我自己想读的书，工作的专业性很强，我要熟悉它。

10. 问：大哥哥，听了你的理想，我想告诉你我的理想：我想当一位业余时间可以成为厨师的律师。因为我想为我的家人做出美味的食物。当然了，是在将来上班有空闲的时候。

答：好。非常好。你比我厉害！人的一生有许多挑战，任何事都不可能未卜先知。但是，有一个方向，就已经开始出发了。

问答结束，课堂上的眼睛啊，闪着奇异的光。

在我送裘越杨出校门的间隔，布置孩子们写一段话，像《放牛班的春天》中的马修老师一样，让孩子们写写自己的理想。当我回到教室的时候，绝大多数孩子已经写好了。放学后，搞卫生的同学也走了，我一本本地阅读，一本本地批改。教室里很安静，每一个孩子都认真地写下了他们的理想，我看到了他们内心深处的那份纯真。方柯依在短文中写道：

这是一次难忘的演讲。一开始，他在台上讲时，我们都兴高采烈，兴奋劲儿不用提了。可渐渐地，笑声没了，吵闹声没了。大家在这几分钟内到了另一个世界，一个未来的世界。他二十六岁了，他的话语句句砍（评语：用词不合适，但老师尊重你的感受）进我的心房。当同学们一个个说出自己的理想时，我想好了，我要当作家！因为我的写作越来越轻松了，我感到，作家最适合我！

我相信理想是一粒种子，在安静的笔上，在洁白的纸上，在孩子们的心上！现在你们十岁，眼睛里透露对未来什么都不知道的无畏。我想对你们说——

孩子，愿你们眼里永远有光。

四年级学生的理想

因裘越杨大哥哥的到来，孩子们完成了一个作业：写写“理想”。以四十九份作业做统计的结果是：想当作家的六人，占 12%；想当老师的九人，占 18.4%；想当画家的六人，占 12%；想当运动员的四人，音乐家的四人，各占 8%；想当数学家的两人，心理咨询师的两人，飞行员的两人，医生的两人，程序员的两人，律师的两人，演员的两人，各占 4%；另外还有想当书法家、顶级厨师、赛车手、动物研究专家、舞蹈家、旅行家的，等等。以我的归类，想要成名成家的是大多数。

摘录几个同学的理想：

1. 我有一个理想，想成为程序员。我从小就喜欢玩电脑，也喜欢信息课。如果问我爱上什么课，我会毫不犹豫地说：“我喜欢编程课！”我专门准备了一个 U 盘，里面放的全是我编好的程序。有一次，我给陈严哲玩了，他啧啧称奇。

2. 我的理想是当一名历史学家。因为我觉得中国历史很有意思。

3. 如果有人问我的理想，我一定会毫不犹豫地回答："我要当律师！"因为法律是正义的象征。我要为正义献出我的一份力量。

4. 我的理想是当个美术老师。我从小就对美术特别感兴趣。当了美术老师，能够让学生们把我体会到的这种美的感觉传递下去。

5. 我的理想是成为一个音乐家。因为我很喜欢音乐和舞蹈。如果长大以后我成为音乐家，我要请老师们来看我的演唱会。

6. 我想当一个科学家，因为我爸爸是个科学老师，好像有"DNA"的遗传吧！做科学家可以为民造福。

7. 我有一个理想，是想当一名老师。因为我觉得当一名老师其实挺不错的，能看着同学们一天一天地长大，看着他们一天天地变化，教会同学们很多知识。这就是我的理想。

8. 每个人都有自己的理想，比如：厨师、画家、科学家、书法家、数学家，我也有自己的理想。我要成为语文老师，把我写的作文给他们看，然后，给他们讲我和老师们的故事。

9. 我有一个理想，就是当一位设计师。因为我喜欢设计房间。当我在新房子里时，会构思这床可以摆在哪儿，这桌子可以摆在哪儿，这柜子可以放在哪儿。当我在玩玩具枪的时候，会想：这枪到底是怎么做成的？将来，我要设计出最适合居住的房子。

10. 我的理想是当一名数学家，因为我觉得数学这门学科非常奇妙、非常有趣、非常好玩。

11. 我的兴趣爱好是画画，我长大以后想当一个画家。

12. 我有一个理想是当画家，我认为画画是一件快乐的事。

13. 我的理想是当一名飞行员。因为我想要开飞机环游世界。

14. 我有一个远大的梦想是当一个著名的作家。我要像海鸥一样飞向远方。因为我热爱阅读，就像乔纳森热爱飞翔。我不甘平庸，因为我忘不掉黑板上的那幅字：储学识以备国家之大用。我要向理想飞翔！

15. 我有一个理想，当一个数学老师，让孩子们在玩乐中学习，让大脑变得灵活。我喜欢数学。

16. 我有一个理想，是当一位歌唱家。因为我发现我只要唱起歌，就会深深地沉浸在歌里，而且非常放松地唱。

17. 我想成为什么呢？我想当一个运动员，因为可以给国家赢下一块块奖牌。

18. 我有一个舞蹈梦，因为我从小就很喜欢跳舞。在学习舞蹈的四年时间里，我总在想一个问题：我要把舞蹈坚持下去吗？我有过失败，有过胜利，有过泪水，有过欢笑！舞蹈是很优美的，也是很痛苦的。我想，只要坚持下去，胜利一定属于我。

19. 我有一个理想，我想让更多的人受到教育。另外，我想成为我老师的同事。

20. 我想成为一个数学老师，为什么呢？因为老师是学校里的园丁，不管是大科学家还是大作家，都是老师教出来的，没有一个人不是老师教的，也没有一个人的才能是天生的。要当数学老师，还因为数学最有用，付钱的时候没有数学可不行。

21. 我有一个理想，成为一名医生。那是一个我以为非常棒的职业。医生能研究疫苗，能救死扶伤，能把别人从死神手里抢回来。虽然以我现在的成绩还不能实现，但我一定会更加努力、更加认真！去实现这个伟大的理想。

22. 我的理想是当一名作家。因为我慢慢长大，发现自己在理科方面比较费力，在文科方面却学得比较轻松。我还读到了一个故事。在很久以前，皇帝来了，所有的人都去见他。可范仲淹一直在看书，别人劝他去见皇帝，可他却说："日后再见也不晚。"最终，他写出了《岳阳楼记》，他成了大作家，也见到了皇帝。我也想成为大作家。

23. 我有一个理想，就是长大后能当演员，因为我觉得演员很风光。

24. 我的兴趣爱好是美术，我想成为一名美术老师。有时候，做数学题我要打草稿，可翻开草稿本，一看到白纸，我就有了画画的欲望。于是，我就在草稿本上画了起来。过了一会儿，才记起要打草稿。

25. 我以后要当一名程序员，很厉害的那种。因为我非常喜欢电脑，而且逻辑也很强。我不知道自己为什么想成为程序员，就是喜欢。

26. 我有两个理想：一个是当数学家，漫游在数学的海洋；另一个是当赛车手，驾着赛车挑战极限。这两样有一个共同点：不甘平庸，不惧困难。

27. 我想当画家，第一个是为自己而画，第二个是为了人民而画。

28. 我的理想是当一名中央电视台的主持人，因为我口才好。每一天可以让家人在屏幕上见到我。偷偷告诉你，父母也是这么认为的！他们说我表情严肃，正适合做《新闻联播》主持人。

29. 我有一个理想，成为心理咨询师。因为我知道，很多孩子都有一颗天真的心，可如果他们的心坏了的话，就糟糕了。

30. 我的理想是当一名作家。因为我觉得我挥洒下的每一个字，可能是百里挑一，也可能是没有用处。不过，只是用心去写世界，文字便没有白费。未来，可以由自己改写。但是，只取决于现在的努力。

我问瞿铮："为什么想当心理咨询师？"孩子说："因为现在这个社会上的人压力都很大，我希望能用心理治疗的方法让大家缓解痛苦、压力。"

"你觉得哪些人压力比较大？"孩子说："比如写字楼里的白领，公务员。"

"你觉得我们老师的压力大吗？"孩子说："很大。"

"为什么？"

"要考试。"

他是一个安静的孩子。在安静的表面下，他的心里对许多事有了自己的看法与判断。"自以为是"的老师却以为他还小。

你就是最美的一个

早自修刚结束，骆泓远就打开了办公室的门，急匆匆来到我的面前说："俞老师，今天何冲熠怎么没有来？"

我说："怎么了？"

骆泓远一脸认真地望着我："俞老师，我每天都在看同学的位置。如果同学没到的话，我心里就有点担心，怕他生病了。"

啊呀，这么好的孩子！我开始批评自己，刚才看到他心急火燎的样子，还以为一大早有什么不愉快的事。幸好，幸好，我认真地听他把话说完了。

"你做得很好！关心同学，关心班级，非常可贵！老师已经接到何冲熠爸爸的电话，今天他去医院检查受伤的脚。你放心吧！"

"哦！我知道了。"孩子转身要走。

"稍等一下，孩子，你有一颗善良的心。不过，进办公室的门，要脚步轻轻，先说报告，再根据老师人数问候老师，刚才是不是太着急，忘记问候了？"

"是的！"孩子承认。

“去吧！下次注意就好！”

骆泓远点点头，走了出去。没想到的是，他走到办公室门口的时候，突然一个转身，鞠了一个躬，轻轻说：“老师们，再见！”

真好！我向他竖起了大拇指！办公室的老师们也微笑地望着他！身为老师，我们在意一个孩子的成绩，但我们更在意学生作为一个独立的个体，是否能全面发展。我们相信，一个有爱心有礼貌的学生，是最优秀的孩子！

…………

中午，阳光照着一树的玉兰，朵朵灿烂。我在走廊上欣赏班级名片上的最美学生照片。这时，骆泓远走过来，在我身后说：“老师，你怎么这么喜欢看这个啊？”我说：“对！照片上是我们班最善良、最纯洁、最能干的学生，我怎么能不喜欢呢？每次看到它，我就觉得咱们班的同学互相关心，互相帮助，心里就觉得同学们真可爱！你喜欢这个栏目吗？”

骆泓远听了，点点头，说：“喜欢！我们能从他们身上学到可贵的品质！”说得真好，其实这是我努力营造的班级显性文化的一部分。我希望通过班级名片最美学生事迹照片的呈现，让同学们受到感染，进而在班级中营造出一个温馨美好的学习环境。

第一周的最美学生是王钊远。开学第一天，何冲熠的脚就受伤了，吃中饭就成了问题。王钊远主动承担了任务，他每天为何冲熠送完饭才自己吃，吃完了他还要把何冲熠的盘子端回食堂。同学们一致推荐他为最美学生。第二周的最美学生评的是一个团队——中饭管理小组。这是八个女生，为全班同学分饭菜已经好长时间了，她们认真负责，细心周到。有时候桶里有多余的菜，她们还会给胃口大的男同学添加……

我和骆泓远一起看着墙上的照片，一起感动着。“骆泓远，你也是我心中最美的孩子！我要把你关心同学的事说给大家听。下一周，你各方面严格要求自己，争取成为一周的最美学生！你一定行的！”

“我不行的，我不行的！”

“怎么不行？说来听听！”

“嗯……”男孩脸红了。

“你是我们班的升旗手，工作负责，虽然偶尔把旗升倒了，但是仍然很出色！”有一次的确把国旗升倒了，我逗他，他不好意思地挠头。

“你抢着为班级做事，那么积极，虽然有时抢着做事，作业书写就求快,不工整了,但是仍然很优秀！”我真诚地望着他,他站得笔直,更精神了。

“保持优点，争取下一周你的照片出现在我们班级名片的最美学生一栏，好吗？”

“好！”男孩跑远了。

…………

下午第一节课后，办公室的门打开了，骆泓远又来了。他深深地鞠躬，轻轻地说：“老师们好！有什么需要我做的吗？”

太可爱了！每个孩子心中都有一个巨人，我们的任务就是唤醒他。

文字里的心意

昨天晚上快十点的时候，收到子昊妈妈的短信：

俞老师，打扰了。刚看到您发给子昊爸爸的孩子们的心里话，真是好感动。子昊能在这样友爱的大家庭中真是太幸福了。今天子昊还是很虚弱，身上的导管还没有拔，只勉强下了一次床。同学们的话已读给他听，子昊很感动，麻烦俞老师转告同学们，大家的关心已收到。谢谢大家，他一定会勇敢地战胜病痛，早日回到温暖的403班去。再次感谢俞老师的用心。

几秒钟后，又发过来一条简短的文字：

今天晚上还收到了几位同学和妈妈的语音问候，真是太感动了。

我笑了，用了一点点心，教育就可以这么美好。

上周六下午，子昊爸爸给我发了一条短信，告诉我子昊得了阑尾炎，必须动手术，要请假一星期。我想，子昊肯定是害怕的，我们班级得给他打打气。

周一，子昊的位置是空的。“仿佛教室里出现了一个很大的洞。”这是子昊的同桌施悦儿在习作本上的原话。利用中午时间，我给全班同学讲了子昊住院的事。课堂上氛围凝重，大家都很担心子昊。我在黑板上写下了“子昊，我想对你说”几个字，请同学们把此时此刻想对子昊说的话写下来。同学们纷纷拿起笔，写了起来，教室里安静极了。傍晚，同学们排队出校门，我批改他们写下的文字。

日常习作教学，我们看到更多的是一种方法的指导和演练，对于学生表达的情感却关注不够。有的学生可以写出洋洋千言，但大都是空洞的文字，缺少真情流露；有的同学行文规范，但缺少自己的个性，与别人写的文章如出一辙。可是，在批改《子昊，我想对你说》时，扑面而来的是关爱，是纯真。我们学习写作，目的是表达。子昊住院，我们很担心，我们要让子昊在文字里看到我们的心意。

每一位同学都写得很好，以下是几位同学的真情流露——

子昊，你疼吗？我仿佛看见你捂着肚子在床上痛苦地打着滚；我仿佛看见你那原本红润的脸变得苍白；我仿佛看见你在动手术时，握紧了双拳。子昊，我想对你说，我们少了你，就少了快乐的笑容；我们少了你，就少了爽朗的笑声；少了你，就少了课堂上响亮的发言……子昊，你能不能快点回来？不光是我一个，我们全班同学都希望你能快点回来。每天中午排队去食堂的时候，我都会朝你笑一下，而今天，我只能对着空气发呆。你快回来吧！

——王炯杰

我们知道你得了阑尾炎。阑尾炎是需要动手术的。如果，真的要动手术，那你也不用害怕，闭上眼睛睡一觉，手术就好了。希望你快点好起来！早日回到我们身边。

——余欣怡

阑尾炎确实可怕，我们不可否认，但请你加油，学会坚持！子昊，我相信胜利正微笑着向你缓缓走来。我们大家，会等你像往常一样早早地来到教室，神气地走在队伍前面。子昊，早点回来。

——方柯伊

子昊，加油！其实手术只要是无痛的，就不用害怕。以前，我的下巴也动过手术。把一块很大的烂肉给剪掉了，我知道我这个手术比你的手术要轻好多，但是我妈妈做过比你痛好多的手术。好在你不是女生，女生长大都生孩子，生孩子很痛的。医生说过只要好好听他们的话，就不会痛的，你要好好吃饭睡觉，回来你一加油，肯定会比我们考得都好。

——潘睿妍

这是第三天了，我们才得知你的阑尾炎发作了，还需要做手术，你怕吗？不要怕！你还记得我们的班诗吗？

我向往天空，

所以回旋俯冲，

都是为一霎排云而上的光荣，

学会越沉痛就越沉勇。

…………

相信自己是最棒的！

——沈熙晨

子昊，上周，你爸爸进教室，拿走你的书包时，我就有好几种想法。今天，你还是没有背着你的书包，走进教室。下课时，俞老师告诉我们你得了阑尾炎。我们全班都很担心你。最后，我祝你早日康复。

——李欣宜

子昊，加油！不要惧怕手术，我也动过手术。你要把生病和手术看作一场游戏，它终究会过去的。你的肚子虽然会很痛，但你要抬起头，笑着面对它。我想起一句话，把它送给你："有时你觉得生活苦，那是上天在给你准备惊喜。"生病不可怕，可怕的是你无法打败它。子昊班长，新的一轮值日开始了，你什么时候回来？

——俞泳成

最近你得了阑尾炎，一定很疼吧！你记不记得上次许博涵的生日，我们一起玩得特别开心。一起做着游戏，一起吃着美食。可是，现在你不能和我们一起玩了，只能躺在医院的床上，静静地养病。最后，祝你早日恢复健康，回到我们的“海鸥岛”，和我们一起在明亮的教室里学习，玩耍。

——潘依辰

子昊，希望你平平安安，快快乐乐！

——景昱朴

…………

四十九个孩子，每一个都写得情真意切。今天放学前，我把子昊爸爸妈妈的话转告给大家，大家都专注地听了。我表扬了打电话去问候的同学。孩子们做得很好，是因为家长朋友引导教育得很得体。

如履薄冰

改到雨泽的习作《给老师的一封信》，看到她进入银河小学一个学期的心路历程，竟与我有关。我没有想到，无意的一句话、一个动作，会像云影投射在草甸。摘录在下，以纪念一个插班生对新学校的适应。

我原本是其他学校的一名小学生，可是因为新家和原来的学校隔了十万八千里，上学要穿过整个城区，很不方便，所以妈妈竟然想出了一个诡异的想法——转学。我一听，嘴巴噘得老高，大声宣布："不同意！"但是你知道，小孩子在家庭中，是没有地位的。我只能听从爸爸妈妈的意见，参加了银河小学的插班考试。可能那次我考得不错，所以我就被录取了。开学第一天，妈妈拽着我报了名。把我拉到新班级。我在教室门口，往里面张望，个个都是我不认识的同学。新学校的环境一点儿也不如我以前的学校，校园里没有了巨大的天桥，校门口没有了摆满文具的小店，教室里更没有了温柔的来老师。这使我感到十二分的后悔，要是当时在考试时故意不做，交张白卷，那该多好啊！我眼前出现了一个个的画面：吃完午饭，我和几个好朋友一同走天桥；放学后，我和好朋友一同买零食；上课时，我和同学们一同幸福地听来老师讲课……那时是多么的美好！现在呢？所有美好的一切，全部化作青烟，袅袅飞去。我是多么的后悔呀！现在，我还能写下这些文字，便是一种有力的证明吧！

（评语：开学工作很繁忙，对于新转入的学生，并没有太多的了解。你安静地坐在那里，我一个人在上面滔滔地讲，并不知道你心里的这么多不情愿。在平静的海面下，是波涛汹涌的暗潮。大人是这样，小孩也这样吗？）

到了新教室门口，我一下扑到妈妈怀里，但是却被妈妈一把推进了这个“鬼屋”中。没办法，第一天就坚持一下吧！我一进去就看到了一位严厉的女老师，这就是我的新班主任——您。您让我坐到最后一排，开始发新书。我只好呆呆地坐在那里，四处张望……

（评语：没想到精心布置的教室在你心中是“鬼屋”，我的第一眼竟然是“严厉”。我的年纪已经不能成为知心姐姐，我可是努力在镜子前练了好几天的开场白，看来我的努力仍是没有成功。）

第二天，放学的时候，我默默排到了队伍的最后，不敢张望，眼睛直直地盯着地面，仿佛在找蚂蚁似的，但是耳朵是一直竖着的，生怕错过了什么重要消息。忽然，我看到后面有一个巨大的人影，一抬头，那不是别人，正是您——俞老师。您一手搭在我的肩膀，温柔地问我："你是不是新来的，是不是有点害怕呀？"我惊讶地看着您，慌张地点了点头。您一脸神秘地告诉我："我也是新来的。遇到新环境新事物，我们要勇敢面对，战胜它！"原来您也是新来的，我和您是一伙的！我觉得您很勇敢、很坚强，我要向您学习！我也要勇敢坚强，而不是坐以待毙。

（评语："我们是一伙的。"是的，那一段时间，我在努力适应银河的节奏。你的慌张，我感同身受。应该是我向你学习，小小的你，不知道每天是怎样鼓起勇气走进一个不熟悉的环境。你才是勇敢坚强。）

还有那件事，最好玩了。您帮我减掉了一个兴趣班。说是兴趣班，您知道的，其实很多是爸爸妈妈想要我们上的兴趣班。我的爸爸很喜欢运动，但他总是做"沙发里的土豆"，他把运动这块沉重的石头，扔在了我的头上。大人啊，为什么总喜欢把自己的快乐，建立在别人的痛苦之上呢？有一天，爸爸又给我报了一个乒乓球班，并提醒我放学后去打乒乓球。开课的那天，我不再快乐，垂头丧气地走进学校，在位置上唉声叹气。大概是爸爸给您发了一条短信说放学后提醒一下我，不要忘了去上乒乓球课。您一看本来要答应的，后来觉得我的实际情况并不适合放学后再长时间打乒乓球，就发了一段语重心长的话，大概是这样说的："雨泽爸爸，四五个人打乒乓球，轮到雨泽去打，至少要等半个小时呢！这些宝贵的时间，用来看课外书吧。"您的话说服了老爸。老爸在您面前，彻底溃败了。当我得知不用去打球这个天大的好消息时，我的心中如同点燃了一颗烟花。那烟花如火箭般射入空中，在漆黑的夜空中，绽出最美丽的花朵……照亮了整个世界！

我深深地觉得还是您最了解我。

（评语：其实俞老师也是很忐忑的。当时你爸爸打来电话让我提醒你放学后及时去训练馆。我答应了，说会转告你的。但是放下手机，我想了想，还是告诉了你爸爸我的想法。因为和缪老师去你家家访的时候，我就知道你的运动情况，对你参加这个兴趣班有了初步的估计。又从其他同学那里了解到打乒乓球轮训真的很浪费时间，不如把时间花在阅读上。再联想到了自己小时候不愿意却被大人逼着做事的那种灰暗心情，我还是表达了自己对这件事的看法，供你爸爸参考。其实你应该感谢你的爸爸，他理解你，并向我保证会多多陪你，在双休日的时候再一起锻炼，增加运动量。）

现在的我，每天在学校都是开开心心的。我爱上了我的新学校和新老师，就像一颗小星星，在银河中，努力闪烁微弱的星光……

我想在阳光下睡一会儿

昨天，我们学了萧红的《祖父的园子》一文，课文的最后一个自然段是这样写的：

> 我玩累了，就在房子底下找个阴凉的地方睡着了。不用枕头，不用席子，把草帽遮在脸上就睡了。

同学们都没有这样的经历，我就讲了自己童年的时候，在自家的菜园采摘西红柿，看肥胖的黄蜂伏在南瓜花上，然后在雪松树下睡着的经历。同学们饶有兴味，读起课文来更有感觉了。

大课间结束后，我们在操场上活动。春日的阳光照在身上暖洋洋的。一个男孩坐在草坪上，闭着眼，一副享受的样子。

“怎么了？为什么不去活动一下？”我蹲了下来，望着他。

“我不想活动，我想在阳光下睡一会儿。”他用手拨弄着身体两侧的草。草色枯黄，但仍然很有弹性，在草根深处，隐约可见嫩绿的春芽。

“我想在阳光下睡一会儿。”

不知怎么的，这句话一下子击中了我的心。望着眼前的男孩，我想起了自己的童年。

童年的天特别的蓝，云朵特别的白，麦苗特别的青……赤脚走在松软的田埂上，看黑色的蝌蚪群游；躺在草垛上，看满天的星星眨眼；钻入金黄的油菜花田，闻一口浓郁的香味；爬上长满桑葚的果树，尝一把黑色的美味；院落里天高地阔地吃饭，火烧云的霞光是抹不去的记忆……

“我想在阳光下睡一会儿。”望着眼前的这个男孩，我的心里充满了同情。

上课的时候，我出示了几张图片，帮助孩子们更好地认识《祖父的园子》。我没想到的是，明明是一幅西红柿，可是有的孩子脱口而出：“番薯！”明明是一幅玉米，可是有的孩子硬说是茭白。几年前有一次吃中饭的时候，我问同学们茭白长在哪里，让人啼笑皆非的是，绝大多数的同学，说茭白长在树上。这是真实的问答，绝非虚构。

读《从百草园到三味书屋》，我每次都能感受到鲁迅先生对自己童年生活的怀念以及对童年的无奈。“百草园”带给他的是无限的快乐，它让人自由自在、无拘无束；它让孩子玩耍的同时，亲近了草木，让孩子能够自觉对未知世界进行探索，获取丰富的自然知识；而“三味书屋”在教授孩子知识的同时，却禁锢了孩子的思想，限制了孩子对童年美好世界的向往……

成年后的我们，知道百草园是成长中必要的，三味书屋也是成长中必要的，它们是成长中的两个阶段。但一百年后的今天，城市里的孩子绝大多数的知识来自于课堂，他们忙着上课，把太多的精力集中在学业上。许多孩子从二十几个月开始，就进入早教课堂。他们从一出生，就跳过了“百草园”这个阶段，直接进了“三味书屋”。大自然本来的面目，他们是模糊的吧！

于是我明白了为什么我在课堂上说起童年的快乐，孩子们脸上会有神往的样子；当我说起明天我们要写《童年的趣事》时，有的人低下了头。孩子们已经几乎不可能体会到我说的童年的欢乐了；而我们这些四五十岁的人，说起童年趣事，哪一个没有一箩筐呢？

…………

我好想带同学们去真正的菜园看看，让孩子们看看一个土豆是怎样从黝黑的泥土里挖出来，变成KFC的炸土豆条的；我好想带他们去真正的猪圈看看，吃了那么多的猪肉，见见真的活猪也挺有意思的……

“老师，我好想在阳光下睡一会儿！”

“睡吧！”

一朵微笑的云

放学了，孩子们排着整齐的队伍出校门。当我们把“特别有礼貌”作为班级好习惯培养的目标时，每个孩子都已经知道礼貌的本质是人与人之间和谐相处的意愿，是言谈举止所体现出来的友好。所以，遇到每一位老师，孩子们都会用目光望着他，敬礼，轻轻招呼：“老师好！”我为孩子们感到骄傲。

我们继续向前走。快到校门的时候，一位老师拿着班牌匆匆跑过来，孩子们依然认真地打招呼。校门口，照例有老师在值日，孩子们还是认真打招呼。以前，每到这个时候，孩子们的注意力都集中在回家这件事上，身在校园，心早在放学等候区爷爷奶奶的身上了，对遇见的老师常常视而不见。

在一次晨会上，我们对这个现象进行了讨论。我说优秀的孩子无论在怎样的情况下，都会言行有尺，举止有度。聪明的孩子们很快领会了意思：无论是进办公室，还是与同桌相处；无论是去食堂吃饭，还是进办公室交作业。在“特别有礼貌”这点上，每一天，我都能感受到他们的进步，无论是个体，还是集体。

又一次晨会，一个男孩说:“我们跟老师打招呼，有的老师会回应我们，但有几个老师没有理我们，眼睛望着很远的地方。这时候，我心里不好受。”

“对对！我也遇到过这种情况。”

“刚才一位老师跑过来，我大声与他打招呼，他看也没看我，我心里挺失落的。我觉得不是滋味！”

…………

孩子们的眼睛雪亮雪亮的，比我们大人都善于洞察，他们什么都明白。有几次我们成年人之间打招呼也一样，你用真诚的微笑无声地问候，结果对方的目光只是很快地扫过，你的笑容就只能挂在半空中了……

这时，於高冲说:“跑的老师，可能有急事，他来不及跟我们打招呼！”

“高冲，你真了不起，能设身处地地站在他人的角度思考问题，真好！”我为高冲点赞。

“老师，我们做最好的自己，没错！”不知哪一个小不点在人群中说出了我们经常挂在嘴上的格言。

“对！”作为老师，我已经从他们身上学到很多了。

…………

送走孩子，我边走边想:孩子们没有能够听到老师的回应，不能不说是我们教育的失误。班级是什么？是一个磁场。学校是什么？是一个更大的磁场。孩子在这里不仅学习科学文化知识，也要养成良好的行为习惯。孩子在学校感受这个磁场营造的文化，在吸收这个文化的先进部分。

我从一本书上看到过一个调查，说98%的学生见到老师能问好，但是只有9%的老师会主动跟学生问好。98%和9%这样悬殊的数字，不能不引起我们的警醒。有一句话我们都熟悉："教育是一棵树摇动另一棵树，一朵云推动另一朵云，一个灵魂唤醒另一个灵魂。"那么应该如何摇动呢？孩子不会只是听老师口头的教育，他更会观察老师是怎样做的。

简单的一个微笑，简单的一个颔首，带给孩子的是肯定，是赞扬。学生有了良好的心理体验，就会产生积极的行为。相反，置之不理，学生就会有不良的心理体验，就会产生消极的行为。

我想起了李镇西的话："凭什么就应该学生向我们问候，我们老师为什么就不能主动问候学生呢？"其实回应学生，或者主动与学生打招呼，是对学生心灵的呵护，是教师修养的体现。主动与学生打招呼，不仅不会失去威严，反而会得到更多学生的亲近。

男孩的悄悄话

中午，任王熠带着三个女生，气咻咻地来办公室找我：“俞老师，你不能不管这样的事了。”

“什么事呀？不急不急！”我安慰道。

“就是最近男生总是说一些绯闻，什么某某男生喜欢某某女生，语言真不文明。我们受不了。”她旁边的小西激动地说着，脸都红了。

我知道了，上个星期来奕也来办公室找过我，说过这件事。

“俞老师，现在他们更不像话了，有几个男生还把文具盒放在一个男生的脸上，然后又很快地把文具盒放到女生的脸上，说这是间接亲吻。”小戚说完后，叹了口气，“真不知道男生怎么想的！”

我笑了，成长的脚步不可阻挡。当我们的家长朋友们还左一个心肝又一个宝贝地叫着自己的孩子的时候，孩子却已经悄悄地迈进了青春期。

“好，我知道了。”我决定单独给男孩子们开一个会。

女生们到楼下去玩了，教室里只留下了男生。

“男同学们，我是一个母亲，也曾经是一个孩子，我也曾经和你们一样大。今天我们开个男生会，说说悄悄话。你们不要有什么顾忌。”当教室里只剩下男生的时候，教室里的空气也一下子变得不一样了。经过两年半的相处，我们有很好的对话基础。

“上个星期，有一个四年级的男生来找我，请我帮忙，他说他喜欢一个女生，说这个女生很可爱，问我有什么好办法讨女生喜欢。当时我还给他吃了一颗巧克力，没想到，他又向我要了一颗，说要给那个女生吃。”

“咦！”男生们笑了！有的脸红了，有的把头低了下去。

“不要不好意思，听说你们现在很喜欢说某某男同学喜欢某某女同学，是不是？”我知道这是事实。

“是的！就是小修在说小马喜欢小西。”马上有两个孩子指认了小修。小修马上脸红了。

“我们每个人都喜欢小西。善良温柔，落落大方，多才多艺，很有修养。这样的女孩子哪个同学不喜欢呢？”我反问。

男孩子们都笑了。

“还有，小冲总是说小马乐于帮小西做事，比如拿相机包。我们小马同学关心每一个同学，上次不是很关心你小冲吗？有一次你没有准时到校，小马还到办公室来打听呢。小冲，你说小马喜欢小西最起劲，小马不是也很喜欢你吗？这是同学间的美好情谊，是不是？”我继续开玩笑，“我知道你们想说的不是同学情，小冲，对不对？”

“不知道！”小冲笑出了声，拼命摇着头。

“我知道你们要说什么。其实你们不就想说两个字吗？”

“不知道不知道！”小冲头摇得像拨浪鼓，男孩子都抬起头来。

“爱情！”我拖长了声音。男生们眉开眼笑，有几个拼命抿嘴。想想两年前，我们学生字“情”，请同学一字多组，一个同学组了一个“爱情”，全班哈哈大笑。可那时笑完了，什么也没有了。但现在，每个人都不好意思说这个词了。这个词真是充满了成长的意味！

“孩子们，我要说，你们很正常！第一，你们当中的同学乐意为女生做事，这本来就是男生应当做的事。第二，我们这个年纪的孩子，喜欢一个优秀的同学，这是非常上进的表现！第三，如果男生真的喜欢女生，那俞老师有一个小建议，就是别说出来。放在心里是美好的秘密，说出来就是无聊的八卦了。今天女生不在，我们打开天窗说亮话，以后不说让女生讨厌的话，不做让女生讨厌的事。努力让女生们喜欢你们，好吗？”

“好！”男生表示赞同。

“另外，我要说，我们班的女生不是老师自夸，个个认真，大方，清爽，漂亮，没有一个不优秀！你们如果真的想说某个男生喜欢某个女生，要想想那个男生够不够好。字写得歪歪扭扭，谁喜欢你？那么任性，经常发脾气，谁喜欢你？三天两头不及时订正作业，谁喜欢你？喜欢一个优秀的女生，是需要有资格的，那就是做最好的自己！”

教室里很安静。我仿佛觉得在这安静的一刻，每个男孩子都长大了。

教室里太安静了，有些沉重，我要逗他们一下：

“有一天，优秀的你们如果心里的秘密藏不住了，来告诉我，千万不要在班里散布小道消息，影响我们的学习！我帮助过好几位学生，解决过此类问题，很有经验，相信不会让你们失望的。”

男生们笑倒在桌面！

从“斗笔”到“下棋”

下午第二节是空课，正批改同学们的习作。手机响了一下，有一条微信。打开一看，是我们班的科学老师顾云涛老师发来的：“禁止斗笔很及时，正想提醒。上阶段已影响到课堂教学。”

我回了一句，抑制不住内心的愉快：“谢谢！是不是效果很明显？”

“很好！我是从半个月前的一堂课上发现不好的苗头。他们很喜欢玩这个游戏，且有向课内延伸的现象，如小诸和小平。”

“现在还有这种现象吗？”我有些担心，问了一句。

“很好！没有了。”顾老师的回答让我放下心来。其实不是“禁止”的，是他们主动停止的。

…………

对于小学的孩子而言，课间是释放活力的重要时段，它提供了同伴交流的机会。但是孩子毕竟是孩子，年龄小，规则意识差，如何安全、文明地在课间活动，一直是班主任们关心的问题。

虽然开学我们就提出课间文明活动的要求，但是对于落实，显然要求还不够细致。于是在出现纸上游戏购买装备的事件后，课间开始流行一种新的游戏——斗笔。

一听到铃声，男孩子们就匆匆整理书桌，马上聚在一起，玩了起来。写字的笔瞬间变成玩具。为了让“武器”更具攻击力，笔帽处的部件被掰开了。课代表向我反映，有些同学作业没完成就去参加游戏。也有学生向我告状，说斗笔影响他写作业。我远远地观望，这个游戏就是把一支笔压到另一支笔上，仅此而已。它到底好玩在哪里？作为成年人有时真理解不了。

一天中午，教室里大多数同学在订正作业，有两张桌子各聚了四五个人。我凑了上去：“你们作业做好了？给我玩一下好吗？”

“好！”七八个男生异口同声地说，一齐凑了上来。

“这是斗笔游戏？”我问。

“是的。”

“这个游戏是谁想出来的？

“徐修衡想的。”

“很好，又是一个有创意的孩子。我问一下，你们喜欢玩？”

“喜欢！”

“这个游戏的规则是怎么样的？”

“没有什么规则，就是把别人的笔弄到地上去。”

“就这么简单？”我一点都不相信。

“对！”他们兴致勃勃。

“孩子们，我们班级特别支持学习高效的同学课间多玩有益的活动。这个游戏你们觉得它的意义在哪里？”

“其实没什么意义。就斗来斗去。”徐修衡非常爽快。

“有没有危险性？”

“有时会弹到对方同学的脸上。有一次,差一点弹到小方的手上。”何冲熠犹豫了一下。

“有时弹得重，自己的手指头也会痛。这时候，我就不玩了。”骆泓远说。

“我明白了，这有一定的危险性的。我再问你们一下，你们声音这么响，对旁边的同学有影响吗？”

七八个人都不出声了，然后，修衡点点头，高冲点点头，泓远点点头，旭东点点头……

“不是说玩游戏不好！哪有不玩的孩子？列文虎克还玩出了名堂。这个游戏第一太简单，不具备挑战性；第二有一定的危险性，存在风险；第三影响别人学习，不文明；第四不爱惜文具，太随意。我知道你们都很会思考，很会反省。这个游戏有意思吗？”

“其实意思是不大的。就是弹来弹去。”男孩们是非观念明确。

“那么怎么办？用什么游戏来代替它呢？你们说说。”

“下棋吧！”徐修衡的点子就是多。他是棋院的种子选手，说出这个想法情理之中。

“好！我怎么没想到？”於高冲三年级的时候，就拿着一本棋谱读得津津有味，这一刻，他一拍脑袋说，“您允许我们带棋子吗？”

“当然同意，零食才不允许带。你们每小组带一副棋子。象棋、围棋、国际象棋、五子棋、陆战棋等，统一编好号，由高冲和修衡负责管理。这事情就交给你们了。注意，做完作业再玩。把棋盘放在后面空出来的三张桌子上，不影响别的同学。好吗？”

“好！”回答得相当痛快。

这七八个男生，说到做到，下午的课间，我有意去教室里逛逛，虽然棋子要明天拿来，但没有一个人玩斗笔的游戏。我心里真是暗暗地赞叹：真是明事理的孩子！

在接下来的一个星期，我发现，有几个动作快的同学开始下棋了。中午吃完饭后，订正了作业，同学们三五成群地聚在一起下棋呢！除了大部分的男同学，不少女同学也参与其中，不亦乐乎。有些棋没下完，有空的时候接着下。我望着教室里那未下完的棋，觉得这才像教室的样子。

“下棋好吗？你们说说看！”有一天放学的时候，我随机问了一些同学。

“课间变文明了。”任王熠说。

“和斗笔相比，你们有什么看法？”

“斗笔没意义，有时笔都爆墨了，作业本都脏了。”何冲熠说。

“益智！”徐修衡简要地概括。

张文质说得没错：教育是慢的艺术。孩子有许多的行为不是不良行为，只是孩子的行为，与他的年龄相称而已，没必要上升到错误的高度。所以，不用那么紧张，不妨随便聊聊。从“斗笔”到“下棋”，历经了半个月。发生的转变，一切都是那样的水到渠成。顾老师的反馈，从一个侧面证明行为的转换是发自他们内心的。唯有来自学生内心的认同，班级才会呈现规则之下的自由。

以前，我纠正孩子的行为，常常是“理直气壮，义正词严”。其实这样的态度还是有问题的。语气太硬，表情太僵，学生表面可能是认同了，心里未必。所以更好的方式应该是“理直气和，义正词婉”。两字之变，效果完全不同。这需要在时间里学习。

未解之谜

教书多年，我感受到教育最大的魅力是它的不确定性。早上，你出门的时候，你都不知道今天你会收获怎样的课堂，而精彩的课堂往往此生不再；你都不知道到傍晚下班的时候你会经历怎样的精彩故事。不同的班级，不同的学生，不同的日子，不同的遇见。

下午班会课快结束的时候，搞卫生的阿姨从前门第一个窗户口探进头来："俞老师，我气死了，学生太不像话了，一把雨伞扔到男厕所的小便槽里，堵住了，水冲不下去。这把雨伞是不是你们班里的？我已经洗干净了！"说完，阿姨扬了扬手中的伞。同学们此时都"咦"的一声，有的捂住嘴，好像闻到臭气似的；有的脖子伸得老长，努力辨认着是谁的伞；有的看着阿姨，笑出了声。

我打开前门，把阿姨请进教室。阿姨双手戴着手套，手中的伞不停地滴着水："同学们，不用嫌脏的，我已经洗干净了。就是把雨伞扔到厕所里，这行为太不好了！"说完，阿姨走出教室，把伞插入雨具架。我关上教室的门，楼泽浩已经走出座位，说那把雨伞是他的，同学们都笑了起来。

保洁工作是很辛苦的，阿姨平时喜欢向我告状，说总有人把水果扔到厕所小便槽里，说有人放学的时候把整包垃圾丢到下水道里，说有人用了拖把不放回原处，到处乱扔。我很体谅阿姨工作的辛苦，也多次强调保洁的重要性，但成长中的人知行不一，很容易犯这样那样的错。像今天阿姨说的，把别人的伞扔到厕所小便槽，就太过分了。对于这样的事，让孩子们来谈谈看法，听听他们的意见，比我单纯地说教要有意义多了。

“同学们，让我们来做做福尔摩斯，这件事有可能是谁做的？”我问。

“有可能是我们班的。”几个声音响起。

“不可能是我们班的。”更多的声音响起。

“说说理由，以理服人。”我强调用证据说话。我们交流的目的不是要找到“真凶”，我们的目的是以这件事为案例，进行辨析，促进知行合一。

盛誉的手举得高高的，第一个发表意见：“我认为不是我们班的同学扔的。因为我坐在第一组，从我的角度望出去，就能看到放伞的桶。今天天晴，伞不多，无论是排队还是吃饭的时候，我们班的同学都没有去碰过那几把伞。这个我可以肯定。”我在他的位置看了一眼，果然如此。

话音刚落，他前后左右的同学都举起手来：“我们也能看到。”邢航响亮地做了总结：“一切尽在眼前。”他们组的同学都笑了。

楼泽达说：“如果有人放进去的话，应当是下午放进去的。因为我中午上厕所的时候，那里还没有的。”

郁东说：“我认为不大可能是我们班的，因为我们班以前从来没有发生过这样的事，而且雨伞是用来挡雨的，我们班的同学中午都在看书，订正作业，下午第一节我们去楼下写观察作文，第二节去上体育课了，不可能的。”

何冲熠说：“有可能是我们班里的同学恶作剧呢？”

骆泓远马上站起来说：“不可能是我们班里的。我们班的同学品德都比较好的，一般不会有人把伞扔进小便槽的。就算我们班调皮的庆庆，也不可能去做这样的事。”

我正担心这句话可能引起庆庆反感时，高冲马上站起来说：“庆庆只是上课有点不听话，但这件事绝对不会是他做的。”

“对的！”同学们都真诚地点点头。

我心里充满了感动：“孩子们，我要表扬大家，我们班的同学明辨是非，充满正能量。庆庆，同学们都信任你。虽然刚才骆泓远的话直接了一点，但我们都相信你！庆庆，你来说说看！”

“我也觉得不可能是我们班的同学干的。这太不像话了吧！”庆庆对这件事也感到不可思议。

男生们发言过后，女生们开始发表意见了。

姚楚楚说：“可能有两个原因：一是恶作剧，二是不小心的。我觉得即使是恶作剧，也不可能是我们班同学干的。”

骆泓远又站了起来，不知道又想到了什么。他粗着脖子，说：“对不起，我没经同意说话了。我的观点非常重要，非常重要！如果说是我们班的同学干的，那我们班主任肯定会负责的，肯定会追究责任的。如果是别的班的话，是不会重视的。”

我赶紧打断他："不对不对，别的班的话，也会重视的。因为只要跟我们同学的行为有关，跟品德有关，我们每一个老师，每一个班主任都会重视的。"

严亦欣说："我觉得也不可能是我们班的同学做的。我们班没有这么无聊的人！"

包诗语说："有可能是一个同学用过伞以后，不小心放错了地方，另一个人不小心碰了一下，阴差阳错就出现了这样的事。我们班不可能出现这样的事的。"

姚楚楚又站起来说："我觉得不是我们班同学干的，因为您经常教育我们的。我想，如果是我们班的同学干的，那他一定会站出来承认错误的。"

"谢谢你们对我工作的支持与信任。但你们还没有完全长大，犯个错很正常。你的话很正确，我们的同学如果做了，一定会主动承认的。"

祝高远站了起来："我觉得最大的嫌疑是楼上的六年级的同学。楼下的四年级同学不可能上楼来玩的，他们可能会认为打不过我们，不敢上来的。"同学们哄堂大笑。

下课铃响了，我做了总结："同学们，听了你们的意见，我非常欣慰。大家百分之百地认定，这不是我们班的同学做的。知行合一，我们不会做不对的事！"

排队出校门的时候，任王熠凑了过来说："老师，这课能培养口才，还培养了我们解决问题的能力！"包诗语说："像模拟法庭，因为事情真实，所以思路特别清晰，表达起来特别流畅。"郭书谌说："当了一回名侦探柯南！非常好！”

“你们这些孩子，还会评课啊！”我与他们一一击掌！

…………

有一个故事是这样的：艾森豪威尔一家在打牌，他拿到了一副极差的牌，他不断地抱怨自己的运气。他的母亲告诉他，人生也是这样，重要的是你如何用好手中的牌，想着怎样把它组合好，打出最漂亮的牌。我们一日一日地出发，一日一日地感受着工作的意义。以前对工作中出现的麻烦会认为是风险，但现在我看到的都是机会。因为每一个教育小事件的背后，都隐藏着师生共同成长的机会。

除了孩子，还有谁会这样

昨天晚上，已经 8 点多了，电话铃响了。何冲熠的声音传了出来。这个孩子经常给我打电话，有时请教作业，有时和我分享读书感受，有时就问我一些奇怪的问题。今天，不知有什么事？

“老师，我要纠正你一个错误！”

“怎么了？”我竖起了耳朵。

“就是去年我们写作文时，观察的植物不是爬山虎，而是凌霄花！”冲熠的声音很响亮，隔着话筒都能感受到他的激动。

去年春天，我们就是把教学楼南边那一墙的植物当作爬山虎来观察的。这面墙上的植物和爬山虎一样，有手掌样的叶，有褐色的茎，有紫红的卷须。它也是一脚一脚地往上爬的，跟爬山虎一模一样。而且，凌霄这种植物我很熟悉，老家的院子里就有一墙。初夏的时候，它就在墙头开出橙黄的花来。我怎么可能不认识凌霄呢？

“你怎么知道的？”我问。

“社团课上，周慧老师告诉我们的。”

“那你比较过吗？确定它是凌霄吗？在没有确凿的证据之前，你还没法说服我。明天我们再观察观察？”

“好的！”

放下电话，冲熠的一句“老师，我要纠正你一个错误”在我耳边回响，我很高兴。听着他认真、响亮、亲切的声音，我能想象这个男孩边说边比画的模样——一派天真！除了孩子，还有谁会这样？这样无比地信任你，这样真诚地与你交流，甚至这样毫无顾忌地批评你——老师，你错了。这就是孩子的纯真，最宝贵的童年品质。

…………

第二天下午，我们去看爬山虎。虽然已是三月中旬，但这一面墙上的藤条还是没有发芽。不过，留在墙上的生长痕迹倒是十分明显。

何冲熠在同学们面前分享自己社团课上的收获，讲述着爬山虎与凌霄花的区别。同学们静静地听，都十分意外。

“不可能呀！我们去年看到它爬上去的。它肯定是爬山虎。”一个同学坚决不信去年看到的是凌霄。

“凌霄的花很漂亮的，爬山虎的花倒是从来没有看到过。”一个同学自言自语。

“那我们就等着它开花吧，到时候就知道了！”旁边的一个同学举手发表意见。

“你们快看，这些藤都被砍断了。”一个同学好奇地指着墙的下面。我们仔细一看，果然如此。

“那看来它不会发芽了，也不会长叶了，更不会开花。我们就没有机会看出它和凌霄的区别了！”冲熠一脸的失望。

“这样吧，我们请学校的花工师傅来鉴定一下，好吗？”冲熠自告奋勇地去花工师傅的办公室，可惜老师傅不在。

“我觉得是爬山虎，老师对校园里的植物挺了解的，不可能认错的。”一个孩子望着我，肯定地说。

“我也觉得它就是爬山虎，你看它在上面留下的痕迹，就是爬山虎的脚印。”另一个孩子点点头。

“可是，周老师告诉我们说是凌霄呀！”冲熠摸着脑袋，脸红通通的，坚持着自己的看法。由于缺乏说服力，他也有些着急了。

“不急！我们自己再来观察观察。下次花工师傅来了，我们就可以把我们的疑问告诉他了。

孩子们围了过来，观察着，讨论着，黑亮的眸子闪着光……除了孩子，还有谁会这样？这样地充满好奇，这样地渴望真相，这样地执着。

我很高兴，孩子们说出这句话：“老师，你错了。”即使今天的爬山虎之争还没有定论，但对老师，对权威不迷信的学习品质，值得永远保留。

“黄香李”读书法

今天中午，学校发水果——青枣，一种优良的亚热带水果，脆甜可口，营养丰富。课外阅读开始了，同学们纷纷打开书来阅读。发水果的负责人给每个同学的桌上放了三颗。同学们一边看书，一边吃水果。教室里弥漫着书香、果香……

边看书边吃东西，这习惯怎么样？搜索了一下，从健康的角度来看，看书时血液流到大脑，吃东西时血流到胃部血管。如果边吃东西边看书，会造成流经胃的血液量不足而引起消化不良。所以，这种习惯不可取。

边看书边吃东西，这习惯怎么样？有人说，经常边阅读边吃东西是不行的，俗话说一心不可二用，大部分注意力都跑到美味的食物上去了，哪里还有心思阅读呢？所以这种习惯也不可取。

三颗可口的青枣，应当对健康影响不大。我轻声问了几个孩子：“一边看书，一边吃水果，喜欢吗？”几乎每个人都狠狠地点头。还有一个孩子干脆说：“爽！”於高冲阅读面很广，他想了一下，说：“我也觉得边吃水果边看书，是一件很美的事。李清照和她的丈夫赵明诚就是典当衣服，买回书籍、水果，回家后一边咀嚼水果，一边交流阅读心得。”於高冲的例子举得很好，试想一下，两夫妻一边享受美味的水果，一边品清茶、谈书籍，这是何等清雅的事。书的真味与水果的美味叠在一起，真是双重的享受！

现在，孩子们正一边阅读，一边吃水果。放眼望去，有几种不同的情形。有的孩子两眼紧盯书面，忘记了吃青枣；有的孩子手上拿着水果，一次次举到嘴边，又一次次放下，注意力全部在书上；有的孩子把枣贴在牙上，眼珠子盯着文字，来回扫视着；有的孩子把书平摊在桌上，注意力全在枣上……在青枣的“攻击”下，有的孩子不为所动，全身都沉浸在一种庄严的阅读氛围中；也有个别的已经向青枣投降，忘记阅读之乐，转为研究青枣的色香味了。

不由想起《优雅的刺猬》中有趣的“黄香李”读书法。这种读书方法很有意思，我们可以用它测试一本书是否适合自己：书桌上，放一本书，放一盘水果，一边削个水果开始吃起来，一边尽情享受着读书的悠闲。如果书使水果变得食之无味的话，就可以知道我们面对的是一本重要的或者应该说非同凡响的作品。因为很少有作品，在金黄色圆球的美味攻势下，还能不被化解，不被征服！如果书使水果的味道更加鲜美的话，那么不读也罢！

今天的“青枣”读书测试法，并不能说明一些孩子热爱阅读，一些孩子不爱阅读。我想，只是有几个孩子没能在这一时刻读到适合他们的书目而已！

再见，坏习惯

习惯是人的影子
有什么样的你
就有什么样的习惯

而人又是习惯的影子
有什么样的习惯
就有什么样的你

习惯的力量如此强大，这恐怕是每个人都知道的事。我的父亲从小教导“黎明即起，洒扫庭除”，并严厉地要求早起。儿时贪睡，挨了父亲不少责骂。至今一到天亮，就自然地睁眼，起来整理，床铺整齐，地面干净，东西摆放有讲究。因为这些坚定而严厉的规矩，我渐渐养成了习惯。早起让我领悟到一天最好的时间是在早晨。或整理，或阅读，或锻炼，拥有了高效的早晨，就拥有了理想的一天。

其实，无论我们是否愿意，习惯总是无孔不入，渗透在生活的方方面面，影响着我们的生活和工作。它总是偷偷地支配着我们，而我们却往往很难发现自己受到了它的控制。单拿孩子的学习习惯来说吧！

铃声一响，本应该人人坐得端正，静心等待上课。可这时，总有几个人开始找东西了，他没有养成做好课前准备的习惯。

上课了，总有几个人在做一些不合适的动作：手上拿一块小橡皮，拨过来，拨过去；坐在椅子上，无精打采的样子，把椅子脚摇过来摇过去；手指头放在嘴里，啃得津津有味，叫他起来发言，便什么也不知道了……他没有养成专心听讲的习惯。

下课的时候，有些孩子把书往桌子上随便一放，就出去玩了……他没有养成整理书桌的习惯；课间不小心和同学闹了矛盾的时候，一不留心，一句脏话脱口而出……他没有养成语言文明的习惯。

做家庭作业的时候，一会儿上厕所，一会儿吃零食，一点点作业，做到深夜……他没有养成认真做作业的习惯！

像这些习惯，如果不加以控制，将影响孩子们的学习和其他方面的成长。

这个学期，学校提出"养成一个好习惯"的活动，要求各班开展教育。"养成一个好习惯"，看来很平常的一个提法，仿佛不新鲜，但教育是什么？就是教常识呀！而日常生活中，人们最容易忽略的就是常识！我们有必要引导学生对自己的习惯有个清醒的认识，哪些是好习惯，要保持；哪些是坏习惯，要改正。

梳理是改变的起点。在新学期报到的那天，我建议家长和孩子们一起坐下来，开个家庭会，谈谈孩子最迫切需要改掉的一个坏习惯。第二天，我看到了孩子们的日记，每一个同学都写了坏习惯的名称、要改掉它的原因，以及打算如何改掉它。

我整理了一下，全班四十三个人，说到改掉“拖拉”习惯的有十六人；说到改掉“丢三落四”习惯的有八人；说到改掉“上课做小动作”习惯的有四人；说到改掉“不自觉”习惯的有五人；说到改掉“说脏话”习惯的有一人；说到改掉“不爱阅读”习惯的有四人；说到改掉“发言胆小”习惯的有两人；说到改掉“废话多”习惯的有一人；说到改掉“马虎”习惯的有两人。

认识是改变的动力。一个孩子说：“我也知道说脏话不好，它让人不高兴，会使他人讨厌我。”一个孩子说：“我也很烦恼，为什么会那么拖拉？为什么别人做作业那么快，而我那么慢？”一个孩子说：“说实话，我并不觉得丢三落四是什么大毛病，直到那天，我把家里的钥匙给弄丢了。”

困惑是行动的先导。一个孩子说：“我也不想拖拉，可是怎样才能让自己不拖拉呢？”一个孩子说：“我要怎样克服这个难题呢？我明明知识它是个坏习惯，可是我就是管不住自己！”一个孩子说：“我改了几天，可是坚持不了，又犯老毛病了！”

计划是行动的开始。一个孩子说：“我打算收拾桌面的时候，要按类进行摆放，想不好类别的时候，就要按大小分，或者颜色分，绝不能乱放。比如书，同一系列放一起，还要根据书的封面宽窄进行摆放，这样会更整齐。”一个孩子说：“我要管理自己的嘴，有时候开玩笑开大了，对方生气了，就产生了不必要的误会，这样，就会失去一位好朋友。”一个孩子说：“首先，我要从每一个字开始，仔细地，一笔一画地把它写好。尽量不写错；其次做到读题正确，要完全看明白了才下笔。我想，错误率一定会减少，甚至做到完全没有！”

…………

我们都有属于自己的舒适圈——圈里面是“我可以”，圈外边是“我不能”。在圈里边，我们早已经熟悉；在圈外边，我们怕自己无法改变自己。首先，我们可能会怀疑自己的力量太小，其次，我们怕失败，所以我们不愿意挑战自己。

改变，应该慢慢来，一点一点地进步。它需要家长的配合，需要同学的帮助，需要老师的引导。所有的帮助，都应该温和而坚定！同学们，当我们改掉那个坏习惯时，我们就成了最好的我！

现在开始，和坏习惯说再见！

拖拉找上门

中午作业是抄写十二个重点词语，每个两遍。估计完成时间为十分钟。下午第一节课前，课代表就把作业交上来了。改完作业，一数，少了一本。估计一下，是他；查了一下，果然是他！拿出他昨天的计划书——《我必须改掉的一个坏习惯》，上面认认真真地写着：

> 我这个人最大的毛病就是拖拉。我总是不及时交作业，不及时吃饭，不及时睡觉，什么时候都要别人催。在家，妈妈催，爸爸催，姐姐催；在学校，老师催，同桌催，组长催。唉，无论如何我要改掉这个坏习惯！我一定要及时上交作业，及时订正作业，不再让老师、组长、同学催促，不再让我的学号出现在黑板上。我希望改掉这个坏习惯！我相信，我一定能做到的！

还一定能做到呢！才过了一天，老毛病又犯了，这还是开学第三天！不过，写计划书本来就是促进孩子改掉坏习惯的一个步骤，本来就没有期望孩子写一个计划，就能马上把坏习惯改掉的。很多孩子都有这个拖拉的毛病，往往几道题、几个词就用了很长的时间，语文作业完成不了，第二堂数学的作业也完成不了，到了下午，英语作业又下来了……你问他做好了吗，他永远在说："正在做！"一直到傍晚斜阳照江面，倦鸟急归巢，他还是不急不慢地坐在位置上。唉，那么今天这十二个重点词语的抄写为什么到现在还没做好呢？是情绪不佳？是时间安排不合理？还是受他人影响？我们要找出拖拉的原因，采取相应的措施。

去教室找他，他与小伙伴聊得正欢！"来，我请你到办公室坐一下，我们聊聊！"小男孩跟着我进了办公室。

"昨天你自己定了计划，而且我们的计划也上墙了，是吧？"

"嗯。"

"可是你没有做到及时完成作业？"

"嗯。"

"是为什么呢？我们来分析分析。"

"我没有专心地去做。"

"你没有专心地去做，那么你在干什么呢？"

"我在跟别的同学说话。"

"这个同学作业有没有做好？"

"做好的。"

"他做好了，当然可以玩了。你没做好，怎么可以聊天呢？"

"不可以！"

"你还做什么事情？"

“我还在跟别人玩。”

“玩什么呢？”

“玩斗橡皮。”

“怎么玩的？

“就是把一块橡皮压在另一块上面。哦，我记起来了，我还看了几页课外书！”

“十二个词语多不多？

“不多！”

“现在马上要上课了，老师想和你一起做个试验，给你计一下时间，看看抄写十二个词语你需要多长时间。如果你在十分钟内做好，老师多奖励你一个印章。你就很有希望成为第一个获得习惯进步奖的同学！想不想成为第一个，你自己决定！”

男孩子低下头，想了想，出了办公室。

下午第一节课下课的时候，男孩子推开办公室的门，说：“老师，我来做作业了。”

“好！”我很高兴，马上调出手机上的计时器，“预备！开始！字仍然要像你前面写的那样漂亮！”

孩子重重地点了一下头，然后马上写了起来。他低着头，紧握着笔，两眼盯着字。我继续备课，用眼睛的余光关注着他。

“好了！老师！”男孩的眼里闪着光。

“这么快！我不相信！”我看他的书写，很认真，“孩子，你知道你用了多少时间吗？”

“不知道！”

“六分钟！奖励两个印章！”说完，我拿出印章，用力按了下去。鲜红的“真棒”两字赫然出现在纸上。男孩咧开嘴，笑了。

“你今天第一次战胜‘拖拉’这个敌人！如果今天晚上家庭作业也能在一个半小时完成的话，再奖励你一个印章！不过，要妈妈的书面评价噢！”

晚上正吃饭，手机响了，打开一看，短信一条：

作业已完成，竟只用了五十一分钟！现在他觉得自己一身轻松！真希望儿子这样的好习惯能保持下去。

我真高兴孩子的小小进步。做事爱磨蹭，通常是因为孩子不像我们成人一样具有时间紧迫感。同样一个小时，在成年人的感觉里，很短，但在孩子的感觉里，很长。今天中午，我们设立任务完成时间，结束之时，计算本次任务完成的用时量。孩子提前完成了，就大大地嘉奖表扬孩子，让他有成就感，并且鼓励他以后一定要按时完成。

我们班里有好习惯养成的奖励合同，我建议家长在家里也和孩子立个合同，画一张表格，一天完成得好，就打一个钩，如果做得不好，就按合同惩罚。好习惯的养成不是一蹴而就的。万一明后天，拖拉又找上门了，也不要着急，耐心坐下来和孩子分析原因，继续温和而严格地帮助他。

一个男孩子的座右铭

中午吃饭排队的时候，於高冲跑了过来，兴奋地说："老师，傅弋伦的桌子上贴着一个座右铭。他要发愤图强了！"同学们都笑了，傅弋伦忽闪着大眼睛，有点害羞。"发愤图强"这个词我们曾经在课堂上举过不少的例子，有历史上的，有现实生活的；有书上的人物，也有教室里的榜样。"真的？我还没有看到过，等下我去看看！"我望着傅弋伦，大声说。

吃完饭，孩子们有的做作业，有的聊天，有的在走廊上玩。傅弋伦的座位上没有人。我走过去一看，桌面右上角果真贴着一张纸片，上面用钢笔认认真真地写着一副对联："读书破万卷，下笔如有神。"横批是"认真不迟交"。纸片用透明胶牢牢地贴着，很平整。

这果真是座右铭啊！傅弋伦同学是用座右铭来鞭策自己养成良好的习惯啊！我不由得想起自己读初中时的座右铭来。那年初二，我的数学考得很不理想，于是就想利用暑假时间，把两本数学书上的习题重做一遍！于是找了两本妈妈用过的账本，准备在反面空白的地方抄题来练习。为了美观，我在做几何的本子上写了岳飞的名句：

“莫等闲，白了少年头，空悲切！”在一个代数的本子上写了《长歌行》的诗句：“少壮不努力，老大徒伤悲！”其实，对于这两个句子的深刻含义，我当时并不是十分理解，只觉得这些平常汉字组合在一起有一种深长的意味，我能感受到它们对于自己的无声的指引。

于是，在那个炎热的暑假，在开满睡莲的庭院里，在满头大汗中，我做完了一本代数、一本几何。那两个账本的正面，是妈妈做过的单位的账，写满了支出与收入；反面呢，是我的练习，写满了数字与图形。

九月，新学期的第一次考试，我发现自己的数学突飞猛进！当时不知道这样的进步对自己意味着什么，但现在回头来看，是成长中的关键事件。数学，在那个学期，对我而言，有一种豁然开朗的感觉！农村里的人说，这叫“入门”。我尝到了入门的感觉！至今，我感谢这两个账本上的句子！它们起的作用，应当和座右铭一样吧！

看着傅弋伦的座右铭，我很感动。这是一个非常上进的男孩子，为了听写得一个满分，他会一次一次地准备，因为他知道自己记词语有点困难；为了背出一段话，他会一次一次地准备，直到滚瓜烂熟！为了考出好成绩，复习的时候，他把单词写在手背上，一有空就看！那么努力，可是有时候考得仍不理想。他会极力抑制住自己的失望与伤心，哭一会儿，然后红着眼再来告诉我：“老师，我哭过了，心里就舒服了！”

我要采访他一下：

“傅弋伦，你是怎么想到在桌子上贴纸条的？”

“我想改掉自己的坏习惯！”

“你第一周提出自己想改掉的坏习惯是什么？”

“不珍惜时间！”

“你觉得这张纸条有用吗？”

“有！我做作业的时候，就看看它，提醒自己认真一点，快一点！”

“好！希望你坚持到底，说到做到！”

“好！”我们紧紧握手！我希望座右铭成为他的关键事件，成为他自我教育过程中的一个关键点。

我们的古人历来重视修身，从早便有用“座右铭”来指导自己的传统。鲁迅先生少年时代在三味书屋课桌上刻了“早”字，毛泽东同志青年时期以“贵有恒，何必三更眠五更起，最无益，只怕一日曝十日寒”为座右铭，激励自己刻苦学习。我非常高兴看到这个男孩对自己有了期待，并希望身为老师的自己也不要丢了少年时的座右铭。

包包大人的收纳习惯

每天早上，许多人的心中都会有个计划，今天我一定要完成几件事。但当傍晚来临的时候，却总会发现，好多件没有完成，它们仍在计划本上，稳稳地躺着。然后到晚上要睡觉的时候，就会发出这样的感慨："时间不够用，真的不够用，唉，要是一天有二十五个小时就好了。"其实这多出来的一个小时，完全可以从手指缝里省出来。学会收纳整理可以提高我们的时间利用率。

我们班有一个孩子，名叫包诗语，同学们喜欢叫她包包大人。显见的原因是姓包，更主要的原因是包诗语学习优秀，做事公正，在同学们心目中有特殊的地位。开学第一周，我们梳理自己的好习惯和坏习惯。她与众不同，认为自己要养成的一个好习惯是——学会收纳。她认为学会收纳与节约时间有必然的联系。她的计划书是这样写的：

> 我知道，自己身上有不少的坏习惯，虽然多是些小毛病，但如果不去改，它们将变成大问题。改掉坏毛病，养成好习惯，

可不是一下子就能做到的。我要养成的好习惯，就是——学会收纳。

收纳，可不是将东西随便往柜子里一丢就完事儿。寒假刚开始的时候，我是整理过一次书桌的，可是到了快开学的时候，书桌又乱得不像话了。我发现，我的收纳能力不够好。

例如剪刀、胶水这类工具，它们本来应该是在抽屉里的，但是要剪纸了，拿出来一用，随手插进了笔筒……就这样，即使我记性再好，也免不了桌上乱了。再说书吧，我家书多，大部分是我的，我明明把书都放在书柜里，可是要用的时候就找不到，很是浪费时间。仔细一看，我找出了问题所在：我放书的时候，自以为按照规律放了，把同一系列的书放在一起，但从远处看，有些书凸出在外面，有些凹进在里面。如果把同样宽窄的书放一起，那样就会好多了。

我要给自己定一个计划，来养成收纳的好习惯：第一，哪里拿的东西哪里放，可以在收纳盒或抽屉上写明放的东西，这样不易乱放；第二，没用却不知是否要扔的东西，全扔掉，像橡皮头儿什么的，留着也没用，扔了，反而多了一块地方；第三，不要去想“等会儿再理”，应该收拾的马上收拾，这会让时间的利用率更高。

从今开始，我要努力培养收纳的能力，希望这样我能变得更出色。

这份计划书联系生活，写清楚了自己要养成这个习惯的原因，写了自己的改进步骤，表达了改进的决心，非常真实。对于小学五年级的学生来说，能意识到收纳是个习惯问题，已经不简单。是的，你不整理杂乱，就会被杂乱整理。

一周过后，包包大人在这个习惯的养成中，产生了怎样的体会呢？今天早上，同学们上交了习惯养成阶段性总结，包诗语是这样写的：

“少成若天性，习惯如自然”，上次刚开学的时候，我定下了一个计划——养成收纳的好习惯。上周六晚上我们搬到了新家，我的房间也比原先大了。真正搬家时，我才发现我的衣物、书、玩具等比我想象的多得多。我得好好想想，放在哪里更合适，以后用的时候才能一下子找到。

这一周，我自认为我比以前在“勤快”方面是有进步的，因为我现在一看到地上、抽屉里有什么装修留下的说明书和广告纸，就都把它们处理掉了。

当然也有一些需要改进的地方，比如早上，从被窝里起来的时候，我打了一个喷嚏。这时，我想拿纸巾，可是环顾四周，纸盒在桌子上，拿不到，而最近的小包餐巾纸，在离我很远的床头柜上，只能坐起来，离开被窝去拿。看来，光整齐还不够，收纳还是要讲究实用的。

在实际整理中，我发现了收纳的几个原则，这也是我认为自己应当注意的：重物放在下面，轻物放在上面，更稳定；常用的放伸手可及的地方，更方便；收纳东西用的器皿越简单越好，不要花花绿绿，更统一。

我希望自己在做到了这些之后，能够把习惯养成，让它“若天性”，伴随我，让我更出色。

这是一个从小目标明确的女孩子，曾经向同学们表达过她的人生目标。既然能想到生活中的杂物的整理，必定已想到知识的整理，那是一种高效的学习品格。风格即人，从这份书信中，我仿佛能看到她长大后的简练风格。

不同寻常的三八节

多年前的一个三八节早晨，女儿走了过来，笑眯眯地对我说:“妈妈，我要送给你一首诗！”我一听，很高兴。于是我赶紧停下手中的活儿，微笑地看着女儿。女儿在我的注视下，神采奕奕，清亮的眼睛里闪着爱的光芒，她饶有兴趣地开始了朗诵:“阳光在窗上爬着，阳光在花上笑着，阳光在溪上流着，阳光在妈妈的眼里亮着。”女儿一边朗诵，一边还做起了动作。朗诵完毕，孩子扑到我的怀里，说:“妈妈，我祝你节日快乐！”抱着她小小的身子，幸福荡漾！我感谢孩子的班主任韩一娣老师，设计了这么好的作业！

上班的路上，突然想到，我也可以让我的每一个家长感受到来自孩子的爱。于是一到学校，我马上改编了一首献给妈妈的诗，请孩子认真抄写在联系册上一个妈妈发现不了的角落，并且提出希望:回家以后，把这首诗朗诵给妈妈听。从孩子发亮的眼睛里，我可以看出他们很喜欢这个特殊的作业。我们还利用中午课外阅读课的时间，进行了有感情地朗读。孩子们十分认真地准备，许多孩子练得小脸通红，神情飞扬！诗的内容如下:

妈妈，让我把什么献给你
天空的云霞，原野的花朵
都不能表达我对您深深的敬意
我要献给你一首发自内心的诗
像从地底深处喷涌的泉水
给你疲惫的心送去清凉的慰藉
妈妈，这行诗很短
只有五个字
那就是——
妈妈，我爱你！

在与孩子们一起排练的过程中，灵感突然垂青于我。我想到：我们的任课老师大多数都是女老师，今天也是她们的节日，作为班主任，是否应该抓住这个教育机会，开展一次有教育意义的活动？

我认为这是一个不错的主意，于是马上行动。只有一节课的准备时间，我首先把这个主意告诉了全班同学。孩子们大声说好，非常兴奋。接着我们分头行动。班长写主持词，班委分头请各科老师，我和其余的孩子练习《献给老师的诗》。因为时间紧迫，这首诗很讨巧，只不过把刚才《献给妈妈的诗》换了一下称呼。

为了更好地表达我们的爱，我们给这首诗配上了一首好听且深情的钢琴曲。虽然孩子们已经练读得很有感情，但在钢琴曲的伴奏声中，他们练得更加用心。我告诉他们：今天是三八妇女节，我们一定要把我们美好的感情传递给辛勤的老师们！孩子们都懂事地望着我，紧张而兴奋。我们每一个人都开始等待这个美好时刻的到来！此时，教室中弥漫着期待！

下午的班队会铃声终于响了，这个激动人心的时刻终于来到了。孩子们静静地等在教室里，任课老师陆续来了。因为形式的关系，孩子们特别热情，特别激动，好像是第一次见到她们。每走进一位老师，孩子们都报以热烈的掌声。老师们就座后，孩子们在班长的主持下，在优美的钢琴声中，声情并茂地献上了这首诗。孩子们念得很动情，老师们听得很投入。这一刻，教室里非常感人！

如果活动到此结束，我想，这个活动的教育意义也许只发挥了一半。“我们的工作，既有趣，又严肃。”我想起了保罗《写给胆敢教书的人》首页上的文字。是的，我们的工作，感性只是一个方面，理性才是活动真正的价值所在。于是我走到孩子们前面，充满感情地说：“读史使人明智，读诗使人灵秀，数学使人周密，音乐使人优雅……我们面前的这些可亲可爱的老师，为了我们每一个同学的成长，辛勤地付出，她们通过自己的努力，使我们每一个人成长起来。在这里，让我们向她们致以最崇高的敬礼！”班长一声令下，孩子们齐刷刷地行了一个整齐的队礼。

“开学到现在，老师们为了我们的成长付出了很多，那么让我们来问自己三个问题吧！”我望着这些可爱的孩子，大声说：“我勤学了吗？我守纪了吗？我做最好的自己了吗？”每一次提问后，孩子们都大声地承认自己！这一刻，我没有与他们较真，这个表态的过程不就是最好的教育过程吗？不正是孩子们渴望成为最优秀的自己吗？任课老师热烈鼓掌。最后，我请每一位任课老师谈谈开学几周同学们的表现，并提出班级建设的意见。

每一位任课老师非常认真，虽然没有事先的准备与彩排，但是她们的发言是那样的真挚,充满了对学生的责任和爱。这种责任与爱，孩子们也感受到了。每一位老师发言后，教室里总是响起最热烈的掌声……

这一刻，我体会到很多：一次成功的班级活动，学生之间、师生之间关系都会更加亲密。在工作中，为了教育更自然，更朴素，更有力，我想我们班主任必须有敏锐的工作触须，及时发现机会，通过活动让教育直抵学生的心灵。

请不要当着孩子的面

傍晚去散步的时候，遇到以前的邻居与她的女儿红。正上初中的红一脸的不高兴，她的妈妈也一脸的不高兴。我猜是考试的原因吧。果然一遇到我，红的妈妈就开始数落红，说四门主课没有一门考得理想，特别是科学，考得太差了。然后就埋怨科学老师太年轻，没有经验。我几次想打断她，无奈她有些气急败坏，一口气把自己的不满都说了出来。今天晚上，她送红去一个科学老师家补课。孩子很不愿意，两人就在路上闹起了别扭。

我抱了一下红，说声："挺辛苦的！加油！"然后把妈妈拉到一边，说："不要当着孩子的面说老师的不好！这样对孩子的学习没有任何的好处。"这个妈妈说："我知道这个道理，就是太冲动了。你想想，重高考不上，职高怎么办？分数就是人的脸啊！一着急，我就什么也顾不上了。"

唉，这个妈妈的嘴巴是痛快了，但对于孩子有好处吗？一点好处也没有，坏处却有一大堆。假如她能换种方式谈科学老师："科学老师年轻，一定跟你们很合得来，是不是？"说不定，孩子会愿意更多地聊聊学校的事，说说科学学习存在的问题，会更愿意听听妈妈具有建设性的意见，不至于两个人都情绪很糟糕。

《大教学论》的作者捷克的夸美纽斯如下说：

> 假如他们当着子女的面，揄扬学问与学者，或应许给他们美好书籍和衣服，或其他精致的东西，鼓励他们去用功；假如他们称赞教师，称赞教师对于学生的友谊，称赞教师的教学技巧。这样一来，他们就容易使子女爱好他们的功课，爱好他们的老师，并且信任他们的老师了。

显然，夸美纽斯的苦心，需要我们有一个清醒而正确的理解。“当着子女的面，揄扬学问与学者”，可以在孩子们心中种下推崇知识的种子。小时候，我的父亲总是说：“万般皆下品，唯有读书高。”我的母亲对于村子里的教书先生尊敬得不得了，新摘下的南瓜总会让我送一个到老先生家。从小，对学问、对先生有一个“敬”字在那里。从小，我们看父母的言行，就怕自己在老师面前做得不够好。对学问和老师有了“敬畏”之心，哪里还敢跟老师顶嘴？

“称赞教师对于学生的友谊，称赞教师的教学技巧”，使孩子信任教师，相信教师，这无疑会让孩子在学校里、在课堂上，更加专心地听课，学得更多。要是在家里的餐桌上，不顾孩子的思想，评价老师的一言一行，那么孩子会认为父母都不相信老师，我当然可以不相信老师，甚至于不把老师放在眼里了。这样的话，他在课堂上一定是不够专心的，听课的效率自然大打折扣。

孩子的学习兴趣，仔细想想，与家长的做法真的有很大的关系。所以，还是需要在平时经常地提醒孩子尊重、热爱、信任自己的老师，“亲其师，信其道；尊其师，奉其教；敬其师，效其行”。

当然作为师者，更应当各方面磨砺自己，成为值得学生尊敬的人。

第一次，绝不让步

周末，接到电话，又听到家长无奈的感叹：“孩子大了，越来越不听话，有时候简直是无理取闹，我拿他是一点办法都没有。”并问我有没有好办法。

我想说，办法总比困难多。但孩子的习惯，特别是坏习惯，一旦养成，真的很难改掉。父母需要反思的是孩子为什么不听自己的话？

有一次，我去超市买东西，看到一个两三岁的孩子要一辆昂贵的赛车，妈妈没有答应。孩子就开始大哭大闹，先把气撒在妈妈身上，抡起小拳头就往妈妈的身上打，接着开始扔货架上的玩具，后来索性一屁股坐在地上，号啕大哭。妈妈被搞得毫无办法，最后只好拿出钱包，向孩子投降。

这位母亲以前是否曾向自己的孩子投降、屈服过，我不清楚。但是我敢肯定，假如这位母亲第一次向孩子投降，那么，从此以后，母亲将永远是孩子的俘虏。

像这样，当孩子无理取闹的时候，我们应当怎么做呢？让我们来学习另一位母亲的做法。

母亲对这个孩子说:“你就坐在地上哭吧！我走了，妈妈才不会给一个不听话的孩子买玩具呢，大家也不会喜欢一个不听话的孩子。”于是母亲假装走远了。孩子望望四周，见没有人注意他，只好从地上爬起来，追妈妈去了。

你看，只要妈妈的心硬一硬，无理取闹的孩子就会投降。如果，妈妈的心软一软，买了那辆车，从此，一个“小霸王”也就诞生了。他可能在吃饭的时候把最好的往自己碗里夹，他可能直呼长辈的名字，他可能在高楼上往下吐核桃壳……

如果对于孩子的无理取闹，家长没有第一次绝不让步的想法，那么我们身为老师有时也很无奈。

好孩子的成长99%靠妈妈

跟家长聊天，有时候很有意思，特别是与孩子的妈妈交流孩子的表现。有时候，你刚想跟她说孩子近段时间有些问题需要注意，她马上说："这段时间他在家里挺乖的。"这样一来，做老师的本来要请她在家里协助培养孩子良好习惯的，建议的话就说不出口了。有时候，你刚想开口跟孩子妈妈说孩子的进步，她却马上紧张地说："是不是又闯祸了？"这样一来，做老师的本来与她分享孩子的进步，结果要花更多的时间做妈妈的思想工作了。这两种现象都不好。

第一种呢，妈妈在"护犊子"。当然，这是本性。但我们通过家庭教育和学校教育要培养更完善的人，将来能更好地接受社会的教育，就得真实地面对各种教育问题。假如没有直面孩子成长中问题的勇气，那么很有可能就错过解决问题的最佳时间。而一旦错过最佳时间，孩子养成了坏的习惯，要想改掉，就难上加难。

其实，在很多场合，我们都能听到妈妈们谈论的话题："我的孩子英语非常好""我的孩子正在学钢琴""我家的歌唱得挺好"……这也正常，每一个母亲都会为孩子感到骄傲，但如果不能正视孩子存在的问题，那么这种虚荣心会害了孩子。要知道在家里，父母们只能看到自己的孩子，没有横向比较，再加上现在父母陪伴孩子的时间少之又少，这样一来，对于孩子的了解可能真的不够。只有对孩子的真实情况了解得越多，我们作为父母和老师才能越有效地进行引导。

另一种呢，妈妈在“摔膀子”。她不了解自己的孩子，总以为自己的孩子能力不足，对孩子的表现失去信心。这更可怕，孩子如果不能从自己的母亲那里找到支持力量，那么他还有什么可以依靠的呢？

有一天，办公室来了一位妈妈。妈妈坐在班主任老师的对面。刚坐下，她就开始数落自己的儿子。她的结论是，自己的儿子有过许多坏习惯，不是个好学生，他几乎没救了。

她的班主任老师说，孩子其实挺不错，某些方面只要在家里引起重视就可以了。可是这个妈妈开始哭泣，她打开了话匣子，从孩子的小时候说起，说孩子的爸爸不管，自己有了第二个孩子多么辛苦，又说其实自己很重视教育，天天跟孩子说，不知说过多少遍，可是孩子就是不听。

后来，孩子也来了。妈妈还是当着众人的面数落孩子，孩子一言不发，低头站着。尽管孩子的班主任老师一个劲地暗示这位家长，不要打击孩子，但这个妈妈一把鼻涕一把泪，说个没完没了……我想，这个孩子一定恨“死”他妈妈了。

这位妈妈说自己没有受过好的教育，没有文化，没有教育能力。我觉得这不应当成为无力教育孩子的借口。我曾经对一个做公交车司机的家长说过：“你每天把这么多乘客安全地送到目的地，没有出过差错，你身上就有许多值得孩子学习的品质。不要说不会教育，你的身教本来就很有力量。”

这位妈妈说自己很忙，生了二胎，更没有时间教育孩子。可是我发现她手上拿着两部手机，在班主任老师说话的时候，还看了好几回手机。真的那么忙吗？忙得连听班主任老师讲话的时间都没有吗？

妈妈说自己不会教育儿子。可是我发现她口头表达能力很强，一口气说了十几分钟。但她认为自己的话没有意义，儿子不听。我想，要是我，也不会听的。因为一个妈妈每天总是说孩子不好，孩子早晚会失去学习兴趣。

临走的时候，这位妈妈含着眼泪，一再感谢班主任老师的关心，并重申：“我们家里是管不好了，只能拜托老师，麻烦学校了。”

我想说，如果这位妈妈不改变自己，不提升自己，不对家庭教育有新的认识，那么老师、学校即使有三头六臂，对她的孩子也无能为力了。

…………

想起许多年前看过的一本书《好孩子的成长99%靠妈妈》，书的标题是太夸张了一点，但我很同意“不要从孩子身上找原因，首先要从父母自身做起”的观念。父母的言行举止决定了孩子们的习惯和成长，正如每一位父母所熟知的那句俗语：“种瓜得瓜，种豆得豆。”所以，针对两种妈妈的不同表现，我认为正确的教育方法是多陪伴孩子，多参加孩子的活动，多留意孩子的行为，观察孩子在想什么，有什么不足……每一个孩子都有优点和缺点，但是如果不能正确面对孩子的问题，如果不能正确地引导，如果在他们的成长的关键时候“护犊子”和“摔膀子”，那后果就可能非常严重了。

家访，不是任务

说起家访，大家可能感到既熟悉又陌生。说熟悉，那是因为家访是班主任的常规工作。说陌生，是因为随着时代的发展，传统上门家访渐行渐远，进而慢慢被电话、手机、微信等所谓“新式家访”所取代。著名教育家于漪说：“传统家访仍有必要，这是学生、老师和家长沟通的一条好途径。”我也深有体会，对于有些问题学生，必须走入家庭，到他（她）成长的环境中去看看，才能找到解决问题的方向。

本学期，我一共进行了五次家访。家访中一个相同的举动，引起了我的思考。

第一次是在 10 月，学校安排了家访月，每位任课老师分到了两个学生的家访任务，班主任分到四个学生的家访任务。家访对象由班主任牵头确定，时间可以自行安排。有一位学生是新转入学校的，我和同事利用工作日晚上前往该生小区家访。坐下没多久，同事站起来说：“你们聊，我来拍照。”我心里咯噔一下，已觉不妥，却来不及阻止，他已站到了客厅中间。家长也甚是诧异，慌忙站起来。此时，我不能打断我的同事，只能顺水推舟，请出孩子所有家人，一起合影留念。家访结束后，我和同事走出小区，我问同事："家访话题还没有完全打开，交谈氛围还不十分融洽，这时候拍照，家长会不会对我们的家访行为本身产生疑问？学校安排家访月，目的还是与家长真挚地交流，分享孩子成长的快乐。我们拍照，合适吗？"同事告诉我，这是学校传统，家访结束，上交的材料中要求家长在家访记录单上签名，还要有一张家访老师和学生家庭的合影。

第二次是在12月。一个孩子比较特殊，几次与孩子爸爸在电话里交流，既没有对孩子学习习惯差的成因透彻分析，又没有找到更好的解决作业质量差的方法，我们双方都觉得有必要沟通一次，于是我与孩子爸爸打了电话，约好了家访的时间。

周五晚上7：00，我敲开了学生家的门。寒暄之后，就坐下和孩子一家拉起了家常，说到学校生活，气氛渐渐融洽。这时，孩子爸爸突然拿起手机，站起来说："老师，你们来家访，是不是需要拍照存档？"我吃了一惊，内心很不好受。我不是来完成任务的！我连忙摆手说："不用拍照，不用拍照，我们就是围绕孩子的情况做个交流。""你们不是都要拍照吗？"孩子爸爸仍是站着，一脸疑惑。我连忙解释："孩儿爸，家访不是任务。有需要，我们就进行家访。孩子的成长没有回头路，有些问题的交流，可以让我们在今后的教育中，更有方向，更有针对性。您说对吗？"孩子爸爸一脸歉意地望着我，将信将疑："老师，真的不用？"

家访是最正常不过的家校沟通的措施。可是，"任务"两字，从我同事的嘴里冒出来，从家长的嘴里冒出来，那感觉很不舒服。为什么家访要拍照？为什么家长对家访的理解是我们老师的任务？回家的路上，我又想起了10月份同事问我："我们家访过了，你说不用拍照，那怎么证明我们完成了任务呢？"

思考一：到底应不应该布置家访任务？

家访有利于促进教师、家长、学生三者情感的交流。现在不少学校和教师通过电话了解情况，但这只是声音的传递，代替不了面对面的感情交流和教师、家长、孩子三方的有效沟通。上门家访，教师和家长能够在融洽宽松的气氛中进行交流，发现孩子的闪光点，找到教育孩子的着力点。如果老师不进行实地家访，就不可能全面真实地了解这些情况，就不可能有针对性地进行帮扶教育。学校当然应该布置家访的任务，老师当然有必要上门家访。

思考二：如何布置家访任务？

在某一段时间集中做一件事，是学校管理中常用的"武器"，恰到好处地利用这种"武器"，能使工作事半功倍。而且，集中时间向学校文件中心上交照片和材料，提高了学校管理的效率。另外，家访月结束了，学校周前会或德育会议进行总结，会播放相关家访的情况，需要一些照片。老师们一般都好面子，也都好强。在全校老师面前，播放照片，他们会产生积极的情绪状态，会感到满意、愉快、激动。如果哪位老师不上传照片，就不可能让别人知道他去家访过了，就不可能受到表扬，那么就可能产生消极的情绪状态。在这样的大环境下，每个家访老师都记住要拍照留痕，对这个举动的关注超过了家访活动的本身。我想，学校布置家访时间是否可以放长一些，一个学期里根据孩子的情况自主安排家访？针对学生的具体情况，有必要的话，班主任是一定会和任课老师前往家访的。这样的家访准备更充分，行动更从容，交流更自然，效果更突出。

思考三：如何检查家访的完成情况呢？

家访时，老师多倾听、多记录，这是对家长的尊重，也是对学生在家表现情况的激励。但是让家长在家访记录单上签名，这就有了教师完成任务的嫌疑。管理的最高境界应该是“无痕”管理。家访，都是有必要才去的。相信老师们能自觉地去家访，真正做到管与不管都一个样，这样的管理才是真正意义上的成功。作为班主任和任课老师，学生第一；作为学校管理者，教师第一。每一项工作，都应当使学生和老师感受到教育的温度，而不是冷冰冰的任务资料的上交。家访结束后，可以在学校各级德育会上，组织家访工作经验交流会和家访工作成果展示会，让家访老师说说家访小故事、家访感悟、家访收获，在交流中互相启发，互通有无，提高老师的家访技巧。

重拾家访这一优秀的传统教育方式，必须站在学生的立场，从教育的本意出发，无论家长、老师，还是学校管理者，都不能把它当作任务！

家访邀请

上周五放学的时候，施悦儿跑过来，一直紧紧跟着我，欲言又止。她是个可爱的女孩，圆脸，酒窝很深。施悦儿红着脸说：“老师，什么时候来我家家访？你都去过好几户人家了，我真想请你去我家家访。”

我大约是板着脸的，走廊里同学在排队，教室里有几个孩子慢吞吞地理着书包，过一会儿有周前会，真让人着急。“知道了。”我大约是这么答应的。回想起来，表情应该是紧绷的。

前天中午，吃好饭，施悦儿又跑过来，又问我什么时候去家访。

“你为什么这么想让我去家访呢？”我很好奇。

她说：“我们家还没有老师来家访过，我心里很馋。”

这有什么好馋的？我笑了，孩子就是天真。我们大人总爱板着脸，孩子却全然忘记，无比信任站在讲台前的老师。

悦儿的脸红了，说话有点像打机关枪：“你上次家访回来，在全班面前表扬那些同学在家里很能干，我想让你也来家访一下，我也很能干的。还有，我的枕头下藏着一个宝贝。”

我问，什么宝贝。

她说，这是秘密，到我们家时才告诉你。

她是怕我不去，抛出这么一个诱饵吧！

我决定去家访。

路，真的有点远。从学校到悦儿家要开半小时。许多的问题其实跟悦儿妈妈都在电话里、微信里交流过。但如果不去家访，真不知道孩子每天上学放学要赶这么远的路。

于是——

就明白了九月份孩子几乎最后一个到校的原因；

就明白了孩子每天凌乱的头发，妈妈的早晨一定是顾此失彼的；

就明白了夏天午睡结束时，怎么都叫不醒她；

…………

到了悦儿家后，我跟孩子的爸爸妈妈聊如何更有效地陪伴孩子，如何更好地培养孩子的自理能力，如何更好地帮助孩子合理安排时间……孩子的爸爸妈妈告诉我，工作很忙，每天早上把孩子送到学校就要穿越大半个城区；双休日，还要带二孩，实在脱不开身，已经让悦儿独自一人坐地铁去兴趣班；日子就是围着孩子打转，希望孩子读书认真。

悦儿枕头下的东西是《红楼梦》。她喜欢看这本书，跟我聊了许多书中的人物。在家里看到的孩子与学校里看到的孩子是不一样的，这很有趣，也让当老师的我心里更有底了。

“看东西只有用心才能看得清楚，重要的东西用眼睛是看不见的。”《小王子》里的一句话涌上我的心头。一次好的家访，是一次美好的相遇，是一次教育的重新出发。

出租车司机谈教育

有人说，你去一个地方旅行，一定要坐一下当地的出租车，因为出租车是当地生活的一个窗口。在这个小小的盒子里，你会听到来自生活最真实的声音。

今天中午坐了一回出租车。在车上，出租车司机主动和我说起了教育，这一路很有意思。

我说："师傅，我要去湘师实验小学。"

师傅说："老师还没放假？"

我说："最后一个会议。"

师傅："老师好，工作稳定。"

我说："是的。"

师傅说："我的女儿去年考上大学，679 分，我想让她报安徽师范大学，她说什么也不干，说当老师太苦了，偏要当警察，去了一所警校。"

我说："孩子喜欢就好。"

师傅说："我儿子明年考大学，成绩很好，他想考一所有名的航天大学。”

我说：“你真是一个幸福的爸爸！孩子都这么出色。”

师傅：“我对两个孩子说，能读好，尽量读好，即使读个三本，打工也比没学历的强。如果想读好，我一定尽自己的所能，让他们读上自己喜欢的大学。”

我说：“你很会教育。”

师傅说：“唉，你们城里的孩子太苦了，一岁多，就去上什么早教班。孩子什么也不懂，就让他上课，有用吗？还有许多孩子放学后，上各种兴趣班，太辛苦了。我家的两个孩子，从来没有人管他们，也不上什么兴趣班，我就每天打个电话回去。他们放学后，还要帮奶奶干活儿，自己的衣服自己洗，我觉得我们乡下的孩子生活能力更强一些。还有，现在的孩子比手机品牌，一回家，拿个名牌手机，离不了。唉！我其实也能给孩子买名牌手机，但我一想，孩子这么小，自己不会赚钱，凭什么要给他用这么好的手机？”

我频频点头，说：“师傅，您说得太对了。您孩子不用上兴趣班，主要原因是他们自己主动学习。您每天给孩子打一个电话，说什么呢？”

师傅说：“我说说自己每天的工作，问问孩子一天的学习。我自己没读几天书，所以二十年来，外出打工，跟孩子分离，辛苦只有自己知道。告诉孩子如果想过上不一样的生活，只有自己努力才行。”

…………

没有人不能谈教育，哪怕他只上过几天学。这位出租车司机，并无多少丰富、高深的知识和学问，看法好像过时，但每日一通电话，一定对他的子女产生了长远的影响。他的话语朴素、简单，但一定留存在子女的心间。许多年后，他们一定会发现：自己行走在父亲期望的人生轨迹上。

向家长学习

有人说:“当你有了孩子，你就有了问题。”这句话并非指孩子让我们成为“问题父母”，或是孩子一定会造成问题，而是意味着随着孩子的成长，父母必定会面临孩子各种形形色色的问题。就日常生活的作息而言，从孩子早上起床、穿衣、洗脸刷牙、吃早点、上学，到下午放学、看电视、吃晚饭、洗澡、睡觉等，就常让父母忙得团团转；如果再有功课不好、没有责任感、说谎等行为，更会使父母伤透脑筋。

二十年前，家长的年龄比我高出一截；二十年后，我跟家长的年龄差不多；以后，我的年龄会比他们高出一截。但，时代在变，观念在变，永远没有一成不变的方法或已有的经验可以帮助我们更好地进行教育。每天放学的时候，我看到校门口接送处的家长，着急又耐心地等待着孩子，能看到其中一些掩饰不住的焦虑。他们常常因为孩子一次考了满分而踌躇满志，有时又因为少考了几分而降低了对孩子的期望。

这几年，有一些家长鼓舞了我。他们让我明白，与孩子一起成长是最好的方法。

三年前，我们班级里养了一只仓鼠。孩子们轮流带回家，写观察日记。这一天，轮到一个女同学。孩子很兴奋，但是这天晚上，仓鼠越狱成功，神秘失踪，全家人惊惶失措。第二天，孩子的爸爸特地来学校郑重其事地道歉，不好意思地说愿意赔偿一只仓鼠。我说，失踪是事故，也是故事，不急。然后，孩子爸爸说起了自己孩子的情况。他说："我的孩子，有一个特别大的问题，不知道老师有没有发现，就是太自私了。"他举了一个例子。我很吃惊，一是因为孩子真的非常优秀，无论哪一方面，都是同学的楷模；二是因为这个家长的坦诚，发现问题，面对问题，努力与学校联系，想尽早地解决问题。我很感动，说："谢谢您这样的真诚，其实您的孩子非常优秀了。关于自私，现在独生子女很多都存在这个问题。比如中午我们发水果，许多孩子都要大的，要漂亮的。孩子是成长中的人，还小，不要着急。在学校我会关注这方面的情况，及时沟通的。"

和孩子一起成长，就是面对成长中的问题不回避，不隐藏，不忽略。成长中有问题，意味着我们有机会更多地与孩子进行心灵的交流……

第二天，我兴奋地从孩子那里知道仓鼠找到的消息，同时，非常惊喜地收到家长的"作文"。我看了他的"作文"，深受感动，感觉一位用心的父亲，不仅有和孩子一起成长的意识，更有与孩子一起成长的行为。他在文章中提到要让孩子懂得对动物的关爱，让孩子明白养护小动物的责任。他的每一句话都发自肺腑，流淌着真情。

和孩子一起学习，一同成长。忙碌的人们，有多少能像这位父亲一样，在结束了自己的一天的奔波辛苦之后，在灯下拿起笔，写下自己的爱，写下自己的感悟呢？

和孩子一起学习，一同成长吧！

附：一个父亲的日记

天大喜事

星期五快要收工的时候，照例接到了女儿的电话。几乎每天放学回家，女儿总会打个电话报个平安，而我总是喋喋于作业、练琴耳耳。今天的电话里，女儿显得特别兴奋，开口就要让我猜猜“天大的喜事是什么？”听出我有些木讷和疑惑，她激动地告诉我：“今天，轮到我带小可爱回家养两天！”电话那边，女儿简直要飞起来了。

早就听说班里养了几个小明星，特别是“小可爱”，成了班级小朋友们争抢的宠儿。有一段时间，我们家餐桌上的话题就是这个小可爱，它是如何的招人喜欢，又发生了多么可笑的小故事；有时也会不平于某某同学抢先一步带走了它；抑或是谁又秘而不宣地抱得“美人”归。这次也算了了女儿的一个心愿。

放下电话，我倒反而有些不安起来，本来就不喜欢猫猫狗狗，家里从来就没有养过宠物。记得上次俞老师自己周末带“小顽皮”金丝雀回家饲养，金丝雀不幸夭折于笼中的事，更有些担忧。我们万一失足成了伤害班级小明星的“罪魁祸首”，那可要如何谢罪才了得？想到一张张稚嫩的小脸要为一个灵气生物的离去而默然的时候，我不敢往下想。

初见

回到家的时候，刚才的余庆未了。女儿忙不迭地为小可爱整理“房间”、喂食，难得的勤快麻利，俨然是个小主人。老婆在一旁帮衬着，把小可爱搬到了客厅的一侧，并垫上软软的报纸，让它不至于冻僵。要知道老婆向来讨厌毛茸茸的小动物，平时在小区楼下碰到只小猫，她也要退避三舍，远远地绕着弯走。今天可能是女儿的热情感染了她吧。

“爸爸，你快来看看小可爱呀，它吃得可欢了。”女儿招呼我赶紧去认识下大名鼎鼎的明星。放下包，我就凑了上去。小可爱看起来就是只憨态可掬的小老鼠，不同的就是没有老鼠长长的尾巴。它显然见惯了大世面，对我们的围观毫不在意，只顾自己拱着小笼子里的木屑把玩。肥嘟嘟的身子，包裹着松软、富有光泽的细毛，甚是可爱。

“白色衬底，棕灰色相间的皮毛，很有英伦风的味道。”我感叹道。女儿在一边笑了，“怎么样，可爱吧？”小可爱仿佛听懂了赞扬一般，抓着笼子的铁丝，站了起来，直直地盯着我们。一双黑色的像玉一样发亮的小眼睛，镶嵌在它短小机灵的面孔上，显得那么小巧玲珑。爪子干净透亮，细皮嫩肉，一看就是一副明星相。

“女儿，它胖墩墩的，如此干净、悠闲，一定是小朋友们把它当宝贝宠的，它过的真是养尊处优的生活。”我转过去看着女儿说。女儿似懂非懂。

小玩伴

第二天，女儿一起床就惦记着她那一晚未见的小可爱，跑去小笼子旁边。“小可爱，昨晚睡得好吗？在我们家舒服吗？”端详着早已清醒的小可爱，女儿有些关切。那一刻，女儿默默地注视着它，这种亲近感犹如对待一位亲人、一个两小无猜的小伙伴。现在的孩子，实在是太孤单了，在他们的世界里，有各种形态各异的塑胶娃娃，各类甚至连我们大人都不认识的怪兽玩具，但他们却没有了身边活生生的玩伴、痛快淋漓的打闹。如果女儿身边永远有这样一个小可爱陪伴她成长，那该多好！

小可爱倒全然不顾这些，悠然自得地享受着它的笼中生活。女儿掰着大核桃肉塞入小笼子里。小可爱吃核桃时的动作很是惹人喜爱。两只爪子捧起一块碎肉，圆溜溜的眼珠子直勾勾地盯着食物，像是欣赏出自大厨之手的山珍海味。女儿老是嘲笑它的吃相，说它像是在抱着一个大西瓜啃食一般，无礼而又逗人。看到它怡然自得、津津有味的样子，原先的不安和担忧也消散了不少。

失而复得

世上的有些事，就是这样，你不想它发生，它偏偏悄然而至，正所谓逃不出的墨菲定律。星期一早晨，不幸的消息传至尚赖在被窝里的我——小可爱逃走了！女儿大呼小叫，拉着我去看早已“人去楼空”的小笼子。原来小可爱不知道什么时候从小笼子顶上的空隙钻了出去，消失得无影无踪。我顿时也慌了神，这可是班里的宝贝呀，丢了可不得了。在一旁的女儿已经急得要哭出来了，同学们要是知道小可爱逃走了，一定会伤心的。母亲和老婆也顾不得美味的早餐，上上下下地翻找起来。可惜小可爱太调皮了，我们几乎寻遍了家里的角角落落，也找不到它的踪影。老婆只好安慰女儿："爸爸一定会把小可爱找出来送到学校去的。"女儿带着忧伤去了学校，走的时候还不住地叮嘱我一定要找到小可爱。

草草吃完早饭，我找了个手电在母亲似乎听到窸窣声的厨房柜子里搜寻。当我掀开堆满塑料盒的小隔板的时候，一个肉乎乎的毛团团赫然现身于手电光下。我心中一喜，终于找到它了！小可爱在隔板的杂物堆里依然笃定自在，慢慢吞吞，丝毫没有在乎家里已经为它乱成一团。重新被关进小笼子里的它竟又捧起了美味，仿佛什么也没有发生过。

我兴冲冲地赶到学校，已是下课时分。何冲熠正好碰到提着笼子的我，便顺手接过了它，一边冲大家欢呼："小可爱回来了！"几个小朋友又围在了生物角旁边，女儿更是开心。

这天回家，女儿告诉我她上了讲台，向大家讲述小可爱在我家的故事。女儿的言语里充满了自豪，为小可爱，也为了她的上台讲述。此时，我多少有些明白老师让大家养这些小宠物的用意了。尽管宠物们带给孩子的只是生活中一份微不足道的快乐，但我相信这也是一种成长的经历，是交流，是童趣。只要用心观察体味，总会有或多或少的收获和意料之外的惊喜。希望孩子们也能体会到这些。

不要急

8：00

早上，一进学校，一个孩子悄悄告诉我，说班里有一个不好的现象。他告诉我，安东在收受杜桑的钱物，而且数额较大。我一听，就觉得很是吃惊。这是两个非常优秀的孩子，再说学校里是不准带零花钱的，怎么还会出现这样的事情呢？于是，就找两个当事人聊天。

“你在收别人的钱吗？”我问得干脆。

“是的。”安东答得干脆。

“多少钱？”我有些生气。

“不多啊！十块二十块。”安东想了想说。

“十块二十块还不多啊！我们到学校里是来干什么的？”我提高了嗓门。

“你呢？你的钱哪里来的？”我转向另一个孩子。

“我自己赚的。平时洗碗、做家务得来的。”

“爸爸妈妈知不知道你拿钱来学校？”

“不知道的！”

“你拿钱到学校干什么？”

“充值！”

“充什么值？

“游戏！”

“你怎么敢收钱呢？”

“他们自愿给的！”安东几乎要哭出来了。

“你是自己愿意的吗？”

“我是自己愿意。”杜桑的脸红红的。

“你们的胆子真的太大了。你们先好好反思一下，我们要处理这个事情的。”

…………

如何处理呢？还没想好。这两个优秀的孩子是太出乎我的意料了。看来作为教育工作者，还是需要牢记，无论是哪一个人，哪怕是我们每天注视着他成长的任何一个人，越是对他熟悉，他也就越具有神秘性，具有不可知性。我知道小孩子容易被新奇的东西吸引，抵制力弱，难免会犯错。我们老师在成为他们的支持性力量之前必须全面地进行了解：这是一个什么样的游戏？游戏规则是怎么样？充值是怎么回事？还有没有其他同学参与？从家里拿钱，家长知道吗？对于孩子的零花钱的管理，家长重视吗？对孩子进行理财的教育很重要，零花钱怎么管理才科学？一连串的问题浮现在心底，我深深地感受到德育面临的挑战！

10：00

依然没有想好解决的办法，我决定和几个男孩聊一聊。

“这个游戏是手机游戏吗？”我问，心里有些担心。

“不是的，”男孩齐声说，“是安东自己设计的。”

哦！自己能设计游戏，并能赚钱，这倒是个挺会理财的孩子！我知道在欧美发达国家，对孩子的理财教育已经走在前列：九岁，能安排自己的一周开销计划；十岁懂得节约的意义；十一岁知道从电视中了解有关的广告；十二岁懂得正确使用银行业务中的常用术语；十三岁到高中毕业，尝试进行股票等投资活动。那么我们班的这个孩子，应当是一个很有理财头脑的孩子！

“你们觉得他设计的这个游戏怎么样？”

“很好玩！”

“班里喜欢的同学多不多？”

“很多，几乎全部的男同学！”

…………

我立刻对安东的游戏充满了好奇，决定马上向安东请教一下游戏的内容、规则、玩法。

“安东，能给我看一下你的游戏本吗？”

“可以！”

“能介绍一下吗？”

“请看，这是我的游戏本。从二年级开始，我就有一个想法，要自己创造一个纸上游戏，名字叫《黄金与钻石》，我是从六年级的一个同学那里得到了启发，不过，我是从这个学期开始行动的。”

我仔细地翻看他的游戏本，画面制作精良，没有一个错别字。在“科技”一栏，我看到了“神秘吊坠”“铁锭”“灵魂之血”等威猛的武器；在“每日挑战”一栏，看到了许多奇形怪状的形象，以及晋级的规则。

“你在设计这个游戏时，有什么感受？”

“我记得有一次我设计出了一个形象后，画得特别好，我很兴奋！”安东忘记了正在接受我的“询问”，侃侃而谈，竟然笑出了声。

我也笑了，“有没有兴奋得睡不着觉？”

“那倒没有，不过，同学们围在我身边的时候，我感觉挺好的。”

“像个英雄，是吧！”

“有点儿！”

游戏本的封面上有一句英语“In the future”，我指着这句英语对他说：“希望你在未来成为一流的游戏设计师。”

…………

15：50

事情基本理清楚了，在这个时代，孩子们的成长是绕不过电脑游戏的。现在班里有一个能设计游戏的孩子，并且游戏很有“市场前景”；那么杜桑同学拿出自己辛苦赚来的零花钱，用来购买游戏装备，也就很容易理解了。我想听听全班同学们的意见。

“同学们，《黄金与钻石》这个游戏怎么样？”我问。

“好玩！”同学们点头同意，看来真的只有我不知道了。

“很好玩！”

“好玩表现在哪里？”我问。

“创意表现在武器外形很特别！”

“有他的想法在里面！富有挑战性。”

“角色也很有趣。”

“你们有什么建议？”我问。

“他一开始不开放充值，很好玩，但现在开放充值了，就显得不公平了。有的人就用充值的方式来马上升级！”

“同学们，安东充满了创业的梦想，对于他的游戏，我们应当抱怎样的态度？老师听听你们的意见！”我要听到孩子们真实的声音。

“支持他继续设计，但要取消充值。这样，游戏才会公平。”

“我接受！”安东心悦诚服。

“祝你的游戏早日获得成功，我们可以推广一下，甚至推广到网上！”我的话音刚落，全班同学都笑了，於高冲说：“我表哥在清华计算机系，到时可以请他来指导一下！”

“哇！那我们班要出现游戏设计奇才了！”祝高远脱口而出。

“那么从另外一个角度来谈，我们来谈谈钱的问题。如果你是俞老师，你觉得我应当如何处理钱的问题？”

“安东的钱应当物归原主！”

“好！”安东点头答应。

“老师，我补充一下，安东收钱也不是他游戏设计的初衷，有些人，想尽一切办法想进行高一级的游戏。”何冲熠补充说。

“我们有权利处理自己的零花钱吗？”我问。

“权利是有的。但是我们学校规定，学生是不允许带零花钱的。这是不对的。”任王熠说。

“我觉得他完全有支配的能力，但是他要学会管理，记一下花在哪里，怎么花掉的，花得有没有意义？”

“老师，我觉得你必须跟杜桑爸爸妈妈交流一下，让他们关注一下零花钱的去向。”戚杨滟说。

“老师，说的时候要小心一点，不然要影响他的生长发育哟！”小郭同学的建议引得全班同学哄堂大笑！

我看杜桑，也笑了。

…………

现在，我们的家长工作都比较忙，特别是双职工，平时没有很多的时间来陪伴孩子。香港一项调查指出：现在家长与小孩子的沟通时间，平均每天只有六分钟。而这六分钟，很有可能集中在学业上，对于孩子的同伴交往、情绪管理、生活习惯，往往有所疏忽。这样，孩子就有可能成为我们熟悉的陌生人。即使是优秀的孩子，也往往会出现我们一下子难以理解的举动。

每天，我们需要关注的就是这些具体的教育，琐碎的、细致与费神的教育，我们的目光总是要转向每一个孩子的注视与询问，转向对一个个具体事例的了解与体察。

不用宏大叙事，只要用心地注视。

学生叫我“狐狸精”

班里有一个孩子，名叫田一骏。有一次，田一骏又没做作业，我有些生气，便指责他太不应当了。没想到他站了起来，眼里噙着泪珠，在课堂上边哭边说：“我就是喜欢看书，为什么要上课？你这个狐狸精！”我呆住了。这是在课堂上呀！什么时候我成了狐狸精了？他为什么要说我是狐狸精呀？这可是一个极大的贬义词，是不堪入耳的一个词呀！我的血压升高了，我明显感受到自己的脸开始发热了。怎么办？硬碰硬，不行！他一哭二闹三冲出教室，到时，我穿着高跟鞋，是追不上他的。怎么办？我想，孩子口中的狐狸精，说不定是他从什么地方听来的一个新词，一个好玩的词，他也就顺口这么一说。对于三四年级的孩子，狐狸精的社会含义他们必定是不清楚的。

于是，我稳住神。孩子们都望着我，看我们俩会怎么抬杠。我望着他，“扑哧”一声笑了出来，孩子们都很好奇，田一骏也很好奇。

“谢谢你，孩子！你太抬举老师了。从小到大，还没人喊过俞老师狐狸精。你们知道吗？狐狸精都长得怎么样？”

“狐狸精长得都很漂亮的。电视里有的人就是这么骂人的。”

“对啦！你看，俞老师长得又不漂亮，怎么配得上这三个字呢？”我赶紧说。

“《聊斋志异》里的狐狸精也长得很漂亮的，而且很善良。蒲松龄最喜欢写狐狸精了。”一个课外阅读相当广泛的孩子站起来说。

“对啦，狐狸精无一例外都是很美的女子。田一骏你抬举老师了。我真要谢谢你，我第一次听到这么高的评价。”

我哈哈大笑，同学们望着我，都笑了。田一骏也笑了。

当回狐狸精的感觉也不错。静默还会使人产生智慧。

又想起《神迹》里的话：“你们看到的是风险，我看到的是机会。”教育的机会，师生相长的机会。站在讲台上的老师，在学生面前始终做到“温而厉”是不容易的，是需要一次次地修炼的。“温”是出发点与归宿，温和坚定地认为每一个孩子都会有进步；“厉”则是一种教育的艺术。

从技术到艺术，其路漫漫。

危机也可以演变成契机

普林斯顿大学的诺曼·R. 奥古斯丁教授认为，每一次危机本身既包含导致失败的根源，也孕育着成功的种子。发现机会，收获成功，是危机管理的精髓。在班级管理中，碰到突发事件，如果处理得当，同样可以将危机变成契机。

缘起——“空中落下的书包”

这绝对是一个安全事件。

10 月 13 日早上 8 : 25，当国家行政学院的五十位校长参观校园走到教学楼下面的时候，一个书包从半空中飘下，落在碧绿的麦冬丛中。

一个学生大惊失色，跑到办公室报告：“俞老师，书包掉下去了。”他还不知道我已经收到了分管校长的告急短信。

一位同事惊慌失措，跑到办公室报信：“俞老师，你们班有一个书包掉下去了。”同事已看到五十余位参观者走到了教学楼下。

从天而降的书包，作为班主任，我惴惴不安。从上周周前会开始，学校已经强调本次参观的重要性。在周一的升旗仪式上，又强调了安全、卫生、纪律的重要性。早上，校级领导小组还巡视了校园，可见本次接待工作的细致。千叮咛，万嘱咐，紧要关头，还是掉了链子，我的内心忐忑不安。我真想冲出办公室，到教室里去批评一通，出出心中的郁闷之气。我按捺住心中的焦急，往窗下一看，书包还在那里，至少没有伤到人，这颗心便渐渐稳定下来。理智告诉我：从某种意义上说，任何发生的事情，不管是好是坏，有计划还是没有计划，都是一个学习的机会。我想起电影《神迹》里的话："你们看到的是风险，我看到的是机会。"突发事件、偶发事件，处理得当，会成为教育的契机。

真相——并没有成人想得那样复杂

我收到的领导短信没有一个批评的字，但是字字是那样的沉重："俞老师，那个书包是你们班的吧！"空中落下的书包，给前来参观的校长们留下了不好的印象，这实在是很不应该。但是我想，事情既然已经发生，如果只看到空中掉落的书包，不了解背后的故事；只关注行为本身，不关注行为背后，那么我们的教育就简单化了。

了解情况永远是解决问题的前提。两位小肇事者都气咻咻的，在自己的位置上抹眼泪。其他的同学围了上来，七嘴八舌地说了起来。我很快知道了事情原委：原来是语文组长催交本子，一位同学交上去后，又想拿回来改动一个答案，语文组长不同意，于是就按住了本子，不让他拿回去。这位同学眼见抽不回自己的本子，火气上来了，索性来到语文组长的位置，抽出了他的书包，从窗口扔了下去。

我请两位当事人到办公室，请他们谈谈对这件事的看法。我还没说上几句，孩子的眼眶就红了："我是组长，交齐作业是我的责任。我不让他改答案，我觉得我是做得对的。他为什么要扔我书包呀？"

"你是一个负责任的小组长。"我表扬了这个孩子。

"你怎么就不能等我改好答案再交？我知道，你就是急着想玩。"

"你想提高作业正确率一点儿都没错。"我也表扬了这个孩子。

两个孩子的回答很快证实了其他同学说得没错。

"组长积极交作业，学生主动做作业。两件好事，怎么会变成坏事的？你们好好想想。"我希望他们能够反思。

组长的眼圈又红了："我不应该着急，我可以等他一下的。"

另一个孩子低着头："我不应该冲动，把他的书包扔下去的。"

"对，冲动是魔鬼。你们可曾想过，把书包从三楼窗口扔下去的后果？"

两个孩子都不说话了。

跟进——我们可以做的还有很多

双方误会解开，这件事看似完美地解决了，但我总觉得事情还不能到此结束。我问自己：孩子们真的了解书包扔下去的后果吗？他们真的了解冲动带来的恶果吗？以后还会不会出现类似的事情？我想，后续工作还要跟进，真正杜绝此类事件的发生。

全班谈心促理解。当天下午的班会课上，我们就此事做了全班谈心。

"同学们，今天早上发生了一件大事，书包从窗口飞了下去。你们怎么看这个问题？”

“老师，太危险了。要是砸到了人，可就糟糕了。”

“老师，幸好书包里什么都没有，要是有其他的东西，那还有可能飞出去，伤到人。”

他们虽然只是四年级的孩子，但是对高空抛物的危害还是十分清楚的。我把事先准备好的关于高空抛物的恶性事件的新闻，播放给全班同学看。教室里非常安静，每个人都神情严肃。于是，我又问：“你们有什么话，想要对两位同学说？”

“我想对他们说，冲动是魔鬼。不仅事情办不好，而且容易闯祸。”

“我想对他们说，君子动口不动手。不就是交个作业本，犯得着大动干戈吗？”

“我想对他们说，做事不计后果，吃亏的最终还是他们自己。”

不能小看孩子，虽然年纪小，但是道理已经完全懂得。

主题活动促思考。在小学阶段，孩子们的认知与行为是不一致的。他们知道很多道理，但在与同伴交往的实际过程中，往往容易冲动，办事不计后果，容易出现安全事件。为了避免交往过程中由于冲动而造成不必要的伤害，一周内，我和孩子们一起策划了“班级圆桌派”系列活动，如“冲动是魔鬼”“高空抛物危害多”“怎么说，大家都高兴”“他为什么后悔了”等主题交流。同学们围坐在一起，就平时相处过程中的困惑畅所欲言。经过交流，同学们增进了解，知道每个人的脾气不一样，性格不一样，要彼此尊重、互相体谅。遇到矛盾时，要站在对方的角度想一想，不能只考虑自己的感受，良言一句三冬暖，恶语伤人六月寒。如果沟通不顺畅的话，可以沉默几分钟，用理智战胜冲动。同学们通过收集高空抛物伤人的新闻事件，观看相关新闻视频，知道了小冲动容易酿成大祸。在愉快的交流中，大家有了对“空中掉落的书包”事件的深入思考。

小队活动巧融入。为了让更多的人认识到高空抛物的危害，我们班以小队为单位，在周末开展活动。有的制作宣传小报张贴在学校橱窗，宣传高空抛物的危害；有的唱起快板，走入社区，宣传高空抛物的危害；有的摘录情绪管理的句子，制作卡片，赠送家人朋友。这些活动，极大地促进了学生之间、学生与社区、学生与家人的交流。在活动中，孩子们深化了认识，增强了安全意识。

一周后的 10 月 20 日，当这一批校长再次走进我们校园的时候，作为区班主任代表，我以《空中落下的书包》为题给他们讲解了这个事件的真相以及我的处理方法。外行看热闹，内行看门道。校长们都是专业的管理者，他们对于我的处理方法，十分赞同。课间如何管理更安全，也是每位校长一直在思考的问题。我的讲座，抛砖引玉，校长们纷纷发言，我们进行了一次关于学校课间安全管理的真正“圆桌派”。

我想，教育事件，特别是突出事件、偶发事件，应该是我们展示专业素养的最佳时机。因为我们有机会把危机变成契机，从中提升自己的教育水平，领悟教育的真谛。

“滑翔机人”和“飞机人”

食堂。

中午吃饭的时候，高冲坐到了我对面。他问我：“老师，我昨天写的《再见了，亲人》的片段，你觉得怎么样？”

“你自己觉得呢？”我问。

“还可以吧！”高冲停了一下说，“就是昨天我写的时候，我就想，我们班的同学一定都写得挺好，所以我就要求自己好好写。写着写着，就停不下来了。”

真是让人喜欢的孩子！那么优秀还这么谦虚。“我很佩服你呀！从质量上看，你不仅符合本次练笔的要求，而且追述部分让人身临其境；从篇幅上看，你写得已经不是片段了。我只要求大家仿写“月台分别”时的一个小镜头就可以了，结果你写了整整两大张，比课文还要长呢！昨天晚上有没有写到很迟？迟的话，以后就要及时停笔。”

“不迟，我就是写着写着停不下来了。”

“好！昨天你的片段描写获得最长习作奖、优秀习作奖，你是双料冠军！”

…………

“老师，老师！”高远端着盘子乐呵呵地过来了，“高冲好！老师，我想问一下，我昨天的习作写得怎么样？”

“好好吃饭，不着急！”我笑了，这两个孩子，怎么问了同样的问题？

“老师，我的怎么样？”高远非要我说。

“写得很好！结构严谨，书写工整，优秀习作奖！不过——”我拖长声音。

“不过什么？”高远饭也不吃了。

“离最长习作奖还差一点。”

“啊！我写这么多，这么努力，还得不到最长习作奖。人家写得长，是不是把大娘、小金花、大嫂都写了？”高远饭也不吃了，急切的样子真可爱。

“不是的，我就写了大娘。”高冲说。

“唉，看来，我写得不好，我还要努力！”祝高远埋下头去。

“你这个孩子，已经写得很好啦！”

…………

真是让人愉快的谈话。我想到了日本外山滋比古的关于读书人“滑翔机人”和“飞机人”的比喻。他说：“远远看去，‘滑翔机人’和‘飞机人’十分相似，同样在天空中飞翔，而且滑翔机安静优雅的姿态甚至比飞机更优美动人。悲哀的是，滑翔机永远不具备独立飞起来的能力。”

这句话耐人寻味，在学校里，可以根据是否能独立主动学习把学生分成两类——“滑翔机人”和“飞机人”。

这两个孩子显然属于“飞机人”，他们有自己的方向和目标，他们在不断地调整自己。虽然他们只是五年级的孩子，但是他们已经不需要外力的牵引，已经在做主动学习的人。我们要的理想的孩子不正是这样吗？

教室。

我在讲台前和练笔不符合要求的同学聊天。

“小梓，这个练笔，你怎么连个开头都没有写好？怎么回事？”

“我不知道要写的。”他说。

“怎么可能不知道呢？老师提供了一个开头，然后让同学一起听写下去的。听写的时候，我还提醒你的。你怎么可能不知道呢？”真是让人操心。

“知道了。”

“后来，我还提醒前面的同学让你看一下她的笔记，让你把开头补全，你怎么忘记了？”

“知道了。”

“那快去补。”我催促道，离下午第一节课还有十几分钟，应该可以完成的。等我把头抬起来，再去看他时，位置上空无一人。同学说数学老师找他补数学作业去了，他前一天的数学作业也没有补好。很快下午第一节的铃声响了，英语课开始了。然后，又有新的作业产生了。很快第二节科学课开始了……被时间赶的孩子，永远没有属于自己的时间。

我找另一个孩子要作业。

“小柯，你的作业，我好像没有看到啊？课代表说你今天忘记带了？”

“是的。”

“你三天两头忘记带作业，这可怎么办呢？作业是你自己的事，你应该自己管好的。等下补做一遍，怎么样？”

“不好！”

“那怎么办呢？”

“我明天带来。”

…………

有那么极个别的学生，他早上到学校，从早自修开始，到每一堂课，再到每一次作业，都被赶着从一个学习内容到另一个学习内容。所有的老师都在找他：订正语文的作业，订正数学的作业，补做英语的作业……有的时候与家长交流这样的困境，家长说：“老师，你就把他留下来，补好吧！”实际上，家长朋友不知道，新的一天各科的作业又已经产生啦！偶尔忘带作业本也很正常，但三天两头忘记带，就要反思了。“老师，昨天他是做好的，他爸爸看过的，就是忘记放进去了。”这样的留言，看得出家长朋友的潜意识里还没有认识到问题的严重，还在为孩子找理由。下次，孩子有了借口，还会忘记带作业。这样，要补的不是看得见的作业了，而是无形的习惯了。

…………

在课堂上，我把“滑翔机人”和“飞机人”的比喻讲给孩子们听。“主动学习是飞行，被动学习是滑翔。同样的一个作业，‘飞机人’会明确自己要达到怎样的目标、付出怎样的努力，他想飞得多高就飞得多高,想飞到哪里就飞到哪里;而‘滑翔机人’借助山坡的力量，借助风的大小，滑到哪里是哪里，一不小心就落到了水坑里、挂在树枝上……”

“老师，这几句话能否再说一遍，我想记下来。”我没想到高冲脱口而出。

多好的孩子！我的脑海中出现的是高冲在座位上入神地阅读棋谱的情形；出现的是柳曳课间的时候在位置上认真地背诵《新概念英语》的情形；出现的是问兮埋头写日记的情形；出现的是泽源在800米赛场上奔跑的情形；出现的是王熠完成作业精益求精的情形；出现的是彤扬努力突破自己勇敢站上讲台的情形……

一个老师，最重要的工作就是培养“飞机人”，培养那些机翼上装有发动机的学生，能够自己飞起来的学生。一个班级，就是要培养更多的“飞机人”，让他们互相影响，形成一个强大的学习磁场。

好奇

中午，当我端着饭走到餐桌旁的时候，几位同学已经在等我了。

“老师，我先说，你对韩国总统朴槿惠被抓有什么看法？”

“老师，我问你，你认为韩国队是被中国队的实力打败，还是被我们的爆竹吓坏的？”

“老师，你猜猜，有可能会爆发第三次世界大战吗？”

“老师，你对战争狂人希特勒有什么看法？”

这几个孩子说的话、问的问题比他们吃的饭多多了。我让他们去添点饭，他们却急切地想听答案。于是我统一回复：“第一个问题推荐阅读《绝望锻炼了我》；第二个问题是我不认为中国队会赢；第三个问题有可能会爆发第三次世界大战；第四个问题希特勒的额头上没有写着‘战争狂人’四个字，暑假里可以看看关于希特勒的传记电影《帝国的毁灭》。”

“老师，我说，我说！”

“吃完再说！”

…………

好奇是最可贵的品质。爱因斯坦说他自己能做出一点成就，全是因为自己智力发展迟缓，没有过早地失去好奇和天真。我们成年人往往思维固化，情绪固化，心灵固化，最明显的就是表情固化。我想起了自己的读书年代，我和我的同桌，两人每天都要想许多的课外知识来努力压倒对方。如果被对方的题目难住，那么就会去读更多的能找到的书，出更难的题。可现在呢？我和我的好朋友见面了，谈得多的是房价、车位。孩子是我们的老师。

路易斯·康说："学校源于一个人坐在树下，与另外几个人谈论自己的想法。谈的人不知道自己是老师，听的人也不知道自己是学生。学生听得出神，不禁惊讶万分，要是这个人能留下来多好啊。于是他们就在那个所在的地方划出一个地方，于是世界上就诞生了第一所学校。学校的诞生是不可避免的，因为它代表了人类欲求的一部分。"我很高兴能在学校里，成为学校的一部分。

有一位旅居国外的学生说，她的语文能力再没有超过高中时代。走上社会后，没有人对她讲"心忧炭贱愿天寒"了，再没有人对她说"位卑未敢忘忧国"了。她认为走出学校后，老师在课堂上的对课文的解析化作分数之后，极少记在心灵深处，唯有老师那些真切的表达、真挚的情感留在心中。我想，她提到的其实是老师的人文素养。

夏丏尊谈著名教育家、艺术家李叔同时说："李先生教图画、音乐，学生对图画、音乐看得比国文、数学等更重。这是有人格作背景的原因。因为他教图画、音乐，而他所懂的不仅是图画、音乐；他的诗文比国文先生的更好，他的书法比习字先生的更好，他的英文比英文先生的更好……这好比一尊佛像，有后光，故能令人敬仰。”夏丏尊先生所赞赏的其实也是李叔同先生所拥有的人文素养。

理想的教师一辈子都在积淀他的人文素养。愿自己永远好奇！接得住学生的好奇！

图钉的花样年华

一颗颗小小的图钉，默默地被钉在教室后面的墙上。它把美丽的图画牢牢地固定在上面，很多双天真的眼睛曾经久久地凝视过那些美丽的画。他们没有看到图钉的存在。后来，有调皮的男生把它悄悄弄下来，放在抽屉里做玩具；有时它又不知被谁扔在了角落里。它被冷落，它被忽视，它只能默默地看着这一切。

临近考试，一只手把图钉们身后的那些美丽的画收了下来，图钉们被胡乱地插在天蓝的绒布上。光秃秃的绒布只剩下图钉时，图钉像散落在天幕的星星，一下子成了主角。

下课了，孩子们围着它，编自己的学号，排各种的星座，连有趣的动物图案。我满心喜欢——就是要找给孩子们动手的机会。

上课了，孩子们忘了它，图钉有的落在地上，有的掉入花盆，有的嵌入书架。我想要解决这个问题。

“同学们，刚才哪些人在玩图钉？”我笑眯眯地说。

孩子们面面相觑，不知老师葫芦里卖什么药，凶吉难卜。

“有一个任务，不知哪位同学愿意去做？”

小手都举了起来，一片手的森林。

“大家想想，我们离期末考试还有几天？”

“十天！”

“行！谁能每天用图钉编个数字，从明天的九天始，谁来想想，干什么用？”

“噢！”恍然大悟，“倒计时！”

“对！”我说，“就请玩图钉玩最多的男孩吧！”

“耶！”男孩说，“我可以邀请别人吗？”

“当然可以！”

于是——

图钉迎来了自己的春天，它成了教室的主角。

有一天，我在课堂上采访了每天用图钉编倒计时的同学，有什么感受？

男孩子说：“有一种创造的快乐！我每天都在想配色方案。”

女孩子说：“我有一种淡淡的忧伤。望着它每天变化，我终于体会到了林清玄与时间赛跑的感受。时间过得真快，我有些明白什么叫白驹过隙了。我有一种淡淡的忧伤。”

图钉，时间里的图钉，你演绎了一段花样年华！

你失望了

早上休业式结束后，我们坐在教室里，开始下发素质报单。看着全优的报告单，许多同学抑制不住自己的喜悦，开始宣布自己可能得到的奖励。一个大眼睛的男孩，紧张地望着我手中的纸，一声不吭。我知道即将的揭晓，对于他来说，是个打击。他预感到了！

“来！过来，孩子！”他慢悠悠地走了过来，眼神有些暗淡。

“我全优吗？”男孩子轻轻地说，充满期待。

“你已经很努力了，可惜语文数学都是合格，离优秀都只差一道题。”我压低声音，实话实说，因为各科成绩已经明明白白地写在单子上了。

“怎么会有两个合格？”男孩叹了口气，回到座位。然后，他把头埋得低低的，两只肩膀开始耸动，我知道他伤心了！果然，一颗颗泪珠从他的眼睛里流出来，挂在长长的睫毛上。

作为语文老师，工作到现在，每接一个班级，不管班级人数多还是少，不管班级起点高还是低，都会遭遇一两个学习困难生。有的是因为注意力，有的是因为学习习惯，但这个男孩子注意力集中，学习也很刻苦，家长和我都花了很大的精力，但效果并不明显。这让我有时也很气馁。

我知道要提高一个孩子的学力最经济的手段在于阅读，借阅读增进理解力。平时我发现他阅读速度有时很快，会出现跳行、省略、歪曲等情况，有的时候速度又很慢，需要用手指帮助。读完后，问他写了什么，他往往不能从阅读材料中得出结论，也就是不知道文章具体在写什么，而且听写的情况，错误百出。一天六节课，有源源不断的新知识塞给他，这样一来，原先的就没有好好地掌握，又有新的吃到肚子里，于是什么也消化不了……

我心疼地望着他。半小时后，他抬起头来，说："老师，我哭一下，哭过了，心里就舒服了。"孩子，其实你的其他方面，比如乐器演奏，比如品质，比如能力，我们都知道很好！

孩子，这个寒假，别的可以少做一些，推荐的书籍一定要看，而且要养成不动笔墨不读书的习惯。在阅读的时候，在重要的词语下画画横线，告诉爸爸妈妈自己读懂了什么。也可以听书，了解整个故事在讲什么，然后和小伙伴们一起分享……

在阅读上花足了时间，你会比在课堂上得到的还要多。愿你利用好这个寒假时光！

寒假从早起开始

今天是休业式。我说:“同学们，最后我们来讨论一个问题。明天寒假就正式开始了，你们打算早上几点起床？要不要打个卡？”之所以这样说，是因为以前曾经这样做过，假期一开始，我们通过讨论，以班级公约的形式决定早起的时间、打卡的方式，以期在二十多天的时间里养成一个早起的习惯。

全班安静，没有一点声音。但是，我能感觉游丝一样不满的情绪在面面相觑中传递。于是，请一位同学站起来谈谈看法。

这个孩子说:“我认为既然放假了，那么我们喜欢睡到几点就睡到几点。”我很理解这个孩子的振振有词，毕竟现在的孩子睡眠普遍不足。

那么是不是放假就可以想睡到几点就到几点呢？讨论继续进行。

一个孩子说:“我们家里已经讨论过了，每天早上 7：30 起床。”这个孩子的回答将我们的讨论引向另一个方向。教室里显然安静下来。

“同学们，早上 9：30 起床和 7：30 起床，你们感觉一样吗？”

“不一样。”这个回答老老实实，并且得到大家的认同。

“这两个小时可以做什么？”

同学们有的说可以起来运动，有的说可以背诵经典，有的说可以进行阅读，有的说可以做寒假作业。看来，早起两个小时，能做不少事。教室里的安静更深一层。

讲一个科比的故事，学生听得专心。当我说“见过凌晨四点钟”几个字后，一批男生异口同声地说“洛杉矶”，仿佛明白了这个道理。但是没有人喜欢早起的。

我至今记得父亲的严厉、自己的不满。他自己是把“黎明即起，洒扫庭除”八个字，奉为圭臬，身体力行，并且严格地要求我和弟弟。小的时候，并不理解，长大后，我和弟弟对父亲的教诲充满感激。从小养成的早起习惯，让我喜欢上早起的感觉，以积极的心态迎接每一天的挑战。

《一天的船舵》中有这样一句话：“每天早上如何度过醒来后的第一个小时，会影响全天的状态。如果我在醒来后的第一个小时内状态懒散随意，那么我一整天都可能精神涣散；但如果在一天当中的第一小时变得积极高效，那么接下来的时间也会这样度过。”我非常赞同。当闹钟响起的那一刻，如果选择“再睡一会儿”的心态，那么绝对不是再睡一会儿那么简单。因为在那一刻，拖延就已经开始。

“同学们，既然大家现在都认为有早起的必要，那么几点起床比较好呢？”

“8：30！”

“7：00！”

“7：30！”

每个孩子都有自己的标准，于是我们进行了表决，三十五位同学认为迟于 8：00 不太合适。于是我们少数服从多数，规定每天早上 8：00 前起床。

我感觉孩子们都松了一口气。他们绷得太紧了，也许他们认为早起的时间会像平时上学一样。我希望他们晚上早点睡觉，第二天早点起床，并且坚持下去，感受到早起的丰富，喜欢上早起的感觉。

早晨的行动将影响我们的思维和心态，决定我们一整天的表现。

这是真理。但是执行关键在家长。

素质报告单

放假第一天，邱楚弋发过来一篇作文，我原谅他了。昨天他撕素质报告单的一刻，我恨得牙痒痒。

考试终于结束了，我很高兴。在家里过了两天舒服日子，今天要去拿素质报告单了。在去学校的路上，我一路哼着小调，歌声像天使般环绕着我。一路上，暖暖的，阳光在天空的壁炉旁，缝织着冬日的衣裳。

期待，美好。

到了教室，发现人已经来了不少。我坐了下来，周围很安静，很多同学像前几天一样，都在认真看书。安静的空气中仿佛有丝不安，但又说不出来。同学们一个一个来了，还是很安静。正是这安静的气氛让我很不安，我觉得我全身都在颤抖。老师来了，她的手上捧着一叠资料，大约是试卷、奖状。老师放下手中的东西，站在讲台边，扫视了全班一眼，最后在我身上停了停。也许只有一秒，但我觉得很长很长。我打了个寒战，觉得心中似乎被这锐利的目光猛刺了一下，背后凉凉的。

紧张，担心。

老师皱了皱眉，向我轻轻招了招手。顿时，世界似乎全部静止了，风停了，鸟儿不叫了，树枝不摇了。我的心“怦怦”跳着，脚步变得僵硬，每一步都好像走在针上。

素质报告单静静地躺在那里，我极不情愿地去看，所有的学科成绩都是优！这让我心头暗喜。可再看，天哪！三个合！两个是平时态度，一个是体育。它们就像三块石头，向我身上砸来，我像掉进了万丈深渊，我被击垮了！我心里冒出一个主意：把它撕了，把它撕了。老师对我说了什么，我好像什么也没有听到。我只感到我的头在疼，我的脸在发烫。在大家无声的注视中，我回到了自己的座位。

我将自己的素质报告单塞进了抽屉。这张纸，我不要！我越想越生气，于是趁着没人注意，我猫着腰，神不知鬼不觉地来到厕所。厕所里一个人也没有，我撕了一把，又撕了一把，很快，素质报告单被我撕得只剩下一角，露出了纸绒。我牙齿一咬，手一撒，纸屑如天鹅绒般款款地落向地面。我弯下腰，一个小碎步溜进教室。呀，老师正好与我的目光相碰，“你去干什么了？”老师有些警觉，好像知道会发生什么。“我……我……”我涨红了脸，低头不说话。这时，刚从厕所回来的林禹晟说：“他把素质报告单撕了。”我不敢抬起头，这是事实。

老师叹了口气，语重心长地说：“做得不好，撕了，并不能改变结果。这是逃避，我们只有找到问题所在，才能真正地解决问题。我觉得你很有上进心，你把素质报告单撕掉了，这说明你对自己不满意。只有接受真实的自己，才能远离缺点……”

接受，坦然。

回家路上，迎着风，虽是冬日，吹在脸上，却暖烘烘的。耳边响起俞老师的那一番话语，我拿着重新打印的素质报告单，轻轻地对自己说，我错了，以后做任何事情要冷静，要经过大脑思考。人非圣贤，孰能无过？过而能改，善莫大焉。在寒假里，我要深刻地反省自己，争取下一学期把那三个合变成三个优。

厉害了

正月十三早上8：30，全班同学在教室里集中，为正月十四晚上的“为你读诗”朗读会做最后的准备。我们又一次观看了名家的朗诵视频，然后做了总结：“好的朗读，就是准确地传达作者要表达的情感。一篇文章，一首诗，其实没有统一的标准的读法，只要感觉与作者的心灵相通了，那就意味着读对了。”我知道，要理解朗读的方法，需要在一次一次的朗读中渐渐掌握。今晚的活动就是一次锻炼。

我们逐个地检查节目。孩子们可厉害了！有的是单人朗读，有的是小组朗读，有的是男生组合，有的是男女合作。节目都已排得有些模样了。有几个小组朗读节目还准备了精美的文件夹，台上一站，让人眼前一亮，不由佩服同学们的准备很是充足。不过，检查了一圈，还是发现一些小问题：

读得不正确。个别孩子有读错字的情况，这是很不应该的。读正确，这是朗读文章最起码的要求，必须得字字落实，不能读错一个字，不能增一个字，不能减一个字，不能回读一个字。希望同学们对自己选择的作品再一次认真学习，确保读正确。

读得不投入。朗读最容易出现的问题是没有感情色彩，声调没有起伏变化。一些孩子一上台，马上开口发音，没有经过一个情感酝酿的过程。这酝酿的过程，其实就是去思考、去理解、去匹配的过程，也就是静下心来进入作品描绘的背景的过程。傅聪在台上表演时，有几分钟是一动不动的，台下的人也屏住呼吸。傅聪在这几分钟中找到感觉以后，才会缓缓地抬起手，放到琴键上。如果还是没有找到感觉，他会让观众等更久。但是这样的等待是值得的，因为找到了作品的感觉，傅聪先生就身入化境，让听众如痴如醉。

个别孩子这样未经准备的朗读，显然作品的感染力就欠缺了，听的人明显感觉他的声音与作品隔了一张皮。有几个孩子天生感情丰沛，容易激情澎湃，往往对作品的感情基调还没有正确地把握，就企图用夸张的声调和手势来表达。上面的这两种情况，归根到底，是由于对作品的不理解，希望同学们能设身处地地进入作品，洞悉作品所描绘的意境，感受作者的情感态度，更好地呈现作品。

表演不规范。上下场的时候，有些孩子忘记问好和致谢了。有些是由于紧张忘记了，有些可能是没有想到要这样做。在活动中进行礼仪教育，应当是最好的机会。

针对出现的问题，同学们马上进行了调整，找地方认真地练了起来。我到处巡视，看同学们打磨自己的朗读作品。

一组同学来到了实验楼的大厅里，摆了一个漂亮的造型，但是底下的男孩劈叉太大了，造型架子塌了，大家都忍不住笑了；一组同学来到转弯处，仔细地研究作品要表达的感情来；一组同学围成圈，一句一句地推敲着；还有一群男孩子占了有利地形，开始排练；还有一组同学在走廊上练习动作的整齐性；还有一组同学在争论着哪种读法好……

我就这样看着他们，心里想起顾城的一首诗来：

草在结它的种子
风在摇它的叶子
我们站着，不说话
就十分美好
…………

厉害了，同学们，我们不要十全十美，只要在活动中有所感悟，就是收获！

厉害了，同学们，我们不要独自精彩，只要在活动中学会合作，就是进步！

厉害了，同学们，我们不要害怕挑战，只要努力向前站上一步，就是成长！

语言的优雅，源于心灵的优雅

大课间排队锻炼的时候，一个女孩子不知怎么的，爆了一句粗口。我一下子愣住了，严肃地望着她。她咬着嘴唇，知道自己错了，低着头不说话。

开学初，每个孩子都写下新学期的决心，针对自己最糟糕的一个习惯，分析它对自己的消极影响，确立改进它的步骤。这个孩子开学初的时候，我表扬她用真诚的态度，来面对自己的不足。她写道："我决心改掉说脏话的习惯，不是因为说脏话要被批评，而是因为脏话不好听，会使听到的人不高兴，会让听到的人讨厌我。"计划定得很好，第一周针对自己的计划反思，她认为自己有进步。的确是的，应当说进步很大。我多次听到她对同学说"谢谢"；多次听到她进办公室的时候有礼貌地打招呼；多次听到办公室的老师夸奖她的彬彬有礼，我很高兴。

今天，这一句脏话，让我很吃惊。我知道，她不是故意的，也没有针对任何人，只是习惯使然，脱口而出。习惯的力量太强大了，我控制好自己的情绪，因为我知道我们的工作是严肃的工作，理性是工作的主导。分析一下她的家庭情况，她的家里是不会允许出现这样的脏话的，所以我得知道这样的话她是从哪里学来的。

她说："一个男同学在说，我觉得很好玩，就学了！"

"男生说的人多吗？你听到几个人说过？"我很担心，要是有几个人这样表达，那么问题就大了。

"就一个！"她说了一个男孩的名字。我松了一口气，明天我会找他谈的。

"遇事要学会思考，学会选择，见贤思齐，见不贤而内自省，懂吗？"我明知说教的力量很有限，还是忍不住这么说，"计划你自己定的，决心就在教室的后墙上，说话要算数的。"

"知道了！"她的眼睛望着我，情绪低落。这是好事，我知道她对自己不满意了。

阳光下，孩子们跳着长绳，跑着步。礼貌是一种习惯，粗野也是一种习惯。行为是时间累积出来的，时间一长，行为就变成习惯。好的习惯呈现好的教养，坏的习惯自然掩饰不住教育的缺失。

想到前不久看过的一个电影《夜行动物》，讲述的是一家三口自驾开车旅行，只因女孩子向旁边车里的男孩做了一个侮辱性的动作，在荒凉夜路遭遇三个混混挑衅，事态渐渐失控——丈夫一个人踉跄逃亡，妻女被强暴残杀。说实话，我没有看懂这部金球奖最佳导演提名的影片，据说主题是男主向前妻复仇，我只是觉得三条线索中的这一条公路追杀让我感到这是惊悚片——由一个十六岁女孩不得体的动作引发的血案。

也许这只是电影，但在实际生活中，真的有这样的事情发生。

一个小伙子去面店吃东西，老板四十二岁。小伙子说："几块钱一碗？"老板报了一个价。小伙子说："好像有点贵！"老板说："我说几块就是几块。"然后打了小伙子两个巴掌。没想到，这小伙子闷声不响地走进厨房，拿了菜刀，在五十多人面前，生生地将老板的头砍了下来。这不是章诒和的小说，是真实的事件，发生在 2017 年 2 月 18 日中午 12 时 25 分的湖北武昌火车站旁的一家面馆。我们只在看国际新闻的时候才看到过这么血腥的画面。

小伙子是有精神疾病，但是他做出这样的行为，是有诱发因素的，那就是老板的言行不善，"我说几块就是几块！""想吃就吃，不吃就走！"但人是可以学会管理自己的情绪的，这样的惨案终究是不应该发生的。

回到教室的时候，我给全班同学讲了奥斯卡获奖纪录片《牢狱之外》中的一个孩子的故事，大家听得很专心。故事要说明的道理是：

语言的粗鄙，源于心灵的粗鄙！

非暴力沟通

美国教育心理学家吉诺特博士说："在经历了若干年教师工作之后，我得到了一个令人惶恐的结论，教育的成功与失败，我是决定性因素。我个人采用的方法和每天的情绪，是造成学习氛围和情境的主因。身为教师，我有强大的力量，能让孩子们活得愉快或悲惨。"看到这样的话，我们不能不思考：教师如何与学生沟通，才能让师生之间感到舒适？

昨天"困难班"的时候，像往常一样，我翻看了班级日志。当我看到下午第二节音乐课上有两名同学因为排队发生纠纷并顶撞老师的时候，很吃惊，于是就问了其中一个孩子。

"有这样一回事吗？"毫无责怪之意，我只是询问情况。

"有的！他们两个打了起来，老师让他们进去，他发脾气了。不进去。"眼前的男孩还没说，教室后面的一个男孩熠熠已脱口而出。

"没有！不是这样的！"眼前的男孩一下子站了起来，喘着粗气，扭头瞪着熠熠，又把桌子上的作业推开，豆大的泪珠已经挂在长长的睫毛上了。

这个孩子火气特别大。我还没有把事情调查清楚，他已经开始发作了。“你怎么回事？发火也得等老师把事情调查清楚了。有则改之，无则加勉！”

“我就是没有，要他管！”说完，这个孩子喘着粗气，边哭边开始整理书包，准备离开教室。

这真让人生气了，我的火气也上升了，甚至想骂他一通了。虽然我知道他的行为背后一定有他的行为“密码”，但还是觉得自己的权威受到了挑战：还没批评你呢，你竟然背起书包要回家！我很想冲他大骂，甚至把他拉出来。但理性告诉我，这样的情绪化处理对于解决问题毫无用处。我们只有理性地识别出这些不当行为背后的目的，才能有效地帮孩子认识错误，改变行为。“最惹人讨厌的孩子，往往是最需要关注的孩子。”我的确很生气，但这并不意味着我可以去直接表达，去发泄。空气中弥漫着紧张，孩子气咻咻地理着书包，我静默着。我应该如何开口，与这个孩子进行语言的沟通呢？

马歇尔博士在《非暴力沟通》一书中认为，要建立一个和平的环境，就要消除那些责备、批评、羞辱的语言。这类语言往往以习惯性思维为基础，妨碍人们进行友爱的交流，容易导致进一步的暴力。非暴力沟通主要有以下四个要素。

留意观察。在事件发生以后，我们此刻观察到什么，不管是否喜欢，只应该说出他所做的事情。要点是清楚地表达观察结果，不做判断或评估。因为我们所观察到的内容一旦加入评价都有可能引起其他人的防备心理。

表达感受。可以用五个字来表达我们的感受，如“我感到愤怒”“我感到温暖”“我感到难过”，等等。感受与人的需要相关联，当需要得到满足的时候，我们就会有愉悦的感受，如高兴、激动、内心平静等。当需要得不到满足时，我们就会有痛苦的感受，如烦恼、害怕或者伤心。感受没有对错，只是说出自己的感受，而非指责或者抱怨。

理清需要。说出哪些需要导致那样的感受。可以用“我感到难过，是因为我很在意……”如果我们借由感受识别并表达出自己的需要，就更容易找到满足这些需要的方法。如果我们像关心自己的需要一样去关心别人的需要，人际交往就能有更多的理解和关爱。

提出请求。明确告知他人，我们期待他采取任何行动来满足我们，建设性地解决问题。当请求被拒绝时，我们需要寻找其他有效地解决问题的方法，而非抱怨、指责或者内疚。

“我观察到……我感觉……是因为……我希望……”借助这四个要素诚实地表达自己，是非暴力沟通的一个方面。另一方面则是专注于彼此的观察、感受、需要和请求，鼓励倾听。

静默是一种力量，这是我深刻体会到的道理。在这几分钟的静默中，我提醒自己做情绪的主人，努力找到最有效的沟通方法。身为老师，必须放下已有的想法和对孩子已有的判断，调整好心态，控制好语气，全神贯注地与孩子进行交流。

我：我观察到你很生气，是不是刚才熠熠的话不符合实际情况？

他：是的。

我：那你说说是怎么一回事？

他边哭边说：排队的时候，前面的同学退下来，弄到我的脚，于是我发火了，就踢了那个同学一脚。

我：然后你们两个打起来了，音乐老师教育你，你没控制好自己的情绪，是吧！

他：那个同学踢了我两脚，我也踢了他两脚。

我：我发现你很生气。你生气是因为这个事情不是你引起的，是吧？

他：是的。

我：就这样一个简单的事情，我希望你能控制自己的情绪。你不是把“控制自己是强者的表现”这句话作为自己的座右铭了吗？

他：我不是强者。

我：那你也不是弱者。

他：我是弱者。

我：我们每一个人都是由弱者，慢慢进步，变为强者的。我知道你只是没有控制好自己的情绪。冲动是魔鬼，控制自己不是那样容易的。你已经很努力，你现在已经很少发火了，发火的时间也已经很短了，而且发完火后，你总会来对老师说一声，我现在没事啦！你的进步很大的。老师希望你下次发火之前提醒一下自己。好吗？

他：好。

我：握手！

…………

这个孩子的情绪得到了平复，并且愿意与我交流并握手。我以为非暴力沟通的四个要素是可以提高我们老师与孩子的沟通质量的，但前提条件是我们愿意以尊重为前提，用一种温和而坚定的态度，和孩子进行平等的交流。

遇到冲突时，让我们再次确认：教师只需要做出这样一个选择，即把学生的自尊放在前面，还是把自己的自尊放在前面。如果把抚慰自己受伤的自尊放在首位，那么他显然是不专业的。教师要有足够的心理准备，必须以冷静、成熟的方式来处理冲突，即便他原本不想这样。

有时老师靠不住

下课时，七八个孩子手拿翻开的字典，冲到我身边，像一群兴奋的小鸟。

“老师，这题填空的答案我们没有错，你看——应该是这个字。”一个个用手指着字典的某一处。

“别急！一个个说，慢慢说！”我说。

“心力交瘁的‘瘁’不应该写成脸色憔悴的‘悴’！”一个男孩子振振有词。

我心里一惊，我记得是“憔悴”呀！难道刚才自己试做的时候看得太快，出错了？

“让我再看一下！”我拿起试卷又看了一下。果然，错了。“心力交瘁”指精神和体力都极度疲劳。“憔悴”指面色不好看。唉，我犯了低级错误。

“你们是对的！我错了！”我心悦诚服。

一个男孩子欲言又止。“说吧！”我拍拍他的肩膀。

“老师，我把你比作《两个铁球同时着地》中的亚里士多德，我们是伽利略，刚才我们向你发出挑战，因为我们知道亚里士多德也有说错话的时候。”一个男孩一口气说完他的意见，眼睛亮闪闪，脸蛋红扑扑。

呀！真难为他做了这样的联想！我受宠若惊。

我们是学过这篇课文的，也在课堂上补充过下面的故事：

亚里士多德从十七岁开始入师门，跟随柏拉图达二十年之久。亚里士多德对老师是很崇敬的。他曾写了一首诗赞美柏拉图：“在众人之中，他是唯一的，也是最初的。这样的人啊，如今已无处寻觅！”然而在追求真理的征程中，亚里士多德非常勇敢、坚决地批评老师的错误和缺点。于是有些人就指责他背叛了老师，亚里士多德对此回敬了一句流传至今的名言：“吾爱吾师，吾更爱真理！”

生活即教育。

“谢谢你们！我应当像你们一样，字字落实。你们做得很好！这也是老师让你们在抽屉里天天放字典使用它的目的！我要向你们学习！”

孩子们满意地归去。一个女孩子临出门的时候说了一句话，让我听见了：“看来，老师有时也靠不住！”

我笑了！对！要的就是不盲从！

吾爱吾师，吾更爱真理！

摇摆

下午四点的时候，一位家长发来了一个视频。我打开一看，原来是四个孩子在教室里排练诗朗诵《沁园春·雪》的场景。

几个孩子站在教室中间，神情严肃，投入地排练着。一个男孩子努力记着动作，几次想抬起手来，又犹豫着放了下去；一个男孩子站得笔直，朗声念出“大河上下”的时候，可能觉得自己绷得太紧了，想笑了，然而为了排练的整体效果，又努力克制着，一个微笑荡漾开来，又收了回去；一个男生在别人朗诵的时候，眼睛里含着笑，但翕动的嘴角，暴露了他的紧张；一个男孩子满脸通红，双眼注视着前方，双手放在身体两侧，一动不动……

看着录像，我内心挺“摇摆”的。不知道其他的班主任有没有这样的感受——当我们举办一些班级活动的时候，一方面考虑到活动本身带给学生的锻炼与成长，就觉得既有意思，又有意义；但另一方面，也有些担心，怕给家长增添麻烦。

正月十四晚上，在文源报告厅，我们打算举办“为你读诗”朗诵会，把几年积累的诗词做一个呈现。举办这个活动的目的是维护班级文化建设的传统：两年前的正月十四，我们举办了班级亲子运动会；去年正月十四，我们举办了“一个都不能少”迎新晚会；今年的正月十四，我们将举办“为你读诗”主题活动。今年的安排既有班级活动序列化的考虑，又有班主任工作学科化的考虑——热爱中华文字，推广朗读文化。

去年的正月十四晚上，在文源报告厅，我们举办了“一个都不能少”元宵联欢晚会。整个活动得到家长们的大力支持。楼泽浩妈妈全程参与了活动的策划，倪书扬爸爸包办钢琴的相关事宜，郭书谌妈妈、沈彤扬妈妈、张宇轩爸爸等，众多家长们放弃了双休日时间，来到学校，装饰报告厅，分装礼物袋，搬乐器……盛誉妈妈说：“每家孩子都是宝贝，平时忙东忙西，成长的关键怎能错过？感谢老师创造机会，给每一个孩子闪光的机会。”

去年的活动，考虑到孩子们才四年级，能力上还有待提高，我花的时间比较多。但今年，考虑到平时的积累和活动形式的创造性，便放手让孩子们自己去考虑节目的内容、形式。虽说正月十二早上我们会在学校过一遍，但看到家长们发来的在家排练的画面，还是担心会不会给家长添麻烦了。

作为班主任，我开始思考一个问题：家校合作的边界。

自然是没有家长不爱自己的孩子的，自然是没有家长不关心孩子所在的学校的，自然是没有家长不关心孩子所在的班级的，自然是没有家长不愿意为孩子所在的这个集体贡献力量的。但家校合作的这个度如何把握，这值得我们深思。在我的班级活动实践中，我觉得有两点需要考虑：第一是家校合作的出发点，这是家校合作的基础，如果我们都是希望孩子好，都希望孩子健康阳光，全面发展，那么我们的携手会非常自然！第二是学校教育和家庭教育的理念相对统一，这是家校合作的关键点，如果在这点上达成了共识，那么家校合作就会走在一条铺满阳光的大道上。

我想起几年前的六月一日，活动结束后，一位男孩的奶奶拉着我的手说："老师，我们的孩子胆小，您多帮我看着点，让他多练练！"那位奶奶眼角的泪花依然在我眼前闪现，对照着活动的出发点和我们已有的良好的教育共识，我仿佛更坚定了一些。

越是专业的班主任，摆幅越小。

学生第一

昨天晚上没有睡好，早上五点的时候，我就醒了。我有些紧张，因为今天我们五年级的学生去劳动基地实践。作为班主任的安全压力隐隐袭来。这样的紧张基于去年美国之行的所见所闻，以及对于自己学以致用的要求。2016 年 7 月 19 日，我们参加美国结对学校的主题活动，去洛杉矶动物园参观。这一天，美国人给我们上了一堂很好的安全课。

8：30。我们准时到圣保罗路德学校。学校的一位负责老师在门口迎接我们。当我们进入多功能教室后，另一位老师根据我们学生的年龄进行分组，穿插到美国学生的组内。中美学生混合编组，有利于不同文化背景的学生更好地进行交流。编好组后，学校的一个志愿者还在每一个学生的手腕上贴了一个纸带。每组的颜色不一样，但上面写的是所在组带队老师的电话号码。这个纸带让我赞叹，组织者首先想得就周到，落实得也漂亮。说句实话，我们每个班人数太多了，不要说外出活动，就是放学时我们也很难说得清准确人数，因为有的去踢足球了，有的去练乐器了，有的给任课老师叫住订正作业了……家长有时候见不到自己的孩子，我们也只能说：“您等等，让我再去看看。”家长怎能不心焦？

9：00。校车司机在指定地点准时等待我们。当我们排着队走向校车的时候，司机站在车门一侧微笑地迎候大家。等大家上车后，司机拿起麦克风，站在前面开始介绍车子的使用情况，特别是出现突发情况后，应当注意哪几个特殊的地方，怎样应对更安全有效。然后，他提醒我们每个人都系上安全带，要求行驶途中不得站起来，不得吃东西，不得大声说话影响他人。说完后，他放下话筒，仔细检查每一个学生系安全带的情况。检查完后，他竖了一下大拇指，然后坐了下来，自己系上安全带，发动，出校门。公路上，所有的车，遇到黄色的校车，一律减速，等校车过了，再恢复先前的速度。我坐在车上，想起了张晓风《我交给你们一个孩子》中关于孩子过马路的一段：“我把他交给马路，我要他遵守规矩沿着人行道而行，但是，匆匆的路人啊，你们能够小心一点吗？不要撞倒我的孩子，我把我的至爱交给了纵横的道路，容许我看见他平平安安地回来。”如果孩子在大街上没有了安全的保障，那么母亲怎能心安？

10：30。经过一个半小时的行驶，我们在洛杉矶动物园门口等待入园。这时，带队的美国老师又给每个学生发了一张塑封的黄色的小卡片。上面写着几排英文字，大意是：我已经和我的小组分开了，请打电话给下面的这些人，他们会来找我，谢谢你。这一张小卡片，制作花不了几个钱，塑了封，可以反复使用，这是一种多么经济的管理啊！又是多么走心！我看到这一张卡片，再一次赞叹这个学校管理的细致。

10 : 50。进入洛杉矶动物园。带队的美国老师问是否有同学要上厕所，许多孩子都举起了手。带队的男老师让男同学排成一列，带队的女老师让女同学排成一列。然后让我管理留下的其他同学。我很紧张，虽然只有几个人，但是我一次一次地数，一次一次地张望厕所。等孩子们出来的时候，我惊讶地发现学生不是一个一个出来的，而是排着整齐的队伍出来的。我问了其中一个孩子，他说老师让他们上完厕所后不要离开，排好了队一起走。唉！想想我们集体活动时，孩子们是想上厕所就上厕所，上完了厕所，想离开就离开，对比之下，有些随意了。特别是在一些开放的空间，其实还是有一定的安全隐患的。

11 : 30。在洛杉矶动物园儿童餐厅吃中饭。每个孩子从包里拿出学校早上提供的食物袋，按小组就座后，静悄悄地吃了起来。带队的老师又点了一次名，然后坐在门口的椅子上吃汉堡。若发现学生独自推开餐厅的门，必定问明原因。我静悄悄地旁观，这两个美国老师不简单。

12 : 00。收拾好餐桌后，各小组又排队，点名，然后进入园区参观。每走到一个景点，带队老师必站在门口，进一个，数一个。等参观完毕，带队老师又等在出口，出一个，数一个。看两个景点，又要问学生是否上厕所。每次总有几个学生要去。于是其他同学找一个阴凉处，坐了下来。要上厕所的同学则又分男女，又是排队进去，又是排队出来，然后又一次大部队点名……每次要穿过园中马路时，必有一位带队老师站在前面，引导学生一个接一个不间断地过去，并提醒过了马路的孩子靠右行走。人多的场馆，听到最多的就是“对不起”，常见的是对面的人远远就站住了脚步，让你先过去。我想，这样让出空间来，其实也是更好地保障了自己的安全。养成了这样的习惯，就不可能出现楼梯的踩踏事件！

15：30。我们参观完毕后，在动物园门口的空地上等其他几组同学。加利福尼亚的阳光太毒了，即使在太阳伞下，也能感受到它的灼人威力。带队的老师却光着膀子，穿着人字拖，举着食指，不时地站起来数数……洛杉矶动物园是一个集动物和植物于一体的花园，展出超过一千二百种的哺乳类动物、鸟类及爬行动物，园内游客众多，任何一点小差错都将造成极大的问题！

16：00。全体同学到齐后，上了校车，司机又重复强调校车逃生要点，各组带队老师又开始清点人数。一个多小时后，回到圣保罗路德学校后，带队老师等待家长来领走孩子。每领一个孩子，双方都会亲切地交谈几句，然后带队老师当着家长的面在笔记上打一个钩……

我在的这一组，中美学生一共是十六人。十六个孩子，犯得着一次又一次地点名吗？犯得着一次又一次地在校车上交代吗？犯得着在毒太阳下，一次又一次地检查孩子的情况吗？跟我一组的两个年轻老师，一个十九岁，一个二十三岁，穿着背心、牛仔短裤，一副随意的样子。但是他们的打扮“欺骗”了我，他们细致的工作让我这个老师汗颜。说实话，这一天的动物园之行，我什么也没有看到，我就看到他们不停地数人头了。这让我对“学生第一”有了最真切的体会。

安全这个事情，是大事情，可以说没有比这更重要的事了。任何一个陪伴儿童的大人，都必须时刻把“安全”这根弦绷得紧紧的！不能有丝毫的松懈，否则造成的任何后果，无论是轻是重，都一定会让孩子受苦。

课堂，未知的旅程

幸福是什么

那天早上，我们上《幸福是什么》一课。这是一个内容浅显、通俗易懂的外国童话故事，主要讲三个青年在智慧女神引领下寻找幸福含义的过程。

课始，我问学生："你们认为幸福是什么？"

一个孩子说："幸福是有好吃的，有好玩的。"他的发言引起同学善意的笑声，我表扬他很诚实。这是幸福的一种层次。世俗众生，吃山珍，住华屋，穿貂皮，通过诚实劳动追求物质生活无可厚非。

一个孩子说："幸福是让父母做作业，上兴趣班，我们来教他们。"我理解他的感受。"直升机式"的父母，"虎妈式"的管理，孩子们在重压下，忘记了田野的四季，忘记了昆虫的鸣叫，忘记了星空的璀璨，忘记了如何痛快地笑。他们渴望父母的理解，渴望更多的属于自己的时间。

一个孩子又提出自己的想法："如果幸福只是吃、喝，那么与猪的生活有什么区别呢？"这个问题很有价值，值得思考。作为万物之灵的人，是要思考如何活着才能体现出人的价值！

于是我们带着“幸福是什么”这个问题，进入课文的学习。

课文中的第一个年轻人说：“（我）弄明白了，很简单。我给病人治病，他们恢复了健康，多么幸福。”

课文中的第二个年轻人说：“（我）走了很多地方，做过很多事。我在火车上、轮船上工作过，当过消防队员，做过花匠，还做过许多别的事。我勤勤恳恳地工作，我的工作对别人都是有用的，我的劳动没有白费，所以我是幸福的。”

课文中的第三个年轻人说：“我耕地。地上长出麦子来。麦子养活了许多人，我的劳动也没有白费。我也感到很幸福。”

我说：“他们三个人对幸福的认识有什么共同点呢？课文中智慧女神是怎样总结的呢？”

孩子们齐读书上的话：“幸福要靠劳动，要靠很好地尽自己的义务，做出对人们有益的事情。”

我说：“既然你们都知道这个道理，那么智慧女神的智慧表现在哪儿呢？”

课堂上立刻安静了下来，孩子们陷入了深深的沉思。他们很聪明，说：“智慧女神不是直接地告诉三个孩子幸福是什么，而是让他们自己去寻找……”

这堂课上完后，我坐在讲台前，看着他们做作业。我想到了《论语》中的一篇《颜渊季路侍》：

子曰：“盍各言尔志？”子路曰：“愿车马衣轻裘，与朋友共，敝之而无憾。”颜渊曰：“愿无伐善，无施劳。”子路曰：“愿闻子之志。”子曰：“老者安之，朋友信之，少者怀之。”

幸福是什么呢？孔子说，他的幸福是所有人在晚年的时候都能够安享幸福，朋友之间都能够相互信任，年轻的子弟们都能够怀有远大的理想。胸怀的不同，造就孔子师生不一样的幸福观。

这堂课上，我们与三个青年一起经历了寻找的过程。若有所悟的不仅仅是孩子们，还有讲台前的教师——我。教师的幸福不也是需要我们自己到工作中去寻找的吗？家庭幸福使我们的生命之舟安宁，职业幸福使我们的生命之树常青。教师，身为社会坐标体系中的一员，想绕过职业，谈老师的整体幸福，是无根之木，是无鱼之水，是片面的，也是狭隘的。

幸福无论在哪个年代，无论对于哪个人，都是终极目标。杨澜说："我相信幸福要靠运气，但更要靠能力：梦想的能力、创造的能力、感受的能力和分享的能力。总之是三个字：幸福力。”愿我们都能拥有幸福！

《清平乐·冬日银河》

语文课结束，我回到办公室。刚坐下，移了一下电脑键盘，键盘下露出一个黄色的角。又一封信！微信每时都在接收，纸质书信在这个时代也只有学生写给你了。普通的黄色牛皮信封，上面用笔歪歪扭扭地写着：

银河小学教学楼 1 楼靠卫生间的办公室第 1 个座位

俞玲玲　老师收

俞泳成

内附四首打油诗和词（一首未成）

信封口用双面胶封得严实，好不容易打开了，拉出一张白色的纸。普通的横线格纸，大约是积累本上撕下的。一面有一首词和一首诗，反面又是一首诗。正面的最下方写着四个字：读完还我。

细看一下，不禁笑了：

清平乐·冬日银河

［现］俞泳成（笔名：渔人）

银河淙淙，河旁高高树。醉里红鱼相媚好，黑发谁班师好？

石桥独立河中，季碑正坐河旁。最喜天寒地冻，见鱼欲破冰层。

我们刚学了辛弃疾的《清平乐·村居》，是为了赶下学期的课。一边忙着复习，并没有很多的展开，也没有让孩子把词改编成短文。这个练习要等到下个学期春天来了的时候。我想了想，这应该是孩子们在语文书上接触的第一首词。这种长短句的形式，很新颖别致。当年少年的我就是被一本《唐宋词一百首》醉倒在葡萄架下，至此知道了有一些东西超越现实，妙处难与君说。

这首词写得不错，记录了这个冬天最冷的天里银河的景象：冰层很厚，在阳光下闪闪发光。班级大课间回来，不少孩子的脚被这难得一见的景象勾住，情不自禁地慢下脚步，驻足观望。俞泳成也很想去看一看，摸一摸，玩一玩。可惜学校的纪律在，还要比一比哪个班好呢！所以只能远远地看，“石桥独立河中，季碑正坐河旁。”河中有鱼，怡然自得，冰层之下，想来也是欢喜得紧，于是有了“最喜天寒地冻，见鱼欲破冰层”的想象了。别的都好，只有这一句“黑发谁班师好？”读来拗口，也不知孩子到底想表达什么。倒是看得出，在押韵上是动了一番脑筋的。

在课堂上和全班同学分享了这首诗，才念两句，掌声就已响起。到念完，掌声雷动。

冬日校园一个普通的景观，孩子在上完了《清平乐》后，赋予了它新鲜的感受。泳成说：“我回家的时候就想着结冰的银河，想着银河中的冰，想着冰下的小鱼，很快就写好了。”

大约，这就是孩子初步感受到的诗意吧。

什么是诗意呢？我说不明白，只能读给孩子们听。他们只能靠自己，慢慢懂得。

我还没有完全发育

上第一单元“走进西部”的第四篇课文——《把铁路修到拉萨去》。准备课件的时候，一个男孩子走了过来，和我交流起西藏的风土人情来。

“老师，你去过西藏吗？”

“没有！你呢？”

“没有！老师，那么你去的话希望坐哪种交通工具？”

“我希望坐火车去。春天的时候青藏铁路的一些路段风景极好，杏花漫山遍野，一片雪白，我很想看看！你想去看看吗？”

“不想，青藏高原环境恶劣，我怕我吃不消，因为我还没有发育好！”男孩子一本正经，我忍俊不禁，旁边的几个懂事的女孩子捂着嘴笑了起来。

“怎样叫发育好呢？”我问。

“就是成人！孔子说‘三十而立’，我还没有到三十，所以还没有发育好！等我发育好了，我就一个人去西藏。”男孩丝毫没有说笑话的意思，旁边的几个女孩子笑得都蹲下了，几乎是捂着肚子了。

…………

上课还有几分钟，我想到了“发育”这个词。窗外，世间万物此刻都在静静生长。不久的将来，草长莺飞，蜂蝶乱舞，江南一片好风光。不是有这样的诗句吗？——阳光下，玉米在抽穗！

我们每个人都在发育。是的，从生理上讲，一个人从成为受精卵的那一刻起，发育也就开始了。不过，身体发育了，就意味着他一定成长了吗？不，一个人，除了身体的发育，还有精神的发育。朱永新老师就说过关于精神发育的话：“一个人的精神发育史就是他的阅读史。”

刚才男孩子说：“我还没有发育好，所以不能独自去西藏！”那么身为老师的我呢？精神发育好了吗？且看看这样的标准：

“当教师有充分的能力掌握自身精神发展时，他才真正成为教育的一种进步的力量。

“谁能够不计较自己所处的境遇，不在乎他人的毁誉，而在一生中依靠自己，发现自己，成全自己，并不断从中找到事业最后的依据，他就堪称精神高度发育的人！

“教师要为自己的心灵自由预留开阔的空地，所有的努力都可能意味着一种有助于提升生命的自我期待！”

这是张文质关于教师精神发育的一些断想。我还想起了“独立日”这三个字，说的是每一个人除了生日之外，都应当拥有第二个生日，这个日子就是独自一人去旅行的日子。这个提法我觉得很有道理。

首先，一个人去旅行意味着这个人拥有生命的热情，拥有对远方探究的热情，他对这个世界还没有丧失好奇和天真。其次，一个人去旅行意味着离开陌生的安全的日常生活，往陌生的世界迈出第一步，这对自己是全新的挑战，那种感觉应该是非常新鲜的。最后，一个人去旅行见到那么多的美景，尝到那么多的美食，认识那么多的不一样的人，世界观才会从纸上落到头脑里。一句话，这个独自去旅行的日子意味着他成为他自己！

我看过《独立，从一个人的旅行开始》，里面有一个片段，真的让我很向往，作者新井一二三是这样写的：

> 有一个严寒日，我在浙江绍兴看到路边到处都有卖酒的小摊子，马上拿出那只迪士尼暖水瓶买了二两花雕酒，然后边舔边走，不仅身体暖和起来，而且不知不觉之间整个人都醉醺醺的，真是舒服极了。

那种舒服的感觉就是独立的感觉吧！

姓氏里藏着美好愿望

这学期有一堂习作课上得比较好。这个“好”，是老师和学生共同创造的。

这是我为进修学校语文九十学时培训准备的一堂习作课，名字叫《偷偷干的那点事》。回看录像的时候，发现导入部分很有意思。课堂是一段难忘的旅程，从来没有一堂课可以重复，我庆幸录像拍了下来。

师：（板书：俞）同学们，我们来做个一字开花的游戏。能不能给俞老师的“俞”加个偏旁，组成一个新的字，再来组个词？

生：我给“俞”加个木字旁，“榆”字，榆木。

生：我给“俞”加个竖心旁，“愉”字，愉快。

生：我给“俞”加个心字底，“愈”字，愈合。

生：我给“俞”加个提手旁，“揄”字，揄扬。（生手拿字典，大声说）

师：这个字不常见，能想到很不容易。

生：我给“俞”字加个车字旁，“输”字，输赢。

生：我给“俞”字加个走之儿，“逾”字，逾越。

生：我给“俞”字加个单人旁，“偷”字，小偷。

生：我给“俞”字加个口字旁，“喻”字，比喻。

（板书学生想到的字）

师：同学们，这个“俞”字的一字开花，可见我们班的同学识字量很大，学得很扎实，思维很活跃。俞老师为你们竖起大拇指。我们认识已经两个多月了，我要看看你们对俞老师有哪些了解，你们组的每一个词语都藏着老师的一个愿望。你们猜得到吗？

生：我猜俞老师不希望我们是榆木脑袋。(笑)

师：榆木是一种北方常见的树，经常用来打家具。咱们班的同学都很聪明，老师希望你们都成为有用的人。

生：我猜俞老师希望自己是一个愉快的人。

师：对，我不仅希望自己是一个愉快的人，我还希望你们每一个人在学校里度过愉快的一天。

生：我猜俞老师希望我们即使输掉了，也能重新站起来。

师：对，胜败常事，败了重新再来。

生：我猜俞老师希望我们不断逾越昨天的自己。

师：对。

生：我猜俞老师希望能治愈我们。（笑）

师：我不是医生，这个“愈”还有“越”的意思。

生：我猜俞老师不希望我们做小偷。

师：对。我希望每一个孩子都成为品德良好的人。

生：俞老师希望我们能用比喻手法，把文章写得很生动。

师：对。这个比喻的“喻”还有明白的意思，我希望我们都能成为明明白白的人。

生：我来说最后一个，“揄”是我从字典中查出来的，是表扬的近义词，俞老师很喜欢表扬我们。

师：对。现在我就要表扬你们。孩子们，我们只认识了两个多月，可是你们对我已经很了解，我心里的愿望都被你们看出来了。今天呀，我们这堂课只与其中一个字有关。（保留一个“偷”字，擦掉其余字）

生：偷？

师：对。（板书：偷偷干的那点事）

生：偷偷干的那点事？

…………

后来，我带着同样的设计，走进不同的学校。设计总是固定的，它在进行中有不同的走向。课堂上的人互相启发，共同把一堂课推向远方，也留在心底。

生命，生命

“同学们，这节课我们就上到这里！谢谢大家！”我鞠了一个躬，抬起身来。我看到了教室的后面，有一个圆圆脸的男孩子，一只手高高地举着。

这两三秒钟的时间，大多数的同学已经开始收拾桌面，听课的老师也已准备离开。可那个男孩子依然举着手，坚持着，坚持着。我不知道我要面临怎样的问题，但我知道不用害怕，好的课堂就是让学生开动脑筋，表达感受，思考问题。太多时候，我们的语文课堂缺少挑战。老师和学生如果在一堂课上能碰撞出火花，有一点新的收获和意外的发现，那是多么美好、诱人而富有趣味的事。

所有的人都发现了这只手，所有的人都停了下来。我走到这个男孩子的面前。

“请你说——”我俯下身，望着他。

男孩低着头，说：“老师，学完了这篇课文，我想到了以前读过的一本书，书上告诉我一种小动物——蜉蝣。蜉蝣很小很小，它的生命很短很短，但是它没有放弃自己的生命。这让我很感动。”

那一刻，我的脑海浮现的是“寄蜉蝣于天地，渺沧海之一粟”。我知道蜉蝣生命极其短暂，只有十几个小时，有朝生暮死一说。

那一刻，我回想起十多年前，第一次坐飞机的感受。在云层之上，觉得人类何其微小。记得那天，我受到了极大的震撼，也明白了：人类就是恒河一粒沙。

…………

以前，我也上过《生命 生命》，在走完了预先设置的教学环节后，我相信同学们是带着感动离开的。但此时此刻，我明白了，那样的课还不够好，带着思考，课堂才不平庸！

“孩子！听了你的发言，我很感动。你可知道，苏轼曾经发出和你一样的感叹，他说我们人是天地的蜉蝣，当以乐观豁达之心来面对生命！来，抬起头来，让我看看你的眼睛！让我们互相加油！”

男孩子抬起头来，我们互相望着，目光里是“飞蛾求生、瓜苗生长、心脏跳动”的感动，是对于天地一蜉蝣的感同身受，是对“生命”两字产生的共识……

“我要感谢你啊！你让老师对这篇课文又产生了新的认识，对生命又产生了新的感悟！”我由衷地说，声音已经有些哽咽。我知道，这一刻，是学生触动了我这个老师，是这个小小的男孩启发我对于生命的重新思考！这个课堂的插曲将成为我今后珍贵的回忆，它将不断提醒我：“课并不像把预先量好、裁制好的衣服纸样摆到布上去。问题的全部实质就在于，我们工作的对象不是布，而是有血有肉的、有着敏感而娇脆的心灵和精神的孩子。因此，我认为真正的教育技巧和艺术就在于，教师能随时改变课时计划。因为我觉得一个好的教师，好就好在能感觉出课的发展和逻辑，是课的结构服从于思维的规律性。”苏霍姆林斯基的话字字珠玑！

课后，孩子们的语文老师告诉我：“最后举手的这个孩子很特殊，还在很小的时候，就得了白血病。他经历坎坷，对生命有独特感悟，在课堂上受了激发，非表达出来不可！我们没想到课都结束了，你还会让他说！”

…………

杏林子在写这篇文章的时候，选择的事例都是微不足道的动物、植物。看似无心为之，实则最为可贵，因为那是作者本人生命的投影！

现在，通过课堂，文本的力量投影在这个早慧的孩子的心中，投影在我们师生的心灵之中。我们因它而产生对生命深远的思考！

课堂是一段未知的旅程！

从读者到教者

《生命 生命》是台湾著名作家杏林子的代表作，我前后教过多次。每执教一次，都有新的感受。生命是一个深刻的命题，每一个阶段，都会对它产生新的认识。我已过不惑之年，对于自己的生命、旁人的生命、学生的生命也有了更多的理解。所以这篇课文常读常新。

每一次的教学设计都不尽相同，但都源于我坚持的理念：“语文教师首先是读者。”只有自己读通了，读懂了，读出文字底下的意味来，读出字里行间的内涵来，那么才有资格对文本内容进行选择，进行组合。每个执教者不同的文本理解，就会体现在不同的教学设计上。教学有法，但无定法。对于文字的感悟，应该是相同的，重在熏染而不是解析。我认为学生对文字的敏感的确是靠老师的情感召唤出来的。因此，一个语文老师如果不能投入地朗读文字，如果不能在课堂抒发自己的情感，如果不尝试着创设情景，把自己带入文字的世界，那么，他是无法打动学生的。

语文教学专家高林生说：“要想让别人知道人体的构造，首先你得拿起手术刀，一刀一刀地解剖给人家看；教人武功者，光说不练那是假把式，自己去摸爬滚打才有可能得到真功夫。教人武功与医术如此，教人学习语言文字大概也是这么个理。”我想，这话的意思跟我小时候邻居木匠大伯说的一样：“师傅说十遍，不如自己做一遍。”教师理解到怎样的高度，才有可能把学生带到怎样的高度。课堂是预设的，但永远有不可预知的精彩在前面等着我们。教师做一个好的读者，才有可能遇到惊喜——学生对文字超越教师的理解。要是教师没有理解到位，没有把静止的文字读成立体，那么学生即使读成了立体，教师也有可能听不出来，或者不能及时地评价，这就错失了点拨的好机会。

作为教者，在那些学生读不好的地方，示范一下，胜过无数的说教。有一个老师对我说：“我的普通话不好，我的音色不好，我不敢读。”我说：“你只要把自己的那一份理解读出来，就是好的。一篇文章，是没有规定的读法的。”这个观点，我也同样告诉了学生。语文学习是个性化的行为，不能以老师的感情来代替学生的感情。朗读更不能齐步走，每个人都有自己的个性，每个人对课文、对作者的理解和感受当然是可以独特的。

在下午“享受朗读之美”的讲座下半段，参加培训的老师们像孩子们一样，拿起了课本，认认真真地朗读《生命 生命》。老师们“开小火车”读，个人读，小组读，女老师读，男老师读……老师们都读得很好！有一位姓葛的男老师读得很真挚，很投入！他读的时候，我捕捉到他的脸上漾过一丝异样。他说：“这篇文章很感动！”我说：“当我想到，在座这么多老师，有的在城里，有的在乡村，在教室里这样动情地给孩子上语文课，我的心里就充满感动。每一个汉字都是我们的故乡。我们通过自己的朗读，激活祖国的语言文字，这是多么有意义有意思的事啊！”

从读者到教者，是责任，也是荣誉。

“渲染”与“勾勒”

有些文章曾经细致地品读过，所以多年以前上过的课，现在还有印象，比如老教材中的《林海》。老舍先生的语言艺术美尽在这一个“儿”字：

> 大兴安岭这个“岭”字，跟秦岭的“岭”字可大不一样。这里的岭的确很多，横着的，顺着的，高点儿的，矮点儿的，长点儿的，短点儿的，可是没有一条使人想起“云横秦岭”那种险句。

记得那时用范读的方法和学生一起来领悟文章的语言之美。范读的时候，把“点”读得很轻，还加上了儿化音，变成“高点儿的，矮点儿的……”时而轻，时而重，时而高，时而低。一颗心提起来，又放下去，放下去，又提起来，在语言时空里旅行，在字里行间穿梭，觉得大兴安岭的岭真的是温柔又亲切，趣味无穷。以至几年前真的来到了大兴安岭山脚下，觉得怎么不是心中的那片岭呢？文字的魔力啊！

现在要教这篇《草原》，这么好的文章，应该怎样准备才不会错过那些优美的文字？在读通了课文，理解了主要内容之后，开始品味语言的独到之处，那是需要和学生一起来鉴赏的。

第一自然段有一个长句子：

> 那些小丘的线条是那么柔美，就像只用绿色渲染，不用墨线勾勒的中国画那样，到处翠色欲流，轻轻流入云际。

我想，理解这个长句子的难点是理解“渲染”和“勾勒”这两个词。做课件的时候，特地找了两张分别运用了“渲染”和“勾勒”技法的中国画，以帮助同学们理解。果然，初读质疑的时候，一个学生就说：“老师，这两个词好像矛盾啊！”我说：“不急。看起来矛盾的地方往往有味道，我们一起来嚼嚼！”

於高冲说：“渲染和勾勒是中国画的两种绘画技法。渲染是用水墨或淡彩涂抹画面，画面的各部分之间界线不太分明；勾勒是用线条画出轮廓，各部分之间界线分明。”盛誉说：“其实渲染和勾勒不是中国画的技法，它们其实是表现的手段。”说得真好！同学们听得一愣一愣，这是两本活字典啊！

但其他的同学缺乏国画的基本知识，对于这样专业的解释似懂非懂，一脸茫然的样子。抽象的语言，不要说学生，就是老师，也会觉得有些困难。如果对这两个词没有比较准确的理解，那么学生头脑中是无法浮现课文中描绘的“一碧千里，而并不茫茫”的景象的，更是无法领悟作者整个句子所描绘的意境的。

幸亏昨天晚上没有偷懒，找了两幅能反映“渲染”和“勾勒”的中国画。教学时，我拿出这两幅图让学生辨别，哪一幅是“渲染”的，哪一幅是“墨线勾勒”的。学生很快就分辨出来了，并联系课文说“渲染”的草原无边无垠，天地融合在一起，给人以无限的想象：而“墨线勾勒”的草原让人觉得草原有了尽头。这样一谈，看来矛盾的词语，咀嚼出了新的意境。由于对“渲染”一词有了较深的理解，所以那种辽阔、那种碧绿很快就通过朗读传达出来了……

今天这堂课，我有一个认识，我一直认为低年级的语文教学往往比较注意直观的实物、图片、演示等，用比较形象的手段来帮助学生理解课文词语，把握课文内容，而高年级的语文教学往往用老师的“一张嘴”来说明问题。看来，这样的理解是不对的，为了高效的课堂，高段语文教学也需要直观的手段与方法。

细致的“勾勒”、津津有味的咀嚼是哪一个学段都少不了的。

徐文爷爷的纸条

早上，坐在48号位置上，批改学生的作业。这时，徐文走了过来，把《语文特训》塞到我的手中。我打开本子，开始批改孩子的作业。改到徐文作业的时候，一张小纸片掉在了地上。我捡起来一看，是一张公交汽车的票根，反面空白，上面写着：

径：道路。

入世的途径。径途。

——摘自《辞海》

字很老到飘逸，一看就是有文化的人写的。我赶紧去看关于“径”的题目。这是一道组词题。看得出，她写了好几个，有小径，有石径，有幽径。不过，都画掉了，最后留下的一个是“径途”。我估计徐文不明白这个词的意思，给她批了错。我要求学生组词一定要写自己明白的。于是把徐文轻轻叫到身边，问她：“径途的意思，你懂吗？”她看着我说：“不懂，我想组‘小径’，但爷爷说这个词不好，让我写他要的词，于是我就照他的意思写下来了。”“那么写下来后，这个词你懂吗？”“还是不懂。”她老老实实地说。“老师是看到你的作业这个地方实在太不清楚了，所以给你打了叉。我会给你爷爷解释的。”我对她说。

这个班的家长都很重视学习，不光从签名看得出，而且从作业质量也看得出。但是我发现好几个孩子组的词远远地超过他的认识，所以我在班里强调最好用刚学会的、刚积累的、自己理解的。不然，作业是对的，换个地方，这个词语又不认识了。

那么，我要跟徐爷爷说些什么，写些什么呢？我想来想去，决定还是老老实实地向他学习。我这样写：

> 徐文爷爷：
>
> 谢谢您！您是一个认真的爷爷！非常值得我学习的一个长辈。有您这样的爷爷，是徐文之幸，也是我，一个语文老师的幸运。因为我可以向您请教，向您学习。您写得很有道理，下次我在批改孩子作业时，应当斟酌斟酌再斟酌。谢谢您！
>
> 俞老师

这样年纪的老人，是很需要人的尊敬的。我们应当尊敬他，所以表述的语气应当是谦逊的。再说，老爷爷说得也没错。即使我们有理由，也要站在一个家长、一个长辈的角度上好好想想。

心安了。

第二天早上又改孩子们的联系册。改到徐文本子的时候，发现家长仍没有签名。我昨天留给徐文爷爷的话，不知道爷爷看了没有。

继续改作业，改到徐文的这本时，又一张小纸片掉了出来。正面是中国移动通信的发票联，反面是几个刚劲有力的钢笔字：

衷心感谢俞老师的高度责任感。

徐文爷爷

怪不得签名没有，原来签在这里了！我很高兴，纸片上的每一个字仿佛都传递着徐文爷爷对我的认可。一个有文化的老者对一个语文老师的认可。

“学而不厌。”孔子说过。这也是一个老师应当抱有的态度。昨天的作业批改，的确是我出现了差错，不妨虚心改正。成语说得好：“虚怀若谷”。山谷能容纳很多，容纳便产生了力量。

浪费时间

“最重要的教育原则是不要爱惜时间，要浪费时间。”这句话出自卢梭之口，听起来，简直不可思议。

生活节奏变得飞快，工作指令不断从屏幕跳出，所有一切，都提醒着效率的重要性。这样的情况下，“浪费时间”怎么行？

这个学期，还是忍不住“浪费”了一些时间。带孩子们玩了好几次游戏，写了习作，以至于学生形成了“条件反射”。每当我说“同学们，今天我们玩一个游戏”时，胡睿总会拖长了声音说：“我知道了，要写——”煞风景的话，立刻引起同学们的反对，空气中弥漫的是期待和兴奋。胡睿马上把嘴巴捂住了。我们在课堂玩游戏，不仅在教室里，还来到了操场上，来到了篮球架下……在孩子们玩得满头大汗时，我偶尔心里也忐忑：这会不会被认为是在浪费时间？

成熟的老师不摇摆，于是我相信——

“只有当人是完全意义上的人的时候，他才游戏；也只有当人游戏的时候，他才是完全的人。”不知道这句话是哪位哲人说的，学生游戏时，能看到他们真正的样子。好的教育环境，就是要提供自由的时空，让孩子成为自己。

我相信——

习作活动是学生想象飞舞、思维飞腾、言语飞扬的活动。“玩”能激发学生的兴趣，诱发潜能，让孩子乐于表达、善于表达。在合适的情境中，学生会妙语连珠，妙笔生花。

我相信——

孩子是喜欢玩的，在游戏中不仅收获珍贵的感受、丰富的经历，还能从中收获同伴，收获友谊，收获快乐。

当然，我们在语文课堂上的游戏，不是一般的玩，而是有目的、有计划、有组织的活动。游戏只是载体，不仅负载着写作内容的积累，而且负载着写作方法，更负载着习作的情感、态度和价值观。当然很多时候，学生并不知道你的意图。当他们在不知不觉中完成习作的时候，你知道，目标达成。

今年的四年级的期末语文考试题目为：

> 请给某位长辈写封信，讲讲这学期你印象最深刻的一件事。注意书信格式规范，写清楚事情的起因、经过、结果。字数不少于三百五十个。

孩子们写了我们课堂上做的那些游戏：贴鼻子、账房先生来算账、投篮比赛……快乐洋溢在字里行间。巧妇难为无米之炊，解决了言之有物的问题，言之有序就不难了。

我会一直记得操场上的欢笑声、教室里的掌声、孩子们眼中的光……

浪费时间，最终是为了不浪费。

遗憾

看到王萧然期末语文试卷上写的印象最深刻的一件事时，感叹自己果然错过了一次极好的语文实践活动。

王萧然这样写：

今年的冬天，有几天特别冷，寒风刺骨的。我穿着厚厚的羽绒服，来到学校，往银河里一望，发现银河结冰了！我拿了一根树枝，扔下河，它没沉下去！这冰是真的！我兴高采烈地喊了声："好哇！"我真想弄一块玩玩。我想到早自修要开始了，就匆匆地跑进教室。

终于下课了，仿佛过了一百个世纪似的。我冲出教室，发现走廊上的瓷砖上也结了一层冰，我摸了一下，滑溜溜的。我冲进教室，大喊一声："结冰啦！"大家都跑出来，手上拿着各种各样的东西：铅笔、尺子、橡皮……这是我们挖冰的工具。我也拿了尺子，贴在瓷砖上，敲一下停一下，敲一下停一下……就这样反复地敲。终于，我弄下了一块很大的冰。我把它放在白纸上，小心地托着，走到教室。铃声响了，我把它放在抽屉里。它慢慢地化开，变成了水，摸一下，冰凉冰凉的，滑溜溜……

真好玩！我感受到了冰的轻盈、透明、冰凉！我到现在还能写下这些文字，可能是一种证明吧！

…………

选材独特，与众不同，考场作文求稳，萧然却单单选了这一件，看来印象足够深，不吐不快。表达真切，感同身受。“我拿了一根树枝，扔下河，它没沉下去！这冰是真的。”这是孩子才有的语言，他必定是这样做过的。“终于下课了，仿佛过了一百个世纪似的。”能够想象他的一颗心早已飞到了教室外面。“我感受到了冰的轻盈、透明、冰凉！”只有玩过冰的孩子，才会对冰有这样的认识啊！写得真好！

今年的冬天特别冷，银河里的冰在阳光下泛着银光，吸引了所有孩子的心。只可惜结冰那几天，我害怕孩子们玩冰闯祸，一直阻止他们靠近银河。餐后课间，多次看到孩子的目光被这冰勾住！倒是有几个胆大的娃，冒着批评的危险，演绎了一首《稚子弄冰》：

稚子金盆脱晓冰，
彩丝穿取当银钲。
敲成玉磬穿林响，
忽作玻璃碎地声。

即使天气是那样的冷，手指头冻得红通通，但小孩子们还是那样兴高采烈地玩冰，边走边看，不小心冰块滑落，化成一地碎银！

萧然说得对，作为老师的我，现在能对那几天回忆得那么清楚，可能也是内心遗憾的一种证明吧！我没有把全班同学拉到银河边观察阳光下的冰块；没有亲自挖一大大的冰块给他们观察，让他们摸一摸，看一看，玩一玩；没有用绳子让他们穿一穿，甚至于用冰块打磨成珠子，并且串起来，就像《青铜葵花》中青铜的礼物……

为了安全，我把学生赶进教室，萧然是其中的一个。现在我知道了，当时的萧然坐在那里，平静的表面下却在想着什么。

我错过了一次极好的教学契机。看来，光有童心仍是不够，还得有决心和魄力。如果总是以成人的眼光看问题，学生那些新颖的、奇特的想法和行为都将被扼杀在最初的一念上。因为在小学的最初几年里，如果儿童身上的好奇心被抑制，到了十岁，那些闪光的想法以及对未知事物的兴趣，都会消失。这是可悲的。

我很欣喜看到萧然的习作，可以做的还有很多。

听听自己上课的声音

昨天去浦江参加学校活动，宾馆没有电脑，上不了网，也发不了文。于是听手机中自己以前上课的实录。那堂课的名字叫"'精彩极了'和'糟糕透了'"，才听了几分钟，就听不下去了。自己在课堂上的口气怎么会那么让人讨厌？你听：

"某某，把手拿上来！背挺起来！读书的时候，眼睛看着书！"声音中透着不满。

"某某，记住，读书时不可多一字，不可少一字，不可错一字，不可跳一字，你怎么回事？"朱熹的读书方法到了我嘴里，怎么就变得这么强硬呢？

"某某，怎么又把脚放屁股下了呢？跟你说了多少遍！"唉，听不下去了。

唉，糟糕透了！在对自己泄气的同时，不由得想起书中那些不急不躁的老师来：

于永正老师上《新型玻璃》。他请一位女同学读第一段。她第一次读"一个划玻璃企图盗窃展品的罪犯被抓住了！"这句话时，把句子读破了。于老师说："这句话比较长，难读，读不好是正常的。请你再读一遍。"第二次虽然读得流畅了一些，但是又把"被"字丢掉了。她一连读了七遍，都没有读正确。她很急，失去了信心，红着脸，想坐下。于老师走到她边上，说："你深吸一口气，放松放松，然后一字一字地在心里把这句话默读一遍，第八次准能把漏掉的字读出来。"这个女同学这样做了，终于获得了成功，读得既正确又流利。听课的同学和老师都为她鼓掌。这个女同学含着眼泪坐了下去。

这个教学片段，深深地印在我的脑海中，挥之不去。如果于老师没有叫她读第八遍，那么从此以后，她会成为课堂上的隐身人。于老师，请她读了八遍，给了她永远的自信。

我也想起了丰子恺对老师的回忆——

丰子恺回忆，上音乐课时，有人不喜欢唱歌而看别的书，有人将口中的痰吐在地板上。先生李叔同并不立刻责备，等到下课后，他用轻而严肃的声音郑重地说："某某，等一等再出去。"等到别的同学都出去了，他又用轻而严肃的声音向这位同学和气地说："下次上课时，不要看别的书。"或者："下次不要把痰吐在地板上。"说过之后，李叔同先生微微地一鞠躬，表示你出去吧。出去的人大都脸上发烧。又有一次音乐课结束，最后出去的同学无心地把门一拉，碰得太重，发出很大的声音。他走了数十步之后，李先生走出门来，满面和气地叫他回转来。进了教室，李先生用轻而严肃的声音向他和气地说："下次走出教室，请轻轻地关门。"说完对他一鞠躬，送他出门，自己轻轻地把门关了。一天，一个最顽皮的学生说："我情愿被痛痛快快地骂一通，李先生的开导真是吃不消，我真想哭出来。"

我在想，究竟是什么打动了这个学生？是轻而严肃的声音，是温柔端庄的行动，是轻轻掩门的一轻响！太多的时候，我们妄图靠说教影响学生。其实，学生更多的是在读人的过程中接受教育啊！

惭愧！

杂说

今天，我在学校的阅览室，发现了一本旧的语文书。封面已经很陈旧，不知是哪位同事遗落在这里的。打开一看，里面每一页都写满了字，黑的、红的，密密麻麻。在课本的天头地脚处，写了文章的重难点，在正文的字里行间标注了自己的读书感受，在多音字的上面写出了其他的读音，在课题的下面写着作者的介绍，在段落里划分好了层次，在文章的最后，还写着一个板书设计……

我如获至宝，不是因为我用得着，而是因为我觉得这是文物，是学校宝贵的文化财产。我一直以为，校史陈列室放的不应当是冷冰冰的奖杯，而是充满温度的小细节！而备课的本子，是最具代表性的物件。毕竟学生来学校是来学知识的，老师来学校是在课堂上闪光的。

我不由得想起了自己初上讲台时，在一所农村小学教语文。校长叫汤庆成，三十多岁，对教学很重视。汤校长争取了一切机会，安排我们年轻老师外出学习，并要求回来后，把听到的课上给学校里的老师听。为了完成这个任务，我们年轻老师外出时，先对要上的课进行翔实的备课，然后有比较地听。这种方法收获到的比没有备过课就去听好多了。

有一次，去杭州听了一堂《在炮兵阵地上》，很受触动。回来后整理了听课的笔记，把设计记在了书上，记得密密麻麻。在学校上完汇报课的时候，同事夸奖了几句，自己就觉得学到了精髓，很是得意。没想到汤校长却说："对一堂课的模仿表面看有模有样了，但真的理解人家设计的目的了吗？"那一刻，醍醐灌顶。是的，如果对他人教学的设计意图没有搞清楚，那么即使在书上记满都是没有用的。你学到的永远只是表象，只能一味地追求公开课的热闹，离好课的距离还很远很远。

语文究竟如何备课？近年来，我觉得对课程标准的研读非常重要。要使自己的教学有方向、有目标、有效益，前提条件就是理解课程标准。如果对课程标准没有进行学习，没有进行解读，那么语文是一门怎样的学科、教什么、怎么教，就模模糊糊的。

读"前言"，把握基本理念。语文是最重要的交际工具，是人类文化的重要组成部分。工具性与人文性的统一，是语文课程的基本特点。语文课程有四大"基本理念"，即"全面提高学生的语文素养""正确把握语文教育的特点""积极倡导自主、合作、探究的学习方式""努力建设开放而有活力的语文课程"，这是语文教学改革的方向和途径。

读"目标"，增强目标意识。为了课堂的高效，课程目标应当熟读熟记。在教学中，必须确立三维目标，把"知识能力、过程方法、情感态度价值观"融为一体。然后对语文识字写字、阅读、写作、口语交际、综合性学习的学段目标做到心中有数。这样，教学内容的分割，教学方法的选择，就有了方向。

读“建议”，提高操作能力。建议部分对普通老师来说有提纲挈领的作用，它帮助教师找到最好的方式，聚焦在重点难点上。比如课程标准提出：“阅读是学生的个性化行为，不应以教师的分析来代替学生的阅读实践。”所以，在课堂上，应当把时间腾出来，让学生感悟文字，加强语言文字训练，珍视学生的“独特的感受、体验和理解”。

开学了，我们和孩子们一起领到了新书。我把高段的第一册的目标梳理出来，贴在备课本上，作为“教学指南”，提醒自己备课不要偏离了语文教学的目标。

朗读之美

朗读是一门艺术。曾在书上看到过这样一则笔记小说：

三分诗七分读

昔有以诗投东坡者，朗诵之而请曰："此诗有分数否？"坡曰："十分。"其人大喜。坡徐曰："三分诗，七分读耳。"此虽一时戏语，然涪翁所谓"南窗读书吾伊声"，盖读书者，其声正自可听耳。

——［宋］周密《齐东野语》

这则笔记从苏东坡的一则逸事引出一种读书的方法。有人拿自己写的一首诗去请教苏东坡。他把诗朗读了一遍，问道："这首诗可打几分？"苏东坡说："十分。"那人大喜。苏东坡又慢慢地说："诗本身三分，朗读七分。"这虽然是一时兴致而说的玩笑话，但也正如黄庭坚所说的"南窗读书声吾伊"，读书人的朗读使文章增色。

朗读是把文本中无声的文字变为有声语言的一种阅读方式。朗读与阅读不同，不仅仅因为声音，更在于朗读是对文字作品的加工改造，是一种高尚的精神享受。

阅读一本书，就像认识一个新朋友，读完了，还是有距离感的。朗读一本书，就像是和朋友的反复交流，亲近油然而生。阅读时，白纸上的字是平面的，是静止的，是无声的，是冷淡的。朗读时，白纸上的字是立体的，是活泼的，是可亲近的。

看过一部奥斯卡获奖电影，名叫《生死朗读》。看到这部电影的名字，就让人挺震撼：朗读怎么跟生死连在一起？什么样的朗读会和生死相关？看完电影，我久久不能忘怀的是“朗读”和有关朗读的一幕幕：汉娜第一次来到白格家，流连在他父亲的书房；做了狱卒的汉娜要柔弱的女犯人为自己朗读；战后汉娜被判终身监禁后，白格主动为女主角持续地寄出他朗读的录音带……不识字的汉娜在一次次朗读中远离烦恼，变得宁静……

于我来说，朗读不仅仅带来宁静，还带来生命的滋养。

十七岁的暑假，在庭院的葡萄架下一遍遍地朗读李清照的“争渡，争渡，惊起一滩鸥鹭”，仿佛能听到荷塘深处的鸥鹭扑翅的声音，由此打下少年明亮的底色；一遍遍地朗读辛弃疾的“醉里挑灯看剑，梦回吹角连营”，个性中多了一份豪迈与侠气；一遍遍地朗读杜甫的“安得广厦千万间，大庇天下寒士俱欢颜”，多了一份“位卑未敢忘忧国”的情怀。

参加工作以后，直到现在，我都一直保持着朗读唐诗宋词的习惯。当然，也读其他的。只要感觉生活的脚步太快了，快到连眼睛在书上都停不下来，也看不进去时，我就朗读。朗读是对生活节奏的调整。诗歌的凝练匀称美，散文的流畅灵动美，小说的铺陈对照美，议论文的逻辑推理美，文言的精简古朴美，在朗读中，我认识到了它们的独特的美学价值。它们也从各个方面滋养我，塑造我。

2006年，我有机会被推荐去参加省城第一“魔鬼”训练营——浙江省普通话测试员培训班。在这个班里，进行了比较系统的，然而也是极其艰苦的朗读培训。在校正声韵调的基础上，我对朗读的要诀有了更深一步的了解。比如对语音的要求：让发音像抛物线，练习用腹部发音。比如对声调的要求：让声调像波浪，把握字正腔圆的原则。比如朗读的气势：句子要停而不断，抑扬顿挫。比如朗读的文气：要呼应连贯，让自己像磁铁。这个培训，让我受益匪浅。朱自清先生说得好：“诵读总得多读熟读，才有效用；‘曲不离口’，诵读也是一样道理。”所以，那些普通话朗读作品，都是读了上百遍的。但即便这样，培训时，老师还是认为你问题很多，需要更多地练习。

有一次，我帮一位老师录了《孩子，妈妈不再打你》。课上完后，一位老师说：“怎么读得这样感人？我的眼泪都流出来了。”她对我的鼓励让我很感动。我知道我理解了所读的作品。最美的朗读一定来自对作品的理解。我相信朗读到了极致就是“说”，就是平和、自然、质朴、生活化地说话，就是朗读人之“心”与文本之“心”的共鸣。淡然地说，自然地说，随心地说，便能够动人心魄！真正的朗读应该把书读到大家的心里。

在语文教学中，我也是重视课内朗读的训练与指导的。在备课一环，通过朗读这种方式研读课文，发现每个文字的分量是不同的，因此朗读内容的选择就明晰起来。清代姚鼐说：“文章之精妙不出字句声色之间，舍此便无可窥寻矣。”“字句声色”不是靠教师的支离破碎的分解灌输实现，而要靠作为阅读主体的学生，去反复朗读吟诵，方能心领神会。所以，在我的语文课上，朗读是最寻常的。我也渐渐形成了“在朗读中感悟，在感悟中朗读”的风格。我喜欢，我的学生也喜欢。特别是在文章关键处配上音乐读一读，孩子的眼里呀，涌动着对语文的喜欢呀！在孩子们读不好的时候，我会读上一句。这是范读，师傅说千遍，不如做一遍。

朗读真会产生奇迹。那时九月，孩子们刚上三年级，出现新的课程，其中之一便是科学。第一单元讲的是动物，教材中介绍了许多的昆虫。当时正是初凉的秋天，校园的花坛里到处是黑黑的西瓜虫在忙碌，蚱蜢在树丛间跳跃。一下课，孩子们就忙碌开了，冲到教室外面，趴在小径上，开始捉小虫子。孩子们对于昆虫的研究热度高涨，当然是件好事，但是不爱护小动物，却是必须引起重视的。怎么办？靠说教？才刚接了这个班，孩子们的情况还不熟悉，孩子们对老师的情感还处在疏离阶段，说教只能引来反感。我思来想去，决定借助朗读的力量，行不言之教。我选择了香港儿童文学作品《飞吧，飞吧，美丽的生命》。这本书讲了一群热爱动物的人保护珍惜蝴蝶的故事。故事篇幅不长，但知识丰富，语言生动，适合朗读。第二天的课外阅读课上，我手上捧着这本《飞吧，飞吧，美丽的生命》，给孩子们读了起来，孩子们听得入了迷。

有一天上午，体育活动课，我们正在练跳长绳。这时，一只蓝色的漂亮蝴蝶落了下来，一动不动地停在一个花蕾上。同学们这时都发现了，都拥了过来。一个男孩悄悄接近，同学们屏息凝神，蝴蝶在花上浑然不觉。这时，不知道谁说了一声："飞吧，飞吧，美丽的生命。"同学们一下子回头看我，我笑了，大家都笑了，男孩的手缩了回来。

这是一个真实的故事。

热爱朗读、享受朗读，我愿这世界上那些阳光般的语言永远弥漫在每一个学生的心田。

引导学生进行有效的朗读

上周四，听了一堂阅读试教课《彩虹》，印象深刻。本篇课文富有童真童趣，能够引发学生产生联想。教学中，执教老师以朗读为主线，引导学生在读中感悟；她紧紧围绕生字学习、积累语言展开语文学习活动，并在教学中引导学生概括朗读课文的方法。

课后，我有一个疑惑和执教老师做了交流：一年级的语文朗读教学是否需要从技巧上做再三的强调？语文课以读为本，是否在这篇课文的学习中必须进行这样理性的朗读方法的概括？

我看了于永正的《小稻秧脱险记》的教学实录。其中有这么一个片段：

师：读到这里，谁知道“团团围住，气势汹汹”的意思？（老师喊了几位举手的同学）

师：这几位同学懂了，没有懂的同学请看我们的表演。看了你就会懂的。现在，我当小稻秧，你们几个当杂草。杂草把小稻秧团团围住，你们应该怎样站？

（学生从四面把老师围住。笑声）

师："你们要干什么？"

生："快把营养交出来。"

师："气势汹汹"这个词你们没读懂。你们应该怎么说？做什么动作？想一想你们没有读懂。要凶，声音要大，把腰叉起来。

生：（叉腰，大声、凶恶地）"快把营养交出来！"

师：你们应该怎么做？

生：我们应该上前抢营养。

师：对，要抢！

（"杂草"们一拥而上。同学们哈哈大笑）

…………

我总觉得低年级的朗读教学应该像这样在游戏活动中理解、不着痕迹地指导！那么课堂会既有趣，又有效。所以，我的感悟是：只有准确地理解并把握课文内涵，才能真正体验到文章作者所表达的独特的情感，也只有把握了这份情感，"以情促读"，才能有效进行朗读教学。如果没有对课文真正地理解和体验、进一步地感悟和思考，那么朗读教学也只会停留在文字的表面，光有形式，而无内涵。

上一堂好课，真不容易！

“为什么得不了优”

昨天接到了一个电话。电话那头是一个四年级孩子的妈妈：“我们区的期末考试已经结束，考试成绩老师发给我了，我万万没有想到，我们家孩子的习作竟然是个合格！老师说他偏题了！我给他报了网课，考试前一天还在请专业的老师辅导，我实在想不通。”

这位妈妈告诉我，她的孩子平时热爱阅读，积极参加快报的记者团，练笔勤快，有好多篇习作发表于省佳作网；又参加各级征文比赛，多次获奖。孩子的习作能力应该是很强的，但现在这个期末考试的语文成绩，她无论如何接受不了。

在倾听了她的困惑之后，我告诉她控制好自己的情绪，学习是长跑，与其以后在重要考试时出错，不如现在发现问题。

我给她看了一篇习作，请她打打分：

春　天

春天来了，春风吹来，春雨从天而降。

春风一吹，把柳树的头发打乱了。柳树，一边梳理着自己的头发，一边说："停一下，停一下。"春风一吹，柳絮迎风起航，去找一个新的家。春风一吹，桃花开了，在阳光下撒着娇。春风一吹，笋芽儿破土而出，好像在呼喊："春天，欢迎你。"

春雨看见干枯的花草，赶紧从天而降，来滋润万物。大地伸出手掌，让春雨洒落，人们感到凉丝丝的。小草看见春雨，从土里钻了出来，说："春雨，来我这儿，来我这儿，我要长得壮壮的。"花儿看见春雨，欢喜地说："来我这儿，来我这儿，我要开得美美的。"大树不同意啦，说："来我这儿，来我这儿，来我这儿，我要长得高高的。"就这样，春雨越下越大。

春天来了，春风和春雨来做客啦，整个世界都陶醉在春天的景色之中……

孩子妈妈看了，说这篇文章写得很好，如果给这篇习作打分，一定是优秀，并且是优秀中的高分。

是的，表面看，文章写得非常好！第一，想象丰富，整篇运用了拟人化的手法，把春天里的景物写得生动形象，趣味盎然；第二，文字优美，用诗一样的语言对春风、春雨、柳树等多种春天里的景物进行描写，使春天的美触之可及，呼之欲出；第三，感情真挚，文章贵在真心实意，写真实的文章，是文品的基础，小作者对春天的爱体现在字里行间，让我们感受到"整个世界都陶醉在春天的景色之中"了。

我再给她看这次习作的要求，请她再打打分：

美好的事物需要我们有一颗细腻的心、一双敏锐的眼睛，去感知，去发现。春天的美无处不在，一根草，一棵树，一朵花，一只小鸭子……选一两样，最能反映春天特点的景物，描绘一下春天的美。题目自拟，字数不少于三百五十字。

孩子妈妈看了以后，火气去了一大半。她大约明白了自己孩子的问题。题目当中，明确要求选取春天中的一两样最能反映春天特点的景物，来描绘春天的美。而这篇文章的作者，选取了大量春天中的景物来写春天，这就不切合习作的要求了。另外，“描绘”的意思是描写，也说“描画”，那就是要求对所选的一两样景物进行比较细致地描述。而这篇文章虽然语言很美，看得出小作者的功底也很深，但是每一种景物都是一笔带过，并没能把观察到的写下来。想象虽然丰富，但是对于春天并没有实质性的描写。也就是说，这篇文章最大的问题是“泛”和“虚”。

我告诉这位妈妈，如果是写春天的征文，很有可能，她的孩子就获奖了。但是如果是考场作文，如果不仔细审题，那么就会出现“下笔千言，离题万里”这个后果了。三四年级的孩子，这个毛病是很容易出现的。每一次考试，都有几个同学出现这样的偏差。比如：

【写人作文】：以我班有个“________”为题，写一篇习作。在补充题目的时候，所填写词语应尽量表现出这个同学的特点，比如“机灵鬼”“小小翻译官”“小诗人”“小作家”，等等。然后围绕这个特点写一写发生在他（她）身上的事。

题目要求很明确，“所填写的词语应尽量表现出这个同学的特点”“围绕这个特点写一写发生在他（她）身上的事”。在学生的习作中，我们发现有的孩子选择了“小诗人”这个身份来写，结果写的时候并没有集中在“写诗”这个特点，而在“热爱阅读”上花了大量笔墨，自然习作的得分不会很高。

再比如：

【写事作文】：以“我和________”为题，可以填亲人、朋友、同学，也可以填动物、植物等。通过一件事，把你和他（她、它）之间发生的故事写清楚。

题目要求很明确：第一，可以填的选项很多；第二，通过一件事，不是两件事；第三，把事情写清楚。我们在练习时，发现有些孩子犯了很低级的错误，写了两件事。习作的等级自然也高不了。

“学生写作时很少思考题目的范围，很难察觉措辞相近的题目之间细微的差别，有些人热衷于描绘那些与主题无关的次要情节。”这是初中生在习作时最常见的问题。其实，这些问题，在小学时就有端倪。记得有一次参加小学毕业考试语文阅卷，习作题目是《他变得更勤劳了》。结果阅卷时，我们发现很多学生写的题目是《他变得更勤奋了》。

审题明确是作文出彩的先决条件，如何正确科学地审题，方法肯定很多。我想，对于三四年级的孩子来说，主要有三条：

重视题目中的关键词。比如“我们班的机灵鬼”这个题目，“机灵”就是关键词。

重视关键词的前后语。比如“我们班的机灵鬼”中，“我们班”这三个字，就在提示写自己班里的人物，写熟悉的事，写出你对他（她）的喜欢。

重视关键词背后的含义。比如“童年的万花筒”，我们要思考“万花筒”究竟指的是什么。

听了我这些解释，电话那头的妈妈平静下来了。

我希望我的解释对她有用！

书有馨香心有痕

曾在一本教育杂志上看到这样的语言："想让孩子不爱阅读，就让他去写读后感。"这句话让人触目惊心，也的确值得我们深思。对于小学中高段学生来说，每年寒暑假的读后感成为最头疼的作业，也成为家长朋友最需要操心的作业。我多次接到这样的求助电话，深切感受到电话那头的无助。

写读后感有没有必要呢？当然有！读书是吸收、积累，写作是输出、表达，读后感把两者很好地结合了起来。学生读了一本有价值的书，如果没写点批注或者写点读后感的话，时间一长，就容易忘记书中的精华。学生可能只知道这本书好看，到底好看在哪里，具体细节就想不起来了。但如果留下了文字感悟，那印象就会比较深刻。即使一时没想起来，去翻一翻自己所写的感受，所有的记忆都将被唤醒，等同于把所看的书又重读了一遍。

那么如何写好读后感呢？我认为只要遵循以下三条策略，学生写好读后感就不再是难事。

一、选一本吸引自己的书，整体感知

很多学生写读后感遇到困难需要求助时，第一个问题就是："老师，我写哪本书的读后感呢？"写哪本书都还没有主见，怎么能写出规范有质量的读后感呢？我只能告诉他们：选一本能吸引你能往下读的书。

我们可以这样做——

读书名。拿到一本书，得先看看书名，想想书名是不是吸引自己。比如说《狼王梦》，狼王是谁？狼王究竟做了一个怎样的梦？狼王的梦最终有没有实现？别小看书名，它可是文章的眼睛，我们通过它会看到更多的精彩。现实生活中，许多学生看完了《狼王梦》，也未必能回答出这些问题。

读序言。序言放在书首，如戏之序幕，曲之序曲，通过它可以让我们快速了解该书的写作背景或大致内容。平时阅读，学生大多不在意序言，有了新书，就急不可耐地翻读起来，只关注情节是否精彩，结果书读完了还不能准确掌握书中的主要内容。读书先读序，可以让我们收到事半功倍的阅读效果。

读目录。看完了序言，研究一下目录，看看这本书有哪些章节。引导学生从中思考：自己根据这些章节名称能联想到故事情节吗？根据这些章节，自己会编写出一个怎样的故事？书中又有哪些章节让自己充满了好奇心？

出声朗读。让学生选一章自己特别感兴趣的内容，出声朗读它，感受一下作者语言的风格，看看自己是否还有兴趣往下读。

完成了以上步骤最多不过半小时。不过，学生对这本书已经有一定的了解了。如果还感兴趣就继续投入时间往下读；如果不感兴趣，就换一本。书多得是。写读后感一定要让学生找一本自己真正喜欢读的书。

读完整本书后，要启发学生思考以下三个基本问题：这本书到底在写些什么？对这本书印象最深的是什么？这本书跟自己有什么关系？

二、择一处打动自己的点，聚焦感受

“读后感”表达的观点亦称“感点”，是由“感想”提炼而成。读一部作品，引发的“感想”可能是多方面的。比如读《狼王梦》，小说人物众多，事件纷繁，涉及生活方方面面，学生读后的感想自然也很多。然而，写读后感切忌面面俱到，它需要集中选取这本书最突出的主题或自己最想表达的一点。可以围绕着一个主题、一句打动自己的话、一个特别难忘的词，甚至一个让自己沉思的标点符号具体展开。与其挖十口浅井，不如深挖一口井。

抓住原文的中心思想。一篇文章的内容丰富多彩，学生的感受是多方面，但总体上有一定的倾向，有一个侧重点。比如《狼王梦》，这是一个关于狼、关于爱、关于生命、关于梦想的故事。即使阅读这本书百感交集，但学生最后也都会情不自禁地聚焦在紫岚的追梦之路。一本书，一部小说，往往有许多的情节，要引导学生在阅读的时候，抓住典型的情节挖掘其中所蕴含的情感，从而深化对文本中心的认识，这是写好读后感的前提。比如《狼王梦》，紫岚在寻梦的路上失去了很多，但正像书中所写“已将这梦想根植在心田，就像埋进去了一粒种子。它要用生命去浇灌这粒种子，催其发芽开花结果”。紫岚为了实现自己的梦想，咬死了自己的孩子。这样的情节实在让人难以忘记，也更加深了学生对紫岚追求梦想意义的认识。

抓住最令人感动的一个角色。抓住最令人感动的一个角色，领悟其最突出的精神、思想、品格等特点或最有价值的言行。比如《海鸥乔纳森》，文中的乔纳森在别的海鸥都在沙滩上吃游人面包屑的时候，他独自一个在悬崖顶上练习飞翔；即使父母都劝说他尽量活得跟别人一样时，他也坚定走自己的路，不断挑战飞翔的极限，最终看到别人看不到的风景。

抓住最深刻的一句或几句闪光的语言。通过文中能引发学生思考的一句或几句话，联系实际发表感想。一本书，一篇文章，哪怕只有一句话能留给自己深刻的印象，就值得写。比如《奇迹男孩》中有一句话：“命运来到我摇篮边时，扬起了一抹微笑。”这句话耐人寻味。假如奥古斯特的命运落我们的身上，我们会如何安排这丑陋、破缺的命运呢？我们该如何看待被排挤、被诅咒的人生？我们该如何突破乌云，成为在阳光下展翅的自由的飞鸟？虽然命运的笑容神秘莫测，耐人寻味，但是我们可以有自己的理解，并让命运对我们发出真挚的祝福。

指导学生初写读后感就得抓住一点，找出自己感触最深、自己最有话想说的一个感受点作为读后感的中心，加以成文。其他感受点，无论多么的深刻，自己多么想表达，都必须舍弃。

三、举一些相关的例子，表达感悟

根据前面选定的感点，结合自己生活中的相关事例表达感悟。可以说经验，可以谈教训，引发自己对生活、学习、思想等实际问题的思考，这样的读后感才是有价值的读后感，并且更有说服力。

以《奇迹男孩》的读后感为例，主人公十岁的奥古斯特天生脸部畸形，不寻常的外表让他成为同学讨论的焦点。小作者为了论证这个不幸的男孩“被诅咒，亦被祝福”，从书中选取了两个例证。

> 父母对他的爱自然不用说，他的姐姐维娅也自愿失去一部分爱。在家里，可以说他是太阳，他的姐姐维娅、爸爸和妈妈就是围绕他转的行星。维娅并不生气奥古斯特抢走了爸爸妈妈对她的关注，而是更加呵护这个她三岁生日许愿来的弟弟。因为弟弟是一个特殊的人，他需要特殊的照顾，维娅习惯了不抱怨，习惯了自己的事情自己做。

这个例证来自于家庭，以此来说明奥古斯特能够成为一个善良的人，源于家人的呵护。另一个例证来自于奥古斯特所在的学校——

> 为了能让他像普通孩子一样成长，校长开始精心设计。奥古斯特开始融入新环境，他是那么努力，可是一点点的挫败便会使得他再度退却。他像是一个容易受惊的小动物，任何的事

件都可能会成为最后一根稻草，使他陷入无法摆脱的绝望。在校长的不断鼓励下，同学们渐渐看到他的善良、他的努力、他的可爱，渐渐把他看成一个普通的人。而这一点，使他忘记自己的“与众不同”。

上述两个例证均紧扣“被诅咒，亦被祝福”的“感点”展开，来自于作品本身，有很强的说服力。

此外，小学生不擅长议论叙述，通过联系实际举例描写是一个扬长避短的方法。因为举例就是写记叙文，这是小学生相对熟知的。但要注意的是，在这一部分运用事例写感受，事例不同于平时写作文的方法，不要求生动形象。所举例子只要简明扼要，重在围绕感点，能说明感点就行。请看小作者下面这个例证：

奥古斯特的生命之路是艰难的，又是陡峭的。看到这里，我不由得看着脚下的草坪。草儿在无声地成长，蚂蚁在忙碌地劳作，我摸摸自己发烫的脸。我为自己是一个健全的生命而感到幸运。我有一双明亮的眼，我有一副强健的身体，我有可以快速奔跑的脚。但是假如我生下来，也像奥古斯特一样，那么我应该怎么办？命中注定，无从回避的悲剧，我会放弃自己吗？

这个例证小作者由书中人物想到了自己，于是自然而然地想到学校里的一个同学，举了第二个例子：

看完了书，我想到了我们学校的一个同学。他显然也与从不同。他的外貌倒是没什么特别之处，他的行为太“出格”了。周一升旗仪式的时候，我们在好好地升旗，可是他却随意地走来走去；我们都是独立去上学，可是他的身边永远有一个大人在“陪读”；我们在教室里上课，他却在校园里游荡。一二年级的时候，不知道原因，只觉得他是个“怪人”，现在我知道他生了一种无法医治的病，叫“自闭症”。今天，我看了这本书，我想把它推荐给我们全校的同学、家长！我们是否可以更好地理解、对待那些“与众不同的人”？我们是否可以更善良地对待那些“被诅咒的人”？

紧扣感点，从原文中的人和事联想到自己身边的人和事，抒发感想时进行恰当的评价和议论。这样的读后感，字里行间晓之以理，感之以情，既合情又合理。表达的效果不仅有说服力，还有感染力。

总之，让学生选自己喜欢的书写读后感，整体感知，化难为易；择自己深受感动的点，聚焦感受，有感而发；举自己生活中的例子，联想论证，表达感悟。学生掌握了这三条策略，写读后感也就不难了。书有馨香心有痕，读后感写多了，写作文就不会再成为学生的学习问题了。

墙上的语文

在我们的学校里，沿着南门江的一侧围墙，每隔几米就装有一块教育格言牌。教育格言是一些教育家或者历史名人在长期的生活实践中积累下来的对人生、对社会的一种深刻的内心体验，短的只有寥寥数语，长的十几个字，它们文字凝练，语境优美。许多格言因其闪烁着智慧的火花，催人奋进，有着旺盛的生命力，为历代所传诵。这几十条名人格言是多年前学校派专人进行选择，请人刻写在上面的。它们装点了我们的校园，让校园充满了浓浓的文化气息。

有一天中午，吃完饭过来的时候，一个孩子问我其中一块上面的生字，我心里动了一下。我们的孩子有着极强的求知欲、模仿力，对未来生活有着美好的憧憬。如果把这些名人格言用起来，会成为他们人生旅途上的一座座导航的灯塔。这也是学校不惜花大量的财力、物力、人力建设校园文化的初衷吧。细细想来，我们好像真的忽略了它们的价值。我们只顾看它们表面上的美丽，却忘记了它们是否真的起到了育人的效果，是否真的发挥了它们的价值。恰好我们五年级下第二单元“语文园地”要积累关于励志的名人格言，可以充分地利用这墙上的格言来进行学习。半个月里，我们进行了下列活动：

第一步：摘录

给学生一周的时间，带上笔记本，去格言长廊走一走，读一读。要求读准每个字的音，读通每个句子。然后，挑选自己不熟悉的格言，摘录下来。于是，在春天的阳光下，我常常能看到这样的景象：孩子们有的三五成群，有的独自一人；有的站着，有的趴着；有的在交流，有的在思考……他们一边摘录，一边细细地读出声：

"'三军可夺帅也，匹夫不可夺志也！'好大的志向！"

"'不积跬步，无以至千里；不积小流，无以成江海。'这个'跬'不认识，要查查字典！"

"'读一本好书，就是和许多高尚的人说话。'这句话好像不只笛卡尔说过，高尔基也说过吧！"

…………

早春二月，杨柳依依，孩子们拿着本子，一条条地记，一条条地想。快的同学用了两个中午的时间，慢的同学只有利用课余的时间，争分夺秒地摘录。中午散步的教师们夸孩子："这么认真！"孩子们笑着说："我们摘名人格言呢！"

熟悉的校园，墙上的语文！我很惭愧，以前一直都没有想到用这个资源的！

孩子们摘录的任务完成后，有必要把这些宝贵的精神财富认真地写一遍。一则是摘录的时候，没有桌子椅子，笔画不够端正；二则摘录的时候，有一点儿求快比赛的意思；三则可能有些错别字。于是，我们把摘录的五十条名人格言分两天时间，认真地抄写了一遍。要求用最端正的楷书，一句一句地抄写，并能联系生活进行理解。

第二步：理解

我想，在这些名人格言中，总有几条触动了学生的心灵，他们对这些名人格言有什么理解呢？

在课堂上，我们做了交流：

“我最喜欢的格言是‘不积跬步，无以至千里；不积小流，无以成江海’。”於高冲发言说，“它的意思是说没有一步半步的累计，就没有办法到达千里的地方；不积累小河流，就没有办法汇成江海。这句话出自于荀子《劝学》。

“你自己对这句话有体会吗？”我问。

“有的。我天天背诵唐诗宋词，我觉得积累可以充实、丰富、完善自己。”高冲用自己的例子来说明格言的意思，特别有力量。因为我们班的同学哪个不知道高冲的实力啊！这一份实力，靠的就是日积月累啊！

“我喜欢杜甫的‘读书破万卷，下笔如有神’。虽然我读的还不够多，但是我发现写的时候，自然就把看到的印象深刻的词句用了进去。”冯慧灵是有名的书虫，她的习作很好地证明了阅读的好处。

“我喜欢‘路漫漫其修远兮，吾将上下而求索’。”一个调皮的男生突然脱口而出。

“为什么呢？”我问。

他笑了:“因为这句格言有我们班四个同学的名字:徐修衡、骆泓远、祝高远、孙问兮!”

他的话音刚落,同学们哄堂大笑。这是一个了不起的发现啊!

“所以,同学们,名字是我们父母给予我们的一份珍贵的礼物。不断地修正自己的行为,存在更高远的志向,时不时地问问自己,有没有偏离自己的理想!”我说。一句格言中,四个同学的名字都在其中,真是绝妙的巧合,相信同学们一定不会忘记这一句格言了。

第三步:习作

名人格言总是在不同的阶段给人以长远的影响。在课堂上,我举了自己的例子。我说我初中的时候最喜欢的一句格言是“少壮不努力,老大徒伤悲”。为什么呢?我说:

“因为第一学期的期中考试,数学不是很理想。我想,我就把整本数学书的题再做一遍吧!于是找了个本子,在封面上写下了这句格言,每天打开本子前,先看一眼,然后一题题仔细地做。结果,开学一考,数学成绩马上就名列前茅了。我感觉自己有一种‘豁然开朗’的感觉,大约就是读书入门的感觉吧!所以我要感谢这句格言。”

同学们静静地听着。眼睛都盯着我,他们愿意听大人的成长故事,那些故事更亲切,更有说服力。

“你们呢?在成长的过程中,相信一定有那么几句格言深有体会,今天我们来写一写《我最喜欢的一句格言》。要求写清楚格言是什么,为什么选择这句格言,背后有什么故事,它对自己有什么帮助。写清楚了这些，相信格言一定会深深地留在你的心中，并且将长远地影响你了。”

同学们打开了习作本，埋头写了起来。一节课时间，完成了六百字左右的习作。我一页一页地看他们的格言故事，写得很真切，很有说服力。

我把它们贴在教室的后面，以“学思践悟，知行合一”为主题出了一期《我最喜欢的一句格言》。看到同学们站在那里互相学习，我很欣慰，因为这一次我们没有错过，我们重拾了校园中那一份被忽略的美丽！

我的班会我做主

星期二，我们都期待下午第三节的班会课。

中午。吃好午饭，郁东就来告诉我："老师，今天下午的班会课，我的课件做好了，为了完成它，我花了整整六个小时！"

"六个小时？你觉得辛苦吗？"花那么长时间做一个班会课的课件，实在是不简单的。

"不辛苦，我的课件有动画。"郁东充满了自豪。

"动画？你自己会做？"我半信半疑。

"我按照网上的建议，边看边学的！"

"你有没有成功的感觉？"

"有！"郁东肯定地说。

"真好！在活动中锻炼了自己的能力！我问一下你们小组的其他三个同学，你们在整个准备过程中，有分工吗？有矛盾吗？"

"有！"其他三个孩子互相看了一眼，异口同声地说，然后都大笑起来。

"你们有信心把班会课主持好吗？"

“有！”又是一阵快乐的笑声！

…………

下午第三节课。黑板上已经写好了班会课的主题。主持人一字排开，站到了讲台前。“同学们，大家下午好！‘以诗会友’主题班会现在开始，我们的题目分为‘必答题’和‘抢答题’。必答题每组共四题，答对加两分，答错不扣分。抢答题，答对一题加三分，答错一题扣一分。比赛期间有说话、告诉答案等违规行为，我们都将做出扣分处理。”主持人任王熠落落大方，其他几位小组成员有的负责登记分数，有的负责监督纪律，有的负责颁发奖品，各司其职，现场井然有序。

“请看图片，你能看出藏在九宫格里的一句唐诗吗？”主持人的话音刚落，有几个同学就脱口而出。

“提醒一下，这样算犯规。这道题我们一起来看答案。”

…………

班会课结束，我们照例进行点评。

“同学们，你们觉得这节班会课怎么样？”

“非常好！”

“好在哪里？”

“主题选得好！中央电视台有《诗词大会》，我们班有《为你读诗》，现在开一节以诗会友的班会课，可以检查我们对古诗的掌握情况。”

“好在准备充分！课件特别精美，主持人很大方，纪律也管理得很好！”

“好在时间也把握得恰到好处。留出十分钟来发奖品。”

“有什么需要改进的？”

…………

班会课，上什么，怎么上，值得我们讨论。许多班主任认为，班会课既不好找资料，准备又太费时间，于是就在这节课上讲讲班规、校规，说说日常行为规范，或者总结一周同学的表现，或表扬或批评，有时候实在没有什么内容需要强调，那么干脆就讲讲作业中的典型错误。这样一来，对于课表上的班会课，看似有，实则无。每次完成课表任务，班主任老师既劳心又劳力，负担很重；学生们对这一节课失去盼头，兴致索然。于是师生的积极性都不高。如何发挥班会课的作用，提升学生综合素质，建设富有活力的班集体，一直是我思考的问题。

现在的孩子学习压力这么大，应当让班会课成为他们放松心情的空间，应当成为他们展示才华的舞台。对于五年级的孩子，我想班主任可以退居二线，把这个舞台让给学生，让他们来呈现精彩，得到真正的发展。在本学期开学初的第一堂班会课上，我把这个想法和同学们做了交流，没想到得到了孩子们的一致赞同。经过热烈地讨论，我们决定以四人小组为单位，每组负责一周的班会。要求主题自定，分工合作。

没想到三次班会课主持下来，孩子们的表现让我吃惊。

他们设计了各类游戏、活动，放松心情。四十三个孩子，十一个小组，提出的游戏主题非常有创意：“数字炸弹”“看动作猜成语”“以诗会友”“记忆密码”等，光听名字就充满期待。从已经完成的班会课来看，孩子们非常喜欢。

他们分工合作，学会协作。做好准备工作是班会课开展的关键。小组成员积极参与，自己撰写主持稿，准备 PPT，准备奖品。虽然整个过程只有利用课外休息的时间，而且在准备的过程中由于意见不一，往往有冲突，但最后，所有的困难都得到了解决。可见班会课的准备过程有助于同学们增进交往、加强合作。

他们总结评价，互相提高。每一次班会课结束以后，让其他的小组成员来点评本次活动的成功之处，指出活动的不足之处。为了鼓励学生，老师做最后的小结，对小组的努力及时肯定，以保护学生的积极性。我们明显感觉到班会课的质量一次比一次好！

…………

“老师，下周轮到我们主持了！”第四组的同学已经跃跃欲试。看来，一堂好的班会课，真的是一个异彩纷呈的舞台！把班会课还给学生，何乐而不为？

倾听，对师生都重要

早上，结合盛誉爸爸的讲座《听见美好生活》，我们一起分享了《汉字演变》中“聪”的部分。许慎的《说文解字》是这样来介绍“聪”的：“聪，察也，从耳，悤声。”从字面看，“聪”字，一个“耳”部占了字的二分之一，另一半下边还有一个“心”字，听了之后得用心想，然后心口合一才可以说出来。这样说出来的话，才会是智者之言，也就是聪明。我对孩子们说：“每个人都希望自己聪明，但聪明人首先要学会倾听。所以古人认为最聪明的人，一定是会听的人，‘聪’字就充分说明了这一点。”

“聪明的人有长的耳朵和短的舌头。”长的耳朵是为了让你多倾听别人好的意见，短的舌头是为了让你少说不必要的话。我对同学们说：“对于这句话，我认为一半对，聪明的人的确要善于听，但也要能说会道，把自己的意见清楚地表达出来。只有听的到位了，说才有意义和力量。”

我们每天都在听，可是不一定都在倾听。听是一种生理过程，倾听却必须集中注意力，并与自己的认识进行对照，产生新的认识。

对于学生来说，听、说、读、写四种语言活动中，听是放在第一位的最基本活动。据教育心理学家观察，在人们的学习活动中，听占45%，说占30%，读占16%，写占9%。课堂上，学生有一半的时间在听，所有良好的倾听习惯是课堂高效的前提和基础。如果没有大量的“听”，就不可能有“说”的能力积淀和“说”的技术升华。对于老师来说，倾听是我们日常的基本功。不可想象，如果没有倾听，那么我们怎么理解学生？又怎么教育学生？所以说，倾听，对于师生来说都很重要。

今天中午，祝高远端着饭盆，跑过来问我一个问题：“老师，能问您一个问题吗？”

“你说！”我望着他。这个孩子，几乎每天中午都端着饭盆坐到我对面。他每天都有一大堆问题。

“您说现在的家长教训自己的孩子，说‘读不好书，连清洁工都没得当’，您认为这样的观点对不对？可能这个问题有点傻，但我想听听您的回答。”孩子饭也不吃，期待着我的回答。

“这个问题很好！第一，未来社会不一定会有清洁工。时代发展得特别快，现在的新加坡，大巴士都已经无人驾驶了。等你们长大了，职业会发生很多的变化。第二，这个家长不对，人是平等的，只要靠诚实劳动养活自己，他就是有尊严的。第三，我们应当关怀尊重身边的每一个普通人。你看，食堂里的给我们烧饭的师傅，厕所里给我们搞卫生的阿姨，校园里种花植树的园丁……你觉得我说得有道理吗？”

“有！谢谢老师！不过，我还要想一想。”说完，他又低着头边吃边想。

…………

我想，具有倾听意识和习惯的老师一定会给孩子留足表达的时间，一定会带着朋友般的热忱与亲切来静静地聆听对方的倾诉；具有倾听意识和习惯的老师一定会听到孩子思想抽穗、知识拔节的声音。

当然，具有倾听意识和习惯的老师也一定善于触摸到孩子情绪的温度，善于听出弦外之音、言外之意。

“老师，你有没有时间，可不可以看看我的习作？”课间，我正埋头批改学生的联系册，一听声音就知道是龙龙过来了。作文课刚结束，他就把作文写好了，并那么急切地想给我看，一定有不同寻常之处，于是我认真看了起来。

《我给自己画张像》其中有这么一段：

我最大的问题是粗心。有一天，我接过语文试卷，一看“八十二”分，就心情很糟糕，我垂头丧气地回到了家，见了妈妈，头也不敢抬。后来，我告诉了妈妈情况，“啪！”一个巴掌就落在了我的脸上。“哇！”我哭了。“不争气的东西，说你不争气，你还真不争气！”爸爸回来了，妈妈告诉他：“你儿子考试考了八十二分！”“啪！”于是又一个巴掌落在我的头上，接着，就是“男女混合双打”。唉，谁让我那么粗心，会做的都做错呢？（批改：真有其事吗？如果有这样的事存在，那么问题严重。）

我长得浓眉大眼，但爱多嘴多舌。一天，我和妈妈为了一点小事吵起架来，我一急，大声说：“你这个破人！”妈妈不高兴了，不和我说话。后来，我认了错。

这就是我！

龙龙边读边笑，我也忍俊不禁。

“你爸爸妈妈真的会像文章中那样地打你吗？”我将信将疑，“真有男女混合打吗？”

“也不全是啦！打是要打的。不过，我也是平时看作文，然后把这好笑的一段用上去了。”他像机器人一样节奏均衡地说。

我笑得前俯后仰。“这样很好，叫活学活用，我要向你学习。”我拍拍他的肩膀。

“老师，我……”龙龙吞吞吐吐的，脸红了。

“怎么了？”我问。

“那你能不能给我发到班刊上？”龙龙红着脸说。他知道我们习作的最高奖赏，就是发到班刊上。

“行！你再去修改一下。一定帮你发到班刊上。”原来这才是孩子的意图！

…………

尽管我们很忙，但身为老师，一定要让孩子把话说完。因为倾听时你的体态、你的眼神、你的语气，无不呈现着你的专业水平。倾听时你的及时处理，又无不呈现你对教育的理解！

所以，我想说：无论老师，还是孩子，学会了倾听，我们才可能学到更多的东西。

家长进课堂

3 月 10 日下午第三节课，盛誉爸爸来给孩子们上了一堂关于“听见美好生活”的耳朵保健课。伏尔泰说过，耳朵是通向心灵的路，可是我们对它知之甚少。盛医生带来了耳朵的医学模型，讲解耳朵的结构，说明听觉传导的通路，分析日常音量，建议同学们保护听力，改掉不良用耳习惯。作为萧山第一人民医院的专家，盛爸爸精心准备，课件精良，语言简练，把专业的医学知识讲得浅显生动，孩子们听得专心，学得认真，解决了不少关于听力的困惑，讲课取得圆满成功。

教育，需要家校合力，家长是教育力量的重要组成部分。我们的家长有的是医生，有的是企业家，有的是律师，有的是公务员，有的是老师……可以说每个家长都有自己的专业，他们是一支藏龙卧虎的队伍。我思索：要让他们贡献智慧，参与到我们班级的活动中来，为他们的子女，为我们的班级发展出力。于是从三年级开始，我们班就开设了家长志愿者进课堂的活动，把家长的专业资源开发出来，为我们班级所用。通过聆听家长的介绍，分享家长的智慧，让学生提前接触社会，了解社会。

“好！”学生对于这样的想法，总是怀着无比的热情。

“我们可以请家长讲什么呢？”我相信学生，总是请他们来谈谈看法。

“来奕的妈妈很会做糕点，请她来教我们做冰皮月饼吧！”

“周子濠的爸爸是体育老师，请他来讲讲足球吧！”

“楼泽浩爸爸热爱运动，参加过不少马拉松，可以请他来分享参加马拉松活动的感受。”

“徐修衡妈妈是红十字会的会员，可以请她来讲讲急救知识。”

…………

孩子们七嘴八舌，于是我趁热打铁：“好！我们班同学们的爸爸妈妈那么优秀，值得我们学习的有那么多，欢迎他们在不影响工作的情况下来给我们上课。大家回家多做宣传，好吗？”

“好！”

…………

结合班级学生的实际需要，也从家长的实际情况出发，在不影响家长工作的前提下，我们班每月开展一次家长志愿者活动，收到良好的效果。

9月，中秋节前夕，来奕妈妈走进教室，给孩子们带来美味的一课“冰皮月饼的制作”。月饼的来历，月饼的种类，月饼的做法，来奕妈妈娓娓道来，孩子们听得投入，学得有劲，吃得有味。最快乐的一刻，莫过于把亲手做的月饼带回家让妈妈尝尝了！

10月，张宇轩妈妈为我们带来“中国结 中国魂”一课。一个小小的中国结，蕴含着深厚的中华传统文化。在长期的社会发展中，经过劳动人民的实践，绳结从朴素的实用功能和神圣的记事功能，演变为今天精致华美的艺术品，背后寄寓着美好的情感。课上，张宇轩妈妈手把手地教孩子们做中国结，孩子们虚心求教，在一线一绕的过程中，体会着心意的表达，感受文化的力量。

11月，金施扬爸爸为我们带来“食品安全我知道”一课。针对有同学喜欢放学到路边小摊买油炸食品的现象，金施扬爸爸通过图文并茂的课件、深入浅出的讲解，让我们知道路边食品有可能会伤害我们的身体。金施扬爸爸介绍的食品安全大事件，让我们深深地震惊；分析食品中的致病因素，又让同学们脑洞大开；宣讲小学生应当知道的十条食品安全常识，同学们牢记在心。

12月，徐修衡妈妈给大家带来重要一课“心肺复苏”。心肺复苏是针对骤停的心跳和呼吸系统采取的“救命技术”，所需的一切只是一双手。徐修衡妈妈先在教室上了十五分钟理论课：胸外心脏按压，人工呼吸，30 : 2 的按压与人工吹气比例，“叫—叫—压—开—吹”的心肺复苏步骤，抓紧黄金急救四分钟，争分夺秒抢救他人生命。然后在教室外面的空地上进行了示范，并让孩子们都有动手尝试的机会，掌握心肺复苏的动作要领。这样的课，终身有用。

…………

上完课后，盛誉爸爸说：“短短一节课，讲的是听力保护问题，同学们很活跃，和我们读书的时候完全不一样。好几个同学提到的问题都很有意思，我感受到班级良好的课堂氛围。”

我觉得要好好地向家长学习，并表示感谢。作为老师，把家长作为我们教育的同行者，增进了解，加强沟通，分享专业，共同提高。

当一个孩子来到我们学校，走进我们班级的时候，虽然他的认识风格、行为特征、学习能力已经初步形成，但我们可以通过共同的努力，营造更好的共育氛围，促进他向更好的方向转变。所以我觉得，通过家长进课堂，让家长来参与孩子的学校活动，了解孩子，了解班级，非常有意义。

并不是结束

相传“昔者仓颉作书，而天雨粟，鬼夜哭”，文字里有泄露的天机。文字自古金贵。小时也领教过祖母的教诲，用过的报纸也不能用来发煤炉……文字，神圣异常；文字，无价之宝。

在古代，拥有一本书，富足感远胜于现代人拥有私人游艇。农历的最后一天，我把一个学期孩子们写的日记整理在一个文档，八十篇，五万字左右。我一篇一篇地插入文档，一遍一遍地检查文字，一个学期围绕仓鼠小可爱发生的故事重临于我心头：

驱车前往花鸟市场，一眼相中小可爱；把它端上讲台，孩子们的欢呼声还在耳边……下课了，孩子们围着小可爱，有的站，有的蹲，有的趴……他们说着，聊着，笑着，乐着，对于小可爱，孩子们仿佛永远看不够……小可爱几次“越狱”，本领渐长，孩子们把它拎出笼子，带它散步……邻班的同学都知道我们的大明星，一个个跑过来，眼里露出羡慕的神情……爷爷奶奶怕它逃走，爸爸妈妈给它大扫除，装修，做睡袋，买零食……孩子们怕它孤单，给它带来了许多小伙伴……小伙伴死了，我们为它们举行神圣的葬礼……

“讲台前的老师，他的工作也许普通，但是，他却能决定一个孩子的学校生活，是快乐，还是无趣。”此话我十分赞同。因为做班主任讲座，我跑过不少学校，走进过不少教室。教室从表面看，都差不多：一样的课桌，黑板，多媒体，书柜。但真正的教育是用肉眼看不到的，它弥漫在教室的空气中，发生在师生目光相融的一刻。我非常庆幸在 2014 年上半年的“自然笔记”之旅后，选择了一只合适的小动物，开始了我们三年级的学校生活。农历大年三十的早晨，看着孩子们自己的文字，亦感弥足珍贵。想着泽浩妈妈、修衡妈妈、郁东爸爸妈妈、泓远妈妈、洋毅妈妈、伊诺爸爸、高冲妈妈等一大批家长对于本活动的支持，心里充满感恩。

写写写，童年生活更多彩。童年是多么重要的一个阶段，大自然在这个阶段给予孩子一生的供养。我以为所有的孩子，童年都应当在乡野度过。赤脚走在松软的泥土上，感受大地的亲切；钻入油菜花中，感受香气浓郁；躺在草垛上看天，才知道什么是真正的蓝色；院落里吃饭，火烧云的霞光是抹不去的色彩……可惜，孩子们生活在城里，没有经过百草园，直接进了三味书屋。身体没有舒展的孩子，心灵怎会飞翔？没有与狗的目光交流过，对于生命怎么有柔软的感觉？小可爱，来到我们身边，成了孩子们学校生活的一个触动点，一个兴奋点，一个聚集点。围绕着小可爱，形成家长、同学、老师共同关注的磁场。我们期待，我们兴奋，我们欢喜，我们着急，我们担心，我们牵挂，我们伤心，我们嫉妒，我们争吵，我们思考，我们收获。一个学期，小可爱是我们学校生活浓墨重彩的一笔，孩子们的童年生活一定也因为它而更加丰富了。

写写写，起步作文更容易。三年级的起步作文，一直是个难题。找一个切入口，让孩子喜欢写，乐于写，一直是我思考的问题。只有愿意写，接下来才可思考第二个问题：能写。然后是第三个问题：写得好。小可爱给了我们一个支点，我们有了写作的对象。手把手地观察小可爱的样子，手把手地观察它的房子，手把手地观察它的活动……孩子们在课堂上扎实有效地进行了观察训练。《小可爱的故事》日记训练，出于课业负担的考虑，由孩子们自己选择做还是不做。让我感动的是，每天同学们抢着领养，每天有同学跟我说，“老师，今天我又有内容可以写了！”“老师，今天我要写两篇！”

写写写，师生关系更和谐。“教师的身份对于教育孩子，一上台就注定要失败的，因为孩子知道你一开口，就要教育他了。”好为人师的人又总是喜欢说道，这是我时常提醒自己的：随风潜入夜，润物细无声的境界需要不断地思考、修炼。领养一个小动物，有利于责任感的培养；观察一个小动物，有利于观察力的培养；描写一个小动物，有利于表达力的培养；围观一个小动物，要注意谦让；接近一个小动物，要注意安全；接触一个小动物，要庄严尊重……无数次，孩子们拉着我的手，靠近我，欣喜地告诉我关于小可爱的发现。那样的时候，让我想起曾点对孔子描述的情景：

> 莫春者，春服既成，冠者五六人，童子六七人，浴乎沂，风乎舞雩，咏而归。

我虽不能至，然心向往之。

期末，工作重心是复习迎考。一天傍晚，我忘记带小可爱回家。第二天一早，笼子的门打开着，小可爱不见了，这次是真的越狱成功了。我惴惴不安。有一天年级的学生来报，在东边的灌木丛中发现过它的身影，我去找过好几次。未果。

小可爱去哪儿了呢？我特地在灌木丛里撒了一些瓜子果仁。相信孩子们也一定在心里存了大大的问号。问号也是不坏的结果，希望有孩子写出一本《小可爱冬日历险记》。

我相信，一定有孩子能写出来的。

八十篇，这只是一个开始。[①]

① 三年级下半学期，一开始，我们养了一只叙利亚仓鼠，每天记录它的成长，共八十篇，写成了我们的第一本书。

阅读，希望的暖流

那些书，那些成长

一个人的阅读史，就是他精神的成长史。我庆幸，我的书架上有许多书。也许书多并不能说明什么，但它们当中的绝大多数我都用眼睛亲吻过，我对那些书的气味都很熟悉。我只要把鼻子凑近这些读过的书，它们散发出来的味道就立刻勾起我的回忆。

一、《花木兰》：因自卑而阅读

我对书的热爱，并不是天生的。从小我是一个自卑的孩子。因为是一个女孩，爷爷很是不喜欢，妈妈便经常生气。记忆中出现最多的景象是妈妈教育的画面："你要为我争气！都是因为你，我受了多少气！"六七岁的我睁大恐惧的眼，望着并不明亮宽敞的房间。我不知道自己错在哪里，只是咬着嘴唇，躲在黑暗里。

房间的角落放着一只萎桶，萎桶里堆着好些书。我的字还认识得不多，在许多讨厌的大块头书下面，我发现了一本小小的图画书。我永远记得我阅读的第一本书是《花木兰》，书上用钢笔线条勾勒出人物的形象，一个英姿飒爽的女子，横跨战马，替父从军。花木兰豪迈的气概永远留在了我的心底，成为我童年生活最鲜活的榜样和最深刻的憧憬：我只是一个女孩，可是我也要活得光彩，我一定要争气。这样的一本小人书，我反反复复地看了不知道多少遍，花木兰“谁说女子不如男”的语言，像阳光划过的声音，永久地刻在了我的心里。

父亲一周回一次家，每次回家，话不多。但说得最多的是“万般皆下品，唯有读书高”“少壮不努力，老大徒伤悲”。尽管那时并不是十分理解这样高深的语言，但是读书很重要的观念对我影响至深。我要好好读书，一定要读得比小伙伴好，一定要读得比弟弟好，这样我才能得到爸爸妈妈的喜欢。于是，当别的孩子在田野里疯跑的时候，我却把更多的时间花在了阅读上。那时可以读的书不多，一本简单的语文书早就看完了，邻居家的《杨家将》《说岳全传》也看过了，亲戚家能借到的书都没放过：《儿童文学》《钢铁是怎样炼成的》。我庆幸，我看到了一片更为广袤的田野，那里的风景更为迷人。我是一个平庸的人，但我是一个多么幸福的人。

多年以后，我阅读奥地利阿尔弗雷德的《儿童的人格教育》一书时，我才知道，这种因自卑而努力超越的思想，对于儿童的人格起了多大的作用啊！

二、《唐宋词一百首》：因喜爱而阅读

“我们于日用必需的东西以外，必须还有一点无用的游戏与享乐，生活才觉得有意思。我们看夕阳，看秋河，看花，听雨，闻香，喝不求解渴的酒，吃不求饱的点心，都是生活上必要的——虽然是无

用的装点，而且是愈精炼愈好。”这样的表达正中下怀，心里是说不出的喜欢，仿佛是专为我做的一种解释。

十七岁的暑假，在老屋一角发现了姑姑的一堆书，在那一堆书中，独独喜欢上了那本小小的《唐宋词一百首》，上海古籍出版社的。那些黄色的书页，散发着柔和的光芒。那些诗句，在夏日的午后，变成了葡萄架下的吟诵，它让我拥有了一个更为深远的，也更为丰富的世界。那些诗句，最终变为流星般的光芒，跨越时空，感化与影响着我的精神和生活。从那时起，我喜欢在一些时间的缝隙去读古典诗词。日子久了，古诗词中的某些场景便化成了一幅又一幅的画面在脑海中挥之不去。那些诗词所展现的万种风情也渐渐融入了自己的情感。总是在某些不经意的时刻，这些画面会忽然地在脑海中闪现。

喜欢秦观的《鹊桥仙》，喜欢李清照的《声声慢》，喜欢欧阳修的《采桑子》，喜欢李煜的《虞美人》……一切好语言都被道尽，立尽斜阳，我迷恋诗词中所散发的诗情。读着这样的文字，永远不会孤独，因为无论友谊、爱情，无论事业、家庭，许多未曾谋面的诗人词客已经有了相同的体验，他们是如此让人亲近：他们曾经怀着与我一样的情怀！

三、《在与众不同的教室里》：因责任而阅读

我们的工作，受职业特点的制约，生活总是重复的，日复一日，年复一年，周而复始，难免单调和狭隘。它消耗我们的热情与力量，使我们趋于平常与无奈。我们的工作，如果能在心平气和中进行，

那么已经不容易了；如果我们还能感受到趣味和激情，那就更不简单了。如何维持那一份喜欢与激情，并能在理性的思考中行进？站在讲台前的我，时常感到底气不足。

古人说："三日不读书，便觉语言无味，面目可憎。"作为一名教师，拥有怎样一种精神生活，决定了他在课堂上的状态。精神生活丰富的老师即使衣着简陋，外表平常，也必定拥有清亮的眼睛、坚定的眼神；他必定拥有一种特殊的精神磁场，散发着一种迷人的魅力；学生不由自主地想接近他，感受他。正是基于这样的认识，这些年，我通过阅读教育经典不断完善自己，从苏霍姆林斯基《给教师的建议》到郑杰的《给教师的一百条新建议》；从蒙台梭利《童年的秘密》到《学习的革命》；从《成功无捷径》到《在与众不同的教室里》，从曹文轩的系列小说到《彩乌鸦系列》，从谢尔的《爱心树》到法布尔的《昆虫记》……作为教师的"底气"在阅读中渐渐变丰厚了。

一个优秀教师必须具备的三个知识板块：精深的专业知识、开阔的人文视野和深厚的教育理论功底。缺乏任何一个板块的知识都将限制一个教师在教育教学上所能达到的深度与高度。所以，目前最重要的事是：静下心，好好读起来。

与《论语》相遇

2007年的圣诞节，我们邀请了二十一岁的澳大利亚小伙子莱恩来家里做客。推杯换盏之间，围绕书籍和电影，话题渐渐打开。莱恩问我：

“老师，你觉得孔子是一个怎样的人？”

我心中的他：因材施教，有教无类，教学相长，循循善诱，诲人不倦，温故知新，学而时习之……这在中国教育的大地上，人人皆知啊！他印在白纸上，让人崇敬，世世代代。

“不，老师，他是一个怎样的人？”莱恩真诚地望着我，充满了好奇。

…………

我听说过司马迁研究孔子时曾说：“余读孔氏书，想见其为人。”我看到过孟子也曾感叹：“颂其诗，读其书，不知其人，可乎？”现在，从一个老外的嘴里，我又一次听到了这个问题。我意识到，少年时代我背《论语》，青年时代教学生《论语》，但直到三十五岁，我也从来没有想要真正地认识孔子，从来没有想要真正地感受《论语》的温度。

带着莱恩的重重一问，我重读《论语》，到现在经历十年时间。在《论语》这本书的第一页，我认认真真地用钢笔写下：

> “冷读”，即“念一句受用一句，得到一句就是一句”。做一个认真读《论语》的人。

《论语》是古典时代书写教师生活的最佳作品。十年的阅读，孔子在我心中渐渐清晰起来，从平面到立体，从冰冷到温暖，从面目模糊到眉眼清晰。孔子渐渐地走下神坛，向我走来，真诚且能带来安定与力量。

论语开篇：“学而时习之。”孔子喜欢的事不是教，而是学，他不停地学，借此当上了教师，获得了快乐。孔子快到五十岁时，依然对学生说自己尚未明白人生的真谛，仍会犯错，自己还要研读许多书。他说：“朝闻道，夕死可矣。”他又认为：“吾尝终日不食，终夜不寝，以思，无益，不如学也。”他说：“学而不厌。”学而不厌，诲人不倦，是孔子的情怀。倘若教了一辈子书，连这一点情怀都不曾真切地体会到，那么我们又有何底气可以让自己坦然地站在三尺讲台上？

一个人的生命短暂，时间有限，而我们所知道的永远只是极小极小的一个部分。这不由让我们无奈，但我们可以在力所能及的范围内，保持一个好奇心，“朝闻道，夕死可矣”。这十年，是我最有收获的十年。每天清晨，我早早地坐在教室，用书籍迎接一天的挑战。我自学了汉语言文学的本科，通过了大学英语的考试，获得了浙江省普通话测试员的资格……我没有浪费时间，看教育经典，听人文讲座，读英语原著，只觉时间不够……陶行知先生常说，当教师的，得先“学而不厌”，才有可能体会“诲人不倦”的大乐。我觉得很幸福，因为我更有底气了，教室里的风景无限美好……

作为一个人，我经常考虑自己是否合乎道德的标准。《论语》是人生的行为指导手册，内容丰富至极。就拿一个“孝”字来说，孔子的理解字字珠玑。子曰：“今之孝者，是谓能养。至于犬马，皆能有养；不敬，何以别乎？”没有尊敬，赡养父母同领养一只狗没有什么区别！子游问孝。子曰：“色难。有事，弟子服其劳；有酒食，先生馔，曾是以为孝乎？”孝顺父母易的是看得见的财物，难的是经常保持和颜悦色。子曰：“父母之年，不可不知也。一则以喜，一则以惧。”每每想起父母的年纪，心里的矛盾便是孝……一个能说出如此话来的人，必定是温厚的，必定是恭敬的，必定是可以依赖的。我们年岁渐增，对这些话有了自己的生命的体验。当我看到病床上的父亲时，孔子的话一一涌上心头，泪便一滴一滴地流下来……孔子值得学习，他让我们自己的日常“做人”有一个中心，而且，我们教师的生活体验能让德育更具有说服力……

作为老师，我们太普通，默默地教书，生活，直到退休，离开和我们名字一样平凡的地方。在一间不大的教室里，我们的人生与学生的成长交织在一起……尽管我们工作十分的投入，但有时也不免迷惘，灰心丧气。我们拥有太多孔子没有的东西，但我们缺少像孔子那样的“教学之恋”。读《论语》，读的是一句一句话，看见的却是虽然孤独但坚定执着的人。读着《论语》，能让自己的心静下来，这是那些教育教学经典所不能给予的。没有哪本教育经典著作像《论语》那样，生动细腻刻画了一个教师的喜怒哀乐！我想一名不辱使命的教师所能拥有的一切生命体验和心灵秘密都被《论语》说透了……读着《论语》，我脑海中出现的是《放牛班的春天》里的克莱门特老师，《死亡诗社》中的约翰·基汀老师，《黑板》中的无名女老师……

我已经教书二十多年了，但我花费了十年才认识到当老师意味着什么。其间曾经因为太容易被周围纷繁的事情及信息干扰，变得心浮气躁。“你还在教书？”这句话曾让我非常气馁。非常庆幸有《论语》相伴，我找到了感动与平静；非常光荣拥有如此可信可爱的先辈，我不再动摇。未来的教育生活，无论有多么麻烦，有多困难，有多变化无常，都会有一声感叹：

不亦乐乎！

有趣的和有力量的

“我觉得自己很空虚。”地铁二号线上，偶遇年轻的小宋老师。她低着头，叹着气。

“你那么年轻，怎么会有这种想法呢？”我好奇地问，小宋老师才三十出头，应该是意气风发的时候。

“唉，课堂上学生不听我的，每天都很焦虑。我觉得自己一点职业的价值都没有。”小宋的声音有些颤抖……

这让我想起了十五年前自己的状态。当时我担任学校的教导员，每天都很忙，渐渐地远离教室，远离学生，远离课堂。我感觉自己成了无根之木，躯壳里的灵魂早已离我远去。有一天，我路过一面正衣镜，我看了一下里面的自己，吓了一跳：“怎么这么年轻！”我才知道自己的心境有多么苍老……于是，我向校长递交了辞呈。我只知道，在不同的平台可以有不同的贡献，我只适合做一个老师，把目光深深地投向学生，把根扎进教室。于是我选择了重新做班主任，所有的工作从零开始。那时候，我很孤独，没有人理解我的选择……

此时此刻，我的眼前，有这样的一位年轻的老师，我仿佛看到了那时候的自己。我庆幸，在我胡乱买书，随意阅读的时候，我遇到了一些好书。它们具有炸药一样的化学构造。唯一不同的是，一块炸药只爆炸一次，而有些书则爆炸上千次。

它们中的有一些，扔在沙发上，搁在架子上，扔在床底下……每次随意地打开，浮光掠影，看到的是人生的趣味，让我知道，原来人生不必如此！原来人生不过如此！

浅阅读的那些书和杂志中，《南方人物周刊》每周一本，读了十五年。茶余饭后瞟一眼，也影响很大。整本杂志，我觉得它摆出了最大的诚意，来让读者认识世界的多元与有趣。“观众来信”一栏中，主编寥寥数语，先让人拍案叫绝，后让人抚案深思；“世界观”一栏中，不忘记这个时代其他国家的那些人物故事，告诉我们这个时代永远在不紧不慢地走自己的路。“故事”“评论”“观点”“后窗”……阅读它，你会发现，《南方人物》的记者的文字有血有肉，有生命。阅读那些呕心沥血的文字，你会觉得不会浪费时间，因为每一期，都会在以后很长的时间给予你力量，赋予你平和安静的心灵，让你生活充满趣味！它极大地塑造了我。

有些书，则被放在了书架最好的位置，摆在了心灵最重要的位置。这样的书不多，但力量是它们的属性。《教学勇气：漫步教师心灵》，无疑是我最爱的一本。

作者帕尔默在导言里说得很清楚：“这本书适合这些教师：他们体验过快乐和痛苦的时日；他们不愿意把自己的心肠变硬，因为他们热爱学生、热爱学习、热爱教学生涯。”虽然我从教二十五年，其中有过太多的迷惑与困顿，也曾经历无数次的失落与苦痛，但我从这本书中收获了自己：我是谁，我要用柔软的方式过一种完整的教育生活。

“教师的内心不是良好的呼唤，而是自身认同和自身完整的呐喊。教师内心说的不是应该如何，而在说对我们而言什么是真实，什么是真我。”当我看到这段话的时候，我觉得我看到了一颗同样真挚的心灵。于是，当有人问我在学校担任什么职位时，我快乐地告诉他：“语文老师”；当他的眼神中流露出不屑时，我原谅他的浅薄；当他知道我不过是个小小的语文老师而目光不再关注于我时，我有了更多的时间待在教室，享受与孩子们在一起的快乐。

帕尔默说：“真正的教学勇气不仅从成功的课例中获得教学的经验，找出自身的长处和能力，而且能从失误中寻找真理，从问题中深入反省求得对教学的深刻认识，在否定自我甚至毁灭自我的过程中赢得自我的新生。”每一个人都是一个思想的工厂，它就在每个人的心灵世界。认同自己，做自己的主人。这本书常读常新，我只能像读《论语》一样，慢读，冷读。

这十多年，如果说有一本专业书籍深深地打动了我，让我无数次打开它，一次一次在它的空白处写下旁注，一次一次画下那些闪亮的语言，那就是《教学勇气》了。我感叹作者写的“论文”语言如此典雅与深远，感叹自己为什么没有在教学生涯的最初几年遇到它。每一次打开它，它都会告诉我：每一个教师的生命都不平凡。于是，我知道，在迷惘的时候，如果选择不作为，那么是对生命的浪费！这样，我也渐渐地明白书名的含意了：

走在小径上，是需要一点勇气的，这种勇气是一种向往着的追求和憧憬着的热忱，是一种深存于内心世界的信仰物质。一个对工作抱着热忱态度的人，就会将自己的内心感受勇敢地表露出来，并感觉到生活的充实。

…………

“小宋，偶尔感到空虚，也是正常的，允许自己有情绪低落的时候。我给你推荐几本有趣的书和几本有力量的书。看完以后，你一定会觉得时间不够用！”

“真的吗？”小宋的眼神亮了一下。

当然，是真的。当你读了那些有趣的和有意义的书，当它们彻头彻尾地征服了自己，有了亲密而刻骨的交集，那么必定摧毁“昨天的我”，塑造出不同的“明天的我”。

相信我，那些深深浅浅的阅读，那些有趣和有力量的文字，一旦与你的心灵契合，那么就算只身前往，也仿佛身带百万雄兵！

睁眼看世界

去书店的路上，碰到了以前的一个学生家长。他说："我们孩子上初中后，就没有看过课外书了。期末考试排名不好，看什么课外书，还不如多做几道题！"我非常理解家长们对于分数的追求。没有好的中考排名，就不能上重点高中，这是很现实的问题。

中午吃饭的时候，听凤凰卫视的《锵锵三人行》。正月初一的节目，选择了一个谈书的主题。嘉宾必须每人推荐一本对自己影响深远的书。周轶君给大家推荐了小学时入迷阅读过的《古文观止》。居然是《古文观止》！我很惭愧，书架上放了多年，一次也没拿下来好好地阅读，仿佛遗忘了这种语言的美。她说："太多书对我有影响。但是如果房子着火了，人命和私人物品之外，我会带这本书。"她说自己去巴基斯坦当记者的时候，带了这本书，在异国他乡，心里感觉很妥帖，竟然没有水土不服。这话，我很理解：一个人的传统文化接受得越多，在一个截然不同的国度，会适应得更加自如。因为他已经拥有了文化生长的根，在不同的水土中，会更有适应能力，并且扎得更深，适应得更快。

另一个嘉宾许子东说对自己影响最大的书是杰克·伦敦的《马丁·伊登》。他在江西插队的时候，在田里劳动，双脚爬满蚂蟥的时候，开始阅读欧洲小说。他从主人公的故事中，明确了自己的人生目标，明晰了人生道路，领悟了生命中最重要的是什么。没想到以后的人生道路竟然与自己的期许十分吻合，自己不但完成了书中主人公没有完成的事业，而且拥有了完美的人生。这是改变他人生的书。我想，这个许老师真幸运！他的生活因书籍而改变！

那么，书对我们老师来说，意味着什么呢？

一个老师上《刻舟求剑》。上课时，孩子提出："老师，剑从哪里掉下去，当然可从哪里捞上来。"这位老师说："是啊！我也这样想，可是教材里怎么不这样讲呢？"下课后，听课的老师问他："你们这里有多大的河呢？"那位老师说，只有小池塘，剑从哪里掉下去就能从哪里捞上来。听课的老师都笑了，但上课的老师不知道自己错在哪里！一个从来没有见过大海的老师，怎么会明白大海的深邃？

平时在课堂上，我们一起讨论《哈利·波特》，在讨论这一系列书籍的时候，学生比什么时候都兴奋，即使是平常最不安分的同学，也成了《哈利·波特》的专家。阅读是师生交流最具广度与深度的话题。今年夏天我去美国，在与外国小朋友交流的时候，我一直在想交流的主题。最后，我发现，那些全世界孩子都喜欢阅读的书，是最好的谈话切口。《黑骏马》《小王子》《爱心树》……书名只要一出口，那些孩子就会发出欢呼，我们的陌生感马上消除，我们的沟通就变得轻松，教室里的氛围就一下子友好起来！

叶开在《对抗语文》里举了一个例子，说两个研究生竟然在三年级语文试题上栽了跟头。导师让他们谈一本印象最深的课外书。一个说是教科书，另一个说是《中学生时代》。结果两个研究生，都没有通过导师的入学测试。这个例子耐人寻味！叶开的书名虽然有点夸张的意思，但是，他在书中引导中小学生热爱阅读，自小培养孩子对优秀经典作品的兴趣，逐步提高孩子的阅读鉴赏能力，为长远的人生储备“营养品”，对我们是有所启发和帮助的。

人生是一场长跑，而不是短跑。而我们大多数父母和老师却希望孩子是个短跑先手，不要输在起跑线上。我想，少年是阅读的最好时期，我们要做视野开阔的人，要倾听窗外的声音，要不断挣脱自己生存环境和知识的限制，努力去“睁眼看世界”。多读一本书，就多一种经历，就对世界多一份认识！

“我们的教育要彻底改变”

首先要说明，这句话是周有光先生说的。

从新闻上得知一百一十二岁的“汉语拼音之父”周有光逝世，我就想起他文章中的这一句话来。这句话出现在他茶寿之年写的书《我的人生故事》里。

很少有人能活到三位数。我们在小学的时候，开始学汉语拼音，那时候，我们都不知道原来这跟周先生有关系。“人生聪明识字始”，有了汉语拼音的拐杖，我们就可以独立地识字，就可以摇摇晃晃地走向更广阔的世界。从这个角度讲，周有光先生是我们未曾谋面的启蒙老师。

很少有人能活到三位数，想想他经历过的 20 世纪，多灾多难。身为“人瑞”的周老先生走过的桥比我们走过的路都要多几倍。他原学经济，在银行工作；又留学日本，精通英语、法语、日语。具有这样一个学习背景的老人对当下的教育怎么看，我很好奇。任何一个老人都是一口深井，他的见识经得起时光的推敲。

他说：

“今天中学生、小学生许多时间都浪费在莫名其妙的课程上面，应当学的东西学不到，人又苦得要命，学生累得要死，搞得父母也累，睡觉都没有时间，结果学问学不好。我们的教学没有上轨道。”

他说：

“真正读书要靠自己，留学不留学一样，在中国也可以学得很好。读书实际是自己读的，老师不会来管你，只是指点一下子。”

他说：

“我们那时候在圣约翰大学，中文、数学、英文三门要放足了功夫，其他课不用考的。现在的学生苦得要命，那么多的课程，这个办法不对，我们的教育要彻底改变。”

他说：

“那时，我们读的学校鼓励自学，上课的时间并不多，有的时候，老师的几句话，会给学生一生很大的影响。”

今天，我把《我的人生故事》找了出来。重读百岁老人的话，很朴素，但掩卷细思，真的是这么个理儿。

如何激励更有效

我在《南方人物周刊》的“幸福课”栏目上看到过一个心理学实验，深受启发。

实验是这样的，一百五十六个工人被随机分为四组：第一组是现金激励组；第二组为比萨激励组，达到目标的工人会得到一份味美料足的全家份比萨；第三组为语言赞扬组，直属上司给达到目标的工人发短信“亲爱的XX，感谢你昨天的勤勉和工作成果，我非常认可！”；第四组则是对照组，没有现金，没有比萨，没有短信，什么也没有。

结果是这样的：在有奖励发放的第一天，比萨组提升效率6.7%，位居第一；语言组提升6.6%，可谓惠而不费；现金组提升4.9%，对照组排在最后。问题出在接下来的三天。从第二天开始，现金组的表现就出现断崖式急跌，足足比对照组差了13.2%，第三、四天工作状态略有回升，但整个周期下来，平均工作效率下降了6.5%。比萨组的表现类似现金组，整个周期的平均工作效率下降了2.1%。相较来说，总体表现最好的反而是语言赞扬组，在第二、第三天里表现持续优于对照组，只在第四天时表现下跌。其次是没有收到任何激励的对照组。第三名是比萨组，最差的竟然是一开始就给钱的现金激励组。

专家的分析是这样的：发钱强化了“工作就是为钱”的信念，于是只要一跟钱脱钩，效率就会直线下降；语言表扬表达了来自上司的认可和感激，这些都是暗示着长久互惠合作的社交线索；比萨介于现金和表扬之间，既体现市场价值，又带点人情味；而没有收到任何激励的对照组表现一直稳定，是员工基于工作意义的自我激励。

这是很有意思的一个实验，它告诉我们激励的重要性。第斯多惠说过：“教育的本质不在于知识的传授，而在于唤醒、激励和鼓舞！”在教室里，在讲台前，身为老师的我们，最重要的事情莫过于激励孩子了。老马的孩子数学不好，去订正作业，几次都通不过。年轻的教师不耐烦了，说：“你真笨！”并当着全班同学的面把他的本子撕了。过了几年，有一回老马和已读大学的孩子上街，迎面走来了那位曾经教过他的老师。这时，孩子把头扭向一边，说了一句让老马久久难忘的话：“我这一辈子再也不会叫她一声老师了！我恨她，她让我对数学绝望。”可见，摧毁一个学生也非常容易，只要当面撕掉他的作品，比如作业就可以了。孩子们年龄尚小，更需要得到外部世界的认可，作业上的一个“真棒”，全班同学面前的一次表扬，全校师生集体前的一次上台领奖，哪怕一个肯定的点头，一个认可的微笑，一个有力的握手……都将会传递给他正向的能量。

这是很有意思的一个实验，它告诉我们激励方式的重要性。二月份，为了培养孩子写作业的良好的习惯，我们规定作业连续十次满分，可奖励奶茶一杯。结果发现，受到激励的孩子写作业主动性高，作业时精神专注，作业的书写质量很高，出错率很少，我们如期对第一批获得十次满分的同学进行了奖励。在接下来的一周,我们发现，得到奶茶的同学有一部分作业质量下降，而在第一次奖励中没有得到奶茶的同学开始讨要奖品。虽然物质鼓励的方法刺激孩子的积极性很直接很有效，但我明显感觉到部分同学仿佛在为奶茶而“作业”。一旦因为写错字而中断了连续的正确，会情绪低落。可见用物质奖励的方式偶尔能够刺激小朋友的积极性，但如果总是使用这种方式，就不但丧失了刺激作用，说不定还会产生不正确的想法：把任何事都同物质奖励联系起来。所以我们需要思考物质奖励如何与精神奖励结合起来更有效。

这是很有意思的一个实验，它告诉我们有些孩子很少考虑外在的激励因素，无论是有奖励还是没有奖励，他们总是能够坚持高水平的表现，作业一直是书写漂亮，正确率极高。这些孩子，对于学习的兴趣更为浓厚，对于学习的意义认识更为深刻。

所以，总有一些人，即使无人在意，也会自己激励自己，向上生长！

任性的孩子很痛苦

《顾城的诗》是一本极好的诗集，其中有一篇名叫《我是一个任性的孩子》：

也许
我是被妈妈宠坏的孩子
我任性
我希望
每一个时刻
都像彩色蜡笔那样美丽
我希望
能在心爱的白纸上画画
画出笨拙的自由
画下一只永远不会
流泪的眼睛
一片天空

一片属于天空的羽毛和树叶

一个淡绿的夜晚和苹果

…………

这是一个幻想被妈妈宠坏的孩子，任性到想画出任何一个美好的画面。但这是诗人笔下的任性的孩子，他是被放纵的想象力宠坏的。然而在现实生活中，被爸爸妈妈宠坏了的孩子，被放纵的可就不是想象力了。他得到的不是幸福，而是痛苦了。

我们的班级微信群里，一位家长转发了一个新闻，大约是前段时间网上在传的一个惨剧：一个孩子想玩手机，可他的爸爸不同意，爸爸就把他的手机从六楼扔下去，孩子紧接着从六楼跳下……这一切太触目惊心了！孩子的爸爸教育方式是一个问题，孩子的任性也是一个问题。

所谓的任性，就是放任自己的性子，不加约束，不管正确与否，只要是他想做的事，就非做不可。然而，周围的一切，不可能都是为了满足他的种种需要而设定的。有的家长以为孩子还小，他的任何要求都是“合理的要求”，就无条件地满足孩子。法国教育家卢梭说：“你知道用什么办法能使你的孩子得到痛苦吗？这个方法就是百依百顺。因为有种种满足他的便利条件，所以他的欲望将无止境地增加。结果有一天，他突然碰了一个钉子，这将比得不到这个东西还让他感觉痛苦。”

高尔基说：“爱护子女，是母鸡都会做的事。”我国古代的思想家韩非子说：“慈母有败子”。这些金玉良言都在告诉我们“爱”要讲科学，讲理性；爱，绝不能溺爱，不能宠爱；爱也要有限度。作为班主任，如果班上有几个任性的孩子，班级管理的难度自然加大，班风、学风的建设也会减慢速度。

这些任性的孩子往往给班主任和任课老师带来巨大的管理压力。比如说：课堂上想站起来，就站起来；想不去吃饭，就不去吃饭；嫌学校饭菜不好，就不吃；想带零食就带零食；永远认为自己没有错，找理由……

任性与遗传有一定的关系，但是，关键还是后天的教育和影响。一是家长对孩子的溺爱、娇惯。孩子任性往往与家里受到的百般宠爱有关。二是家长对孩子简单粗暴。有些家长工作忙，对孩子没有耐心，造成孩子的逆反心理。家长要求孩子绝对服从，于是孩子在家长见不到的地方，就特别的任性。当我们向家长反映情况时，家长往往想不通，他会认为孩子在家里很听话的。这样就造成孩子在家里和在学校的表现两极化。

我们班有一个家长对我说："我们孩子很任性，很差的。"我说不能这么下断语。任性并不是孩子的品质有问题，也并不是他的学习能力差。我们要分析是什么原因造成孩子特别的任性，然后针对存在的问题立规矩，做榜样，严格要求。孩子任性往往是抓住了大人的弱点，大人越怕孩子在学校吃不好，孩子就越是在意学校的伙食。然后，一回家，家长每次都在意孩子吃了什么，孩子知道吃得不好的话，长辈就会特别加餐的。这样一来，孩子中午在学校吃饭的问题就永远解决不了。一个人去学校，除了学习知识，更是去学习集体生活的。而集体生活必定有集体生活的规矩，那里能让你像家里那样的任性吗？如果要求在学校也像在家里那样的任性，那么学校教育显然是不符合家长与孩子的期望的。这种时候，家长就应当严厉地告诉孩子，你不吃，可以，饿着，回家也不会特别照顾的。他得了教训，下一次自然就不敢了。这只是举了一个例子，我们一定要告诉孩子，任性是一种错误的行为。

要知道，任性的孩子最痛苦了，因为他的言行往往暴露了他的缺点，放大了他的问题。在一个风气良好的班里，他的改进还会比较快。因为一个风气良好的集体，会给这样的孩子良好的氛围、积极的引导。但如果班里有几个任性的孩子，那么无论是课堂效率，还是作业管理，都会带来许多的麻烦。不仅是这个任性的孩子学习效果打了折扣，而且也影响了其他同学。

不过我想，最痛苦的当属任性孩子的父母了。

门房也精彩

一个十二岁男孩子捧着一本书，津津有味地看着，是《刺猬的优雅》。“你看得懂吗？”我拿过这本书，掂掂这本书的分量，看看字与字的行距，不由得这样问。“看得懂啊！很好看！”男孩肯定地说。望着这个男孩子，我不怀疑，有许多孩子对生活、对书籍的看法，远远超过他的年龄。他们的视角与我们成人不同，同样的书，他们能看懂我们看不懂的部分。

这究竟是一本怎样的书呢？书的封面上非常简洁，白色的底，只有书名五个字。我喜欢朴素的美。扉页上有几句短暂的诗：“外表全都是刺，防守严密，内心却像刺猬一样细致，喜欢伪装成懒散的模样，特别爱好孤独，而且非常高雅。”这是对于刺猬的描述。

这是法国女作家妙莉叶·芭贝里的小说。小说以巴黎高档住宅区一幢公寓为背景，以看门人勒妮自叙的形式，反映了作者对社会现实和人类生存境遇的思索，体现了作者对生命意义和艺术真谛的探寻。小说深深地打动了每一个阅读过它的人。正如法国《生活》杂志所给予的很高评价：“此书让女主角沉浸在生命的荒诞与美妙中，透过幽默，以艺术礼赞生命。”《巴黎人报》认为：“全民公认，原创，幽默生动，令人爱不释手的一本小说。”

听听作品中这样一些话吧：

“曼努埃拉是个单纯的女人，尽管耗尽二十年的心血一直替人打扫灰尘却未曾丧失一丁点儿的优雅。”任何人，都可以把普通的人生过得让自己满意。

“一个女贵族应该是怎样的呢？大概是出淤泥而不染的境界吧。”不随波逐流，何尝容易？

“人们会错误地认为意识的觉醒和出生的时刻是同时出现的，似乎我们自出生起就在看，就在感觉，由于这种信念，我们将意识起源的关键时刻与出生的时刻视为一体。”有些人到老的时候，依然没有领略凋谢的山茶花之美。

“智慧是大自然赋予穷孩子们的一种重新平衡，对于丑人来说，智慧并不是合适的补偿品。”如果我们把社会中微不足道的人物都看成屈服于卑微命运的穷光蛋的话，那我们对于生活的认识就太缺乏想象力了。也许在思想的岛上，她们会是百战不败的女神。

…………

这些话出自一个名叫勒妮的门房之口。门房，即公寓的看门人，受业主的雇用，负责传达、购物、收发等日常事务。小说中的勒妮从外表看是这样的一个年老、丑陋的门房，她故意在人们面前显示出一种无知的样子，力求符合人们心目中固有的门房形象。然而，她的内心深处却是一片葱茏的绿洲。当她回到自己的住处后，就显示出另一种形象。那才是她真实的自己，一个外表丑陋、内心异常丰富的救知者，一个性格鲜明、与众不同的人物形象。

这样一个门房，让我想到了小区里的保安。早晚值勤的时候，他们穿着工作装，笔挺地站在门口，看着汽车像热带鱼一样出入；没事的时候，他们拥着大衣，在太阳下眯着眼；他们有的冷漠，有的热情；有的不停地观察着你，有的看不出他在想些什么。他们会像勒妮一样“将生命中的每一分钟都用于读书、看电影和听音乐”吗？能欣赏莫扎特的音乐、意大利的静物画吗？能感受到自己所使用的语言的“纯正”吗？

这样的一个门房，让我想到了其他的许许多多的人，他们会像勒妮一样努力学习，钻研历史、哲学、政治吗？在说话的时候，会一不小心地冒出一两句作家名言吗？他们的精致名牌包里会掉下一本托尔斯泰的书籍吗？虽为普通人，会为拥有高贵的气质而与庸俗保持一定的距离吗？

关于技术的认识

对于“技术”这两个字，从2017年春节开始，我有了新的认识。生活因技术而改变，这是早已明了的事。但对于我们的工作来说，在此之前，我并没有真正从心底里认识到技术对教育教学意味着什么。

我一直收看TED（指Technology，Entertainment，Design在英语中的缩写，即技术、娱乐、设计，是美国的一家非营利机构，该机构以它组织的TED大会著称）。但收看这些公开课，我的注意力在那些“值得传播的创意”上，并没有想到它与我的工作有什么关系。直到今年春节，我无意中点开了一个网上职业培训课程。一个月的时间，借助词典，把两个课程念了下来以后，发现如果对技术不产生新的认识的话，是不会适应未来的工作的。

第一个课程名叫“猎户星座”。小的时候，我们都是看过繁星满天的夜空的，但对于它们的情况，甚至最简单的名字也所知甚少。它们对于我们来说，是亲切，也是陌生。以前，买了一些认识星星的书，但总觉得阅读起来比较累，靠平面的文字很难把立体的星空想象出来。我选择的这个课程通过每节不超过十分钟的课，在三维图的帮助下，让学员对天空中的猎户星座有一个比较全面的了解。学员可以借助下载的星盘图，以猎户星座为核心，认识更多的星星。课程还介绍了星云的知识、星座的划分、一颗星的生命历程、南北半球最容易识别的星座、十二星座与占星术等。

在课程的学习中，我对于同伴交流印象深刻。来自全世界的热爱星星的好奇的人们都在这里集中。我在学习小组自我介绍说，我是中国人，住在杭州，喜欢看星星。第二天打开电脑的时候，发现有两条留言。其中一位说："我 1993 年来过中国，中国发展很快，中国人很热情。你们的桂林风景优美，像画一样。"当我看到这些话的时候，我的心中对我们的国家、我们的人民充满了自豪。我看了一下她的自我介绍，是一位图书馆管理员，今年六十九岁。她说自己从小就对星星痴迷，对艺术狂热，但不喜欢数学，因为数学让她抓狂。她经常带着孙女们看星星。参加这个课程的人来自全世界，"教室"这个词的空间在我心里不断地延伸。有意思的还有检测，分为阶段性检测和完成性检测。无论哪种检测，都充满了对人的关怀。即使你回答得不对，导师也会根据你的回答，对你的学习情况进行评价。

第二个课程是关于"教室里的电影制作和卡通片制作"，它是针对中小学教师而开设的，目的是探索"简单电影"和"较复杂电影"对于教学的影响。

教语文，需要拍电影和制作卡通这样的技术吗？我的脑海中出现的是传统的语文老师的形象：一支笔，一口流利的普通话，好的教学设计和极强的课堂调控能力。语文课搞那么花哨干什么？可是当我看到其中一节英语课，学生们呈现自己制作的电影《猜猜他是谁》时，我发现通过制作小电影，采用照片、文字、插入网上戏剧片段等，学生已经对莎士比亚的生平创作了解得十分清楚。这样的形式，比课堂上老师讲解、课后学生去背知识点要有效得多。当然，我知道技术的运用对于班级人数有一定的要求。因为当班级人数过多的时候，缺少对个体的关注，技术往往会为成为一句空话。

对于网上课程的学习，除了对“语言是世界的围墙”这句话有真切的感受外，我隐隐约约觉得未来的学习应当是这样的：

不再受时间、空间条件的限制；

课堂不再是封闭的；

学习内容进一步个性化；

班级不再是单一的群体；

评价更注重过程与诊断；

教师与学生围绕主题，共同设计，共同学习。

技术是未来学习的支撑。帮助引导，是未来教师的工作。

重新定义上网学习

有了网络，整个世界就会变成一所巨大无比的学校。这所学校里的求知者既有年轻人，也有年长者；既有学习进度快的，也有学习进度慢的。在这里，我们既可以选择独自努力钻研，也可以通过与他人分享知识来进行学习。今天，我真切地感受到网上学习的乐趣。

谁都可以享受一流的免费教育。前几天，我将信将疑地试着选择了可汗学院一门免费课程，按步骤进行注册，很快成功了。它先用视频的方式介绍所有可选的课程，然后告诉课程完成的时间、每一章节的安排。我发现每一堂课十五分钟左右，不长，听下来，不容易开小差。

随时都可以与其他学员互动。注册好后，它要求每个学员简单地介绍自己，能在每个课程后做简单的评论，要求学员们能针对所学内容互相讨论。由于课程是关于星座的，所以我这样写：

Hello everyone. I live in the West Lake of Hangzhou, China. Last night, the moon is very bright, so I stand in front of my door. The sky is so beautiful.（嗨，大家好。我来自中国，家在杭州西湖边。昨晚，月亮

是如此明亮，所以我站在家门前，天空是多么美啊！）

仅为交差，单词也记不全，根本没想到会有互动。中午的时候竟然有人回复了，我激动得手指都有些发抖了。

打开评论一栏，才发现全世界有许许多多的天文爱好者都选择了网上的这一个课程。评论都写得很长，写得很认真，绝没有两个一样的。看得出，这种网上的自主学习，都不是来敷衍的。

我找到自己的评论区，打开一看，留言的一共三个人。一个是物理系的男生，来自新西兰；一个是工程师，来自加拿大；还有一个叫凯特，来自美国。凯特的自我介绍上写着是一个退休的图书管理员，热爱艺术，热爱历史，对许多领域充满好奇心。她留言道：

Hangzhou is so beautiful. I had the honor of traveling to China in 1998 and fell in love with Hangzhou. You're lucky to live there all the time !（杭州真是太美了。1998 年，我非常荣幸到中国旅行并且爱上了杭州。你一直生活在那里，是多么幸运啊！）

哇！1998 年来过中国杭州！她认为我很幸运！对家乡更是增添了自豪之感！出于礼貌，去回复了一下：

Thanks. I am so happy when I saw your comment. "Retired librarian, history buff, artist. Insatiably curious." I like "Insatiably". This word is so active. So are you.（非常感谢！我是多么高兴看到你的评论。"退休图书管理员，历史爱好者，艺术家，永不满足的好奇心。"我喜欢"永不满足"，这个单词充满了活力，你也一样。）

很快，她的回复出现了，这个老太太，难道还不睡觉？她说：

I spent 3 weeks in China, such fabulous scenery. I thought the dumpling mountains in paintings were from imagination until I saw them in Guilin. Such a beautiful country full of lovely people. Try the Grand Canyon for awesomeness. Like China，full appreciation of the US needs to take many trips because it's so big and its regions are so different.（我在中国三个星期，啊，那里有绝妙的风景。我一直以为绘画作品中的饺子山是想象出来的，直到我在桂林看到它们。这个美丽的国家到处有可爱的人。有机会的话来看看令人敬畏的大峡谷吧，和中国一样，充分了解美国需要很多次的旅行，因为它很大，每个地方都不一样。）

有意思吧！光是一个介绍就这样认真，看来，网上学习，真的会引起头脑大风暴。

课后有小检测，系统都及时做出评论。如果有疑问，也可及时提出，小伙伴们会互相帮助。今天，我终于明白什么叫“翻转课堂”了。这个词，听了有好几年了，我都没有明白，现在终于明白了：

如果学习时，老师不能在身旁答疑解惑，还不如学生在家里自学新知识，到“课堂”上去做作业，也就是把传统课上与课下的内容换一换，即“翻转课堂”。

所以，我们的课堂还有很远很远的路。

你需要做一个选择

读书，或者不读，你需要做一个选择。

你若选择了不读书，这不要紧，你可以向他人请教。

如果你既不读书，也不愿意向他人询问、请教，你可以亲身体验与直接观察。

如果不愿意向他人请教，也不愿意亲自观察，也不要紧，你可以想象、思考、辨别、回忆或者发呆。

你若是一个“三不主义”，不询问，不观察，不回忆，你大概只剩下最后一条道路，去读书吧。

中午，在车库里整理，偶然打开一份几年前的报纸，看到教育学博士刘良华教授的一段话，感到很有意思。这一段文字以“剥洋葱”的方式一点一滴、层层深入地接近阅读这个主题，让人感觉阅读这件事说重要也重要，说不重要也不重要，关键在于你的认识与选择。

阅读不是一件每个人都必须做的事。这是可以理解的，就像有的人喜欢旅行，有的人喜欢会友，有的人喜欢打牌一样。每个人对生活的理解不一样，没有对错。即使都喜欢阅读的人，也不一定喜欢读一样的书。就像四大名著，有些人就是不喜欢其中的一部，无论如何都读不进去。《锵锵三人行》的主持人窦文涛就承认，他多少次逼迫自己读完四大名著，到最后，总是不能完成这个目标。这不影响他成为凤凰很有价值的节目主持人，也不影响他对其他书籍的狂热阅读。阅读本来就是一种个人化的选择。但如果“不请教，不观察，不回忆”，那么还有一条路，就是阅读，它仍可以让自己获得智慧。按刘良华老师的观点，这是最后一条道路。

这最后一条道路，你会走吗？

阅读很重要，我的选择不是从“过一种完整而幸福的教育生活”这样抽象的表述中获得的。多年前，在《许国璋英语》第二册上的一篇课文中，我看到一位旧金山的英语教师，她介绍自己一天的工作是：“阅读，教学，批改作业，与学生交谈，与家长沟通，处理偶发事件，那就是老师生活的全部。”这几句话，没有什么大道理，表述简洁直白，却深深地印在我的脑海中。因为“阅读”排在了教师工作的第一位，这让我很吃惊。

是的，我们的工作对象是儿童。站在我们面前的儿童，他在想些什么？童年的秘密，对于具体的儿童来说指什么？教育怎样做加减法，才能让德育更有效？

很多时候，我们的经验约束了我们的认识。早在小学一年级，我们就学过“井底之蛙”这个成语。这四个字的背后，蕴含着多少深刻的哲理啊！人其实永远都是井底之蛙，这个世界太大太大，没有人可以做到无所不知。我们所能做的就是倾听窗外的声音，不断挣脱自己生存环境和知识的限制。多一种经历，多读一本书，就可以把井口挖得大一点，就可以多看到一片天空，就可以多一点生命的从容与自信。

那么究竟应该读什么呢？有一个文学家曾经这样对学生说："学文学不能光学文学，应该对文学周围的一些学科也好好地下功夫。"1930年，南京有一个学校就给教师进修提了一个要求：首先读与任教学科无关的书，其次读与任教学科距离较近的书，最后读学科方面的书。我想，九十年前的这个学校真了不起，理念很先进：让自己的所读所学成为自己专业的一部分。也只有把这些所读所学用在从事的领域，碎片化的阅读与学习才有着力点，才有意义。受职业的限制，我们的生活可能会日复一日，年复一年，形成教师固定的生活框架和行走路线。每天的阅读思考会让我们走出"自我"的圈子。从现在看来，这个对教师进修的阅读要求仍具革命性，因为任何领域的阅读，最终都对教育有用、对教学有用。当你走进书籍的时候，被抛弃的是你的狭隘。阅读在改变教师的同时，最终改变的是儿童。

怎么读呢？我听过不少的专家讲座，每个人都有自己的阅读方法和阅读习惯，但最重要的是读书的态度。无论是做笔记，还是背诵，最后都需要形成个人的判断，有选择地在实际生活中加以运用。

读书会让我们的精神版图不断扩大，精神力量日渐强大。我终究明白麦当娜曾说过的一句话："当我谱不出曲子，思路枯竭时，我就拼命阅读。"我也终于明白了池莉说过的一句话："当我感到我自己无法活下去的时候，我就阅读。”我也确信特级教师闫学的“读书像呼吸一样自然”是她真实的生命体验。

我选择阅读，你呢？

唤醒沉睡的书架

终于明白那些书沉睡在书架上的原因了。那是因为我害怕它们，尽管它们每日在书架上无比亲切地俯视着我。

日本有一个学者，把阅读分成三种：A 式阅读，重新认识自己已经接触过的事物，这样的阅读包括描述自己熟悉的风土人情、体育比赛的报道、产品说明等；B 式阅读，认识自己尚未接触的事物，这样的阅读主要是指文学作品的阅读；C 式阅读，发现一个全新的陌生领域，这种阅读方法，需要有毅力，书读百遍，才能亲近它。

我书架上沉睡的书看来都是需要 C 式阅读的。那些书，封面开始变旧，但内页却同刚买时一模一样，干净，整洁，没有一丝褶痕。翻页的声音，窸窸窣窣，毫无活力，听上去有些沉闷。纸张倒是没有泛黄，摸上去有些像中年人开始松弛的皮肤。捧在手中，沉重无力，看那些文字，冷冰冰的，仿佛它故意的，板起了脸，拒人以千里之外。看来，亲近它们是需要勇气的，不能偷懒，不能厌烦，不能放弃。

那个日本学者说，C 式阅读需要调动所有的想象力，冲破原有的知识极限，才能明白它的意思。而明白它说的意思又不是它的目的，它还要求你读出字里行间的东西来，批判性地思考，最终得到一个“属于自己的解释”。通过对一本书的反复阅读，一个陌生的领域才会在我们面前渐渐打开……C式阅读的前景虽然诱人，但这太难了。于是，一次又一次，我踮起脚，把它们放回原处。

作为一个一线老师，面对层出不穷的教育新名词、新动作、新理念、新策略，乱花渐欲迷人眼！突然很想弄明白一个问题，可是把这个问题说出来又很不好意思。因为毕竟已经是教了二十几年书的老师了，怎么可以问这样低级的问题呢？

我想知道：我们每个老师每天忙忙碌碌地做着教育工作，明白教育的目的吗？

我想知道：我们每个家长每天辛辛苦苦地送孩子去学校，明白教育的目的吗？

我想知道：我们每个孩子每天认认真真地到学校去上课，明白教育的目的吗？

凭着认真的态度，凭着对工作的热情，突然在职业生涯的后半段，提出心中的疑惑，多少有些让人尴尬！于是我站在书架前，从最上面找到最下面，从最左边找到最右边。我知道有一本书叫《教育的目的》，我想找到它。

大江健三郎的《读书人》，纯黑的封面，银色的文字，如绅士一般立于书架的一则，冷眼看我慌忙着急；李泽厚的《美的历程》，定然在嘲笑我十年都没有读完它；梵高的传记《渴望生活》同其他的几十本新书，还待在第一次放它们的地方。我的满足感好像已经在付钱的那一刻完成——你归我所有了！

“知之为知之，不知为不知，是知也。”我想，只有弄明白教育的目的，才有可能明白自己的忙碌是否有真正的价值。现在找到它，阅读它，虽是迟读，却不是错过。

唤醒沉睡的书架，从怀特海的《教育的目的》开始！

自我发展

学生是有血有肉的人，教育的目的就是为了激发与引导他们的自我发展之路。

［英］怀特海

1861 年 2 月 15 日，怀特海出生于英国东南部的肯特郡，他的祖父是当地一位有名望的教育家。受家庭的影响，怀特海对教育很感兴趣。《教育的目的》是他的代表作，影响深远，一字一句闪耀着智慧的光芒。近百年前，他在这本书中就一针见血地指出——学生是有血有肉的人，教育的目的就是为了激发与引导他们的自我发展之路。

何为自我？心理学认为自我是一个独立的力量，包含着人的意识活动，把人的过去经验和现在经验进行综合，把人的内部发展和社会发展进行统一，引导心理能力向合理的方向发展。自我是可以控制的，它决定着个人的命运，具有对内外力量的选择性和决定性。

这个概念不艰涩，还是比较容易理解的。不过，林清玄的《桃花心木》已将“自我发展”四个字解释得非常形象准确了。种树人说：“种树不是种菜或种稻子，种树是百年的基业，不像青菜几个星期就可以收成。所以，树木自己要学会在土里找水源。我浇水只是模仿老天下雨，老天下雨是算不准的，它几天下一次？上午或下午？一次下多少？如果无法在这种不确定中汲水生长，树苗自然就枯萎了。但是，在不确定中找到水源、拼命扎根的树，长成百年的大树就不成问题了。”学会自己找水源，才有可能长成参天大树！

有一位家长很苦恼，她觉得自己很辛苦。因为每天放学后她必须坐在孩子的旁边监督孩子写作业；双休日，别人休息了，她却成了司机，每天往返于孩子的六个兴趣班之间。电话那头，她哭着告诉我：“我已经没有自己的生活了，可是我的孩子为什么还这么不爱学习，我催一催，他动一动呢？”我对她说：“给孩子独立学习的时间、空间，给他自我教育的机会，孩子自己会慢慢地调整的，相信孩子、鼓励孩子，慢慢来！”可她却不明白我的意思，一个劲地说：“我急啊！”在整日的催促中，孩子哪有时间进行反思啊？

我又想起李叔同先生的“不教之教”来。

黄永玉在福建一座山庙前盛开着的玉兰树上摘花，有个老和尚在树下问他：“你摘花干什么？”

“老子高兴，要摘就摘！”

“你瞧，它在树上长得好好的……”

“老子摘下来也是长得好好的！”

“你已经来了两次了。”

“是的，老子还要来第三次。”

“你下来，小心点，听你讲话不像是泉州人。”

黄永玉口咬花枝，跳下树来，老和尚请他坐下，给他泡茶，和他聊天。两人谈美术知识，拉斐尔、达·芬奇、米开朗琪罗……老和尚总是微笑，总是合掌致敬。搞得黄永玉坐也不是，站也不是。黄永玉这才知道天外有天，人外有人，不敢再自称“老子”了。

这位老和尚就是弘一法师李叔同。在弘一法师的不教中，有着动人心魄的力量，让人久久不忘，并深刻地反思。我想，这些学生，永远不会再犯同样的错误了。从这个意义上来说，身为老师，对我们的学生应当有像“种树人”一样的见识，“树木自己要学会在土里找水源”。所以，苏霍姆林斯基说得好：“只有能够激发学生去进行自我教育的教育才是真正的教育。”

可以得出一个结论，如果种树人没有这样的认识，那么桃花心木必定长不好；如果老师没有这样的认识，那么满堂灌是最正常的现象；如果家长没有这样的认识，那么孩子永远长不大。

阅读者

下午一点，我参加了在湘师实验小学举行的城区模范班主任工作室读书论坛，论坛的主题是“阅读滋养底气，实践造就灵气”。会上，五位年轻的老师分享了她们的阅读感受，非常精彩。

城南初中的谭洁老师，以《在思考中改变 以制度谋“偷懒”》为题谈了《做一个会“偷懒”的班主任》的读后感受。她从“思考”“勇气”“谋略”等方面展开班主任工作高效性的思考，充分相信制度，充分相信孩子，让孩子在过程中学会自我管理。我们做班主任的，的确需要思考如何“偷懒”，让自己轻松下来；也需要思考“偷懒”节省下来的时间用来做什么。是把所有的事都交给学生，还是从劳力者转变为劳心者，把班级管理的技术上升到管理的艺术？我想，只有做好如何“偷懒”的减法，才有可能做好高效能教育的加法。

高桥初中的丁妙英老师，在阅读了《做一个会“偷懒”的班主任》的书后，在班级里进行了“小组为单位的团队合作管理”模式的实践。她发现班级进行小组团队管理后，班级同学的凝聚力、学生的积极性都大大提高，自己也感受到了“偷懒”的快乐。我想，在一个管理框架搭建完毕后，在大班授课的情况下，我们应当把更多的时间花在个别交流上。如果我们那些好的措施没有落实到一个个具体的学生身上，那么所有的改变很可能停留在表面，很多的管理措施会成为控制学生的“紧箍咒”。

朝晖小学的徐晓玲老师非常喜欢《相约星期二》这本书，这是一本对她的成长有塑造作用的书籍。我相信她的这本书上，一定是布满了一条条的线，一个个的点，一句句的批注。因为各种各样的机缘，我们会与不同的书相遇。徐老师说，“所有的阅读都是读自己，都是在自己的阅读基础和阅读水平上的理解。许多人过着没有意义的生活。即使当他们忙于一些自以为重要的事情时，他们也显得昏昏庸庸的。这是因为他们在追求一种错误的东西”“如果你想对比你强的人炫耀自己，那就打消这个念头，他们照样看不起你。如果你想对不如你的人炫耀自己，也请打消这个念头，他们只会妒忌你。身份和地位往往使你无所适从，唯有一颗坦诚的心能使你悠悠然地面对整个社会”。这些文字让她时时能逃离纷繁的杂事和情绪垃圾的轰炸，做一个心平气和的老师。就生活的意义来说，我不同意她的观点，但读书可以建立自己的一种文化，我深以为然。所以多读书，至少可以不欺人，不自欺。

新塘小学的王颖颖老师结合《做一个“偷懒”的班主任》的阅读，分享了她和孩子们的幸福故事。她不断地对照书籍，关照自己的行为：自己究竟有没有学会“偷懒”的本事？当她发现其中一个孩子黯淡的目光时，她觉得应当把更多的时间用来思考如何点亮它。所以，望着她在台上亲切自然的讲述，我的脑海中出现的是电影《放牛班的春天》中的克莱蒙特老师——其实没有想真正“偷懒”的老师，只有想更好掌握教育艺术，更好地走进学生心里的自找麻烦的老师！

萧西实验小学的王彩虹老师真诚地讲述了童年无书看的状况，我深有同感。特别是说到目前的工作状态，她说：“作为教师，我曾像是一只陀螺，忙于教育教学、教研培训、班级管理、家校联系等碎事，那一段时间我的生活很疲惫无序；现在的境况好转很多，真的是读书改变了我。”我觉得她说了大实话！“我们的读书，不只是为了炫耀自己而读，更是为生命而读书。”一个不读书的老师，是无法收获精神的成长的；一个精神不成长的老师，如何引领学生的精神成长呢？从这位看着教育教学书籍，阅读着古今中外好书的王老师身上，我看到了阅读的力量：真挚而沉着。

我坐在那里，开始向往那些没有读过的书，开始怀念那些读不懂的书。阅读是一件非常个人的事，今天下午是一个理想的下午：我们听到了阳光划过的声音，听到了书籍翻阅的声音，听到了阅读者心底愉快的笑声……

精神升上去

摘录小诗一首：

您说，和小孩子们打交道实在累人。这您说得对。

您补充说，因为得向他们的身高看齐，得弯下腰来，低着身子才能和他们说话。这您就错了。

您要做的，不是在身体上俯下去，相反，却是要在精神上升上去。

您需要放下许多的烦恼、包袱和羁绊，小心翼翼地踮起脚尖来，才能向他们的感情高度看齐。

作为一个教师，与学生相处，需要十足的耐心，去熟悉儿童、理解儿童，与儿童心心相印、息息相通。能做到“身体上俯下去”，已经很不简单；但“精神上升上去”，才是难度所在。光以教学来讲，对于一篇课文的解读，教师自己理解到怎样的高度，才有可能把学生带到同样的层面。以前上过《一面五星红旗》，我一直把它当作爱国主义的教材来看，后来，反复地查阅资料，才明白这篇课文的意图在于培养学生的国际意识。理解不同了，处理教材也就不同了,课堂的深度自然也不一样了。处理教室里发生的偶发事件也一样，教师的教育理念会在一言一行中呈现出来。说的话如果落在学生的心坎上，那么情感相通，沟通无障碍；反之，学生会认为教师的理念落后于自己的理解，就会产生抵触情绪，不愿意做进一步的沟通。

作为一个家长,“弯下腰来”肯定是做得到的,但难的也在于“精神上升上去”。随着孩子的年岁逐增，他更需要找到一个值得依赖、追随和模仿的对象，从中获得力量。

我很高兴看到这样短而富哲理的语言，促人思考，催人努力。

理念的指导

教育只有一个主题——那就是多姿多彩的生活。所有具有实践经验的教师都知道，教育是一种需要在细节上掌握火候的功夫。一分钟又一分钟，一小时又一小时，一天又一天，一年又一年，反反复复，学习无捷径。

［英］怀特海

教育是教育者运用所学的理论去激励学生的一个过程。作为职业，它是一种技术。但因为工作对象是有血有肉的学生，它又是一种艺术，一种很难掌握的艺术。最理想的教育取决于几个不可或缺的因素，即教师的天赋、学生对生活的期望、学校外部（邻近环境）所赋予的机会，以及其他相关的因素。当你根据自己的经验来分析一个教育现象，并做出相应的反馈时，你会发现，那些阅读所获得的理念无形中指导着你。

今天早自修刚开始，东哥从教室的后头走到了我的身边。清明放假的时候，他多请了一天假，今天才刚回来。

“老师，我从香港回来了，我的感触挺深的。我住的宾馆早上有自助餐供应，我去拿水果的时候，旁边一个外国人。他拿好水果后，朝我走来，根本没有碰到我，他远远地就在说 sorry。”东哥很兴奋，眼睛里闪着光，一口气说完。

“你有什么感受？”虽然我手头有很多的作业要改，但我知道现在的东哥非常想跟我交流香港之行的所见所闻。他的这种兴趣必须在此时此刻被激发，他的兴致必须在此时此刻被鼓励。

“老师，我首先是吃惊，他又没有碰到我，为什么要说对不起呢？然后我觉得我们应该向他学习。”

“学习什么呢？”

“我觉得我们应当学习在公共空间活动的规则。我们平时课间活动，吃饭时互相靠得太近了，很容易发生争执。”

“对，不仅仅是发生争执的问题，其实公共空间人与人的距离反映的是一个社会的文明程度。”我很高兴听到一个孩子能够谈论学习以外的东西。

“你愿意花五分钟把自己在香港的所见所闻说给同学们听吗？”本学期我们重点培养孩子们良好的公共空间意识，东哥的话里有许多的信息可以挖掘。我希望加强孩子们的这种意识与能力，此时此刻，显然有非常好的机会，马上就可以去利用它，展示它。

“可以！”东哥爽快地答应。

“同学们，让我们用热烈的掌声欢迎东哥给我们讲讲他的香港之行。”同学们放下手中的书，掌声中充满了期待。

“同学们，我们的班规中有一条：无论在活动中有没有碰到他们，都需要说声对不起。这次，我在香港真的见到了。”东哥说完，我补充了他刚才说的事例，然后走到贴着班规的那个地方，指着班规对同学们说，良好的教养就是会给人留下美好的印象。

“老师，同学们，我还有一点想说，在香港说普通话不方便，当地使用最多的是粤语。”

郁东举起手来：“老师，我知道，粤语是除普通话外，最具竞争力的方言之一。”

“你说得真棒！同学们知道得真多。但香港是一个高度国际化的城市，目前香港地区的法定语言是中文和英文，口语上使用粤语、普通话和英语。”我补充了一下。

“我妈说，粤语太难学了，让我好好学英语。”东哥笑着说。

“你妈妈说得很有道理。我们应当学好祖国的语言，也应当学好英语。不过，如果将要生活工作在香港，并在那里发展自己的事业，学好当地的语言也是极其重要的。”我脑海当中出现了窦文涛苦练粤语的情形。

“老师，香港的孩子读书比我们辛苦多了，他们二年级的同学五点起床，校车等在下面，如错过的话，只能自己去学校了。我们二年级的同学下午两点多就放学了，但是他们要五点左右才放学。”东哥说完，好几个孩子耸耸肩，觉得不可思议。

“对的，你们知道吗？新加坡的孩子读书比香港人更辛苦。他们每家每户都特别重视教育。他们认为如果放松对孩子教育的话，就意味着一个让人失望的未来。”

“同学们，我发现香港很多的禁烟区写着罚款五千元。他们对抽烟的管理是非常严格的。”东哥说。

我紧跟一句：“同学们，大家看，大到一个国家，小到一个城市，都是离不开法律与制度的。我们的班级也一样，为了更好地建设它，肯定是少不了奖惩的。”表扬与批评是教育的两面，我们个别的孩子对这两者的认识，显然还片面，只接受表扬，对于批评，他总是找很多的理由。事实胜于雄辩，希望用这样的例子影响到他们。

快下课了，我做了总结：“同学们，大家想想，假如今天坐在教室里的，还有来自中国香港、英国、美国的同学，我们每个人的文化背景不同、国际理解不同，那么我们今天的交流是不是会更开阔、更有意思？好好学习，窗外有更广阔的世界在等待着你们。”

…………

这是一天中不可预设的分享。中午吃饭的时候，我没想到能引出更多更深的思考。

我们要感谢东哥的分享。怀特海说：“教育只有一个主题——那就是多姿多彩的生活。”杜威说：“教育即生活。”如何在生活中找到更多的机会，在有限的因素中挖掘到更多利于学生思考、成长的东西，这是教师必须面对的挑战。

妈妈的影响

> 我们必须要记住：自我发展才是最有价值的智力发展，这种发展通常在十六岁和三十岁之间发生。而这种自我发展，最重要的应该是十二岁之前从母亲那里所受到的教育。
>
> ［英］怀特海

看到这句话，母亲们不知道有没有吓出一身冷汗？我们需要回顾，自己的母亲给予了自己怎样的教育？作为母亲，又曾经给予自己的孩子怎样的教育？怀特海只是在文中引用了坦普尔说过的一句名言证明他的观点。一个年少时在拉格比公学表现平平的男孩子，在其长大后却非常成功，人们对此感到非常惊讶。坦普尔在解释人们的困惑时说："问题不在于他们十八岁时怎么样，重要的是他们之后成为怎样的人。"

我的一个好朋友总是为她自己中学时没有好好读书而感到遗憾，为现在自己无法教孩子读英语而着急。我经常对她说："知识与文化是不同的概念，你也许读书的年份比我们少，但你很聪明，又见多识广，把这个世界的人和事看得很明白，所以，你比我们很多人更具有时代感与创新意识，更有文化。所以，你一点都不用着急！”

“唉！可是我自己的习惯很差，造成她的习惯也很差。比如懒散，比如拖拉，这个太难改了。我现在才发现，这些都会影响学习的。”我的这个好朋友，对于自己的懒散习惯耿耿于怀，对于影响到孩子更是痛心疾首。她苦笑着说：“父母是原件，孩子是复印件。”我知道这是前几天在微信朋友圈传播的一张图片，表达虽然新颖，但仍是“孩子在成长的过程中会将父母当作镜子”的意思。

作为一个班主任，有时候的确能从孩子身上看到父母的影子。比如说一个孩子很有教养，你会发现，傍晚送孩子出校门的时候，他的爸爸妈妈往往也很有礼貌，甚至爷爷奶奶也很可亲。但也有这样的情况，家长一见到自己的孩子，就叫一声，目中无人地把孩子从队列中接走了。我们做老师的站在那里，看着这些差别，不由得为那些礼貌的孩子和父母点赞，为那些漠然的孩子和父母遗憾。人与人的差异，就是教养的差异，而这些差异往往体现在一言一行中、举手投足中。父母的言行，都可能影响到日后孩子们的所作所为。老师其实并不在乎是否问好与告别，所有的操练，其实都是在为孩子的长远考虑。

十二岁以前，我从母亲那里学到最多的都是关于生活习惯的事情，比如“女孩要端庄，不要与他人扶肩搭背，不要在众人面前窃窃私语，不要在背后说人坏话”“家里即使再清贫，每样东西的摆放也要有讲究，衣服是不可以随便扔在桌椅上而不折叠的，碗是不可以拖到下一餐而不洗的，凳子是不可斜放而不正的”“长辈没有吃饭，小孩子是不许动筷的”“要诚实，不是自己的绝对不能拿！”我的妈妈身体力行，这些教诲在我心里划过一道道痕迹，以至深深地影响我对孩子的教育……

生活中，妈妈的意义多么深远！怀特海说得没错。所以，作为母亲，必须努力！

圆满生活

教育的目的不仅仅是培养公民，培养工人、父母或母亲，而是最终要培养获得圆满生活的人。

［美］杜威

我突然发现，并不是只有我一个人对教育的目的产生疑惑。在最近一期的《当代教育家》中，我发现了专栏上有一篇文章《教育要培养获得圆满生活的人》。作者是 2012 年《中国教育报》全国十大读书推动人物之一的凌宗伟。他比较赞同杜威的观点：教育的目的不仅仅是培养公民，培养工人、父母或母亲，而是最终要培养获得圆满生活的人。我觉得这个表达很好，教育当然是为生活服务，而生活的终极目标就是幸福圆满。

凌宗伟认为，“教育目的”应当成为学校教育显而易见的价值准则或原则性目标。然而事实是“我们的学校不是没有教育目标，而是缺少对目标的详细阐述和实现这些目标的责任心。所以在这样的情形下出笼的目标要不就是大而无当的，要么就是口号式的，其共同特点就是无法实施。所以只有弄清楚什么是教育的目的，才有可能真正地实施”。联系现实想一想，好像的确是这样的。那些评比、检查、考核，很少关注到一个个具体的人的达成。而教育如果没有对一个个具体的人的关注、尊重、宽容，我们从事的工作就不是教育工作，而是“批量生产”了。

无论什么教育，其目的首先应该着眼于人的发展。正确的教育应该是充分承认个体精神上和肉体上的天性的教育。今天早上，我接到一个电话，电话那头孩子的母亲很高兴地告诉我孩子在朗读方面的进步。她说：“我真羡慕你们班上那些胆子大的同学，真自信。唉，我家的孩子天生就胆小，有时候，真不知道如何引导。”

她的孩子其实非常优秀，不仅每门功课都学得扎实，而且在其他方面也在要求自己全面发展。每个孩子的成长速度是不一样的，某一个阶段，这个孩子在这方面突出一些，下一阶段，可能那个孩子在某方面更突出。我们的目的不是和别人家的孩子比较，更何况她的孩子已经努力在突破自己的局限，做得更好。那样的努力，就是我们所期待的最好的自我教育。现在我可以用文中引用的洛克《教育漫话》中的一段话来帮助她解决心里的困惑了：“我们不应希望完全改变儿童的本性，我们既无法在不对他们造成伤害的同时将乐天豁达的天性变得郁郁寡欢，也不能使忧郁消沉的天性变得朝气蓬勃。人类的精神上烙有各种特性，那些特性正同其体态一样，少许加以改变或许可以，但要彻底改造，转变为完全相反的模样却是异常困难的。”在这个转变的过程中，我们老师的作用，就是尊重学生本人，在不完全改变儿童本性的前提下，理解、激励、帮助他们形成对自己的价值肯定，帮助他们形成对未来美好生活的期待，使他们以后踏上社会时，对寻找美满的生活充满信心。

从这一点来讲，我们可以得出另外一个结论，老师自己应当是一个热爱生活的人，对现实不抱怨，对学生不放弃，对生活不失意，不断追求圆满的生活境界。

一份读书笔记

1997年8月，我调入高桥小学。9月1日早晨，我来到学校，却发现有两名家长已在教室门口等我，一见面，就咄咄逼人："你是教坛新秀吗？"我一下呆住了！不过，我马上说："我是教坛新秀！"当时，我不太理解她们的做法，觉得城区的家长真是太无礼了。但后来读了张晓风的文章《我交给你们一个孩子》，就非常理解这两位母亲的心情。而且我想说，这是两位非常负责的好妈妈。孩子的成长之路不可回头，她们拥有和张晓风一样清醒的头脑：

> 学校啊，当我把我的孩子交给你，你保证给他怎样的教育？今天清晨，我交给你一个欢欣诚实又颖悟的小男孩，多年以后，你将还我一个怎样的青年？

把自己的宝贝交给一个未知的老师，是一种冒险。在我自己成为母亲后，我更加理解张晓风当年送孩子上学的感受，那就是三个字：不放心！对于教室门口那两位母亲目光中的焦虑、神情中的担忧、言语中的攻击，我没有任何不愉快的回忆。

1997 年，我年轻，还没结婚，对如何教育孩子真的是没有经验。怎么办？用最大的热情投入工作，从实践中领悟，从阅读中寻找。我现在已经忘记具体看了什么书，好像那时候萧山的书店里大多是教辅资料，连苏霍姆林斯基的《给教师的一百条建议》也买不到。大约是看《读者》《小学语文教师》《人民教育》等学校图书馆里的书，记下了一些当时我觉得对教育孩子很有用的句子。那时候，我只是凭着感觉，觉得这些格言式的句子一下子击中了我的心。

家庭教育读书笔记摘录

没有长不好的庄稼，只有不会种庄稼的农民。农民怎样对待庄稼决定了庄稼的命运，我们怎样对待孩子也决定了孩子的命运！

庄稼长势不好，农民从不责怪庄稼，而是在自己的种植方法上找原因。

我们教育孩子的奥秘在于父母心灵深处是坚信自己的孩子“行”，哪怕天下所有的人都看不起你的孩子，做父母的也应该眼含热泪地欣赏他、拥抱他、赞美他，为他而自豪。

有一些母亲只能称为半狼母亲，因为从物质生活和生理生活上讲，这些母亲是天底下最好的母亲，可从孩子的精神生活上说，她们是狼，她们根本不知道孩子需要什么！

孩子们最爱的不是溺爱、宠爱、偏爱他们的母亲，而是具有伟大精神世界的母亲。

小学四五年级，是“拉档期”，会造成学生之间成绩上的新差距。如果对这些变化缺乏心理准备，你的孩子就可能出现掉队的情况。

子女是父母的折光镜，在孩子身上可以折射出父母为人处世的哲学和做人的准则。尽管父母不一定做得尽善尽美，但父母应努力在一点一滴的小事上给孩子以有益的影响。

小学时期，应以修养身心、启发兴趣为主。逼着孩子在小学时就为了一二名拼命，会窒息孩子内在的广泛求知欲望。

能够成为母亲，这是女人的幸福，能够成为优秀子女的母亲，这是女人的幸运。这幸运不会降临所有的母亲，但每一位母亲都有成为优秀子女母亲的可能，就看你怎样去做母亲。

父母应该掩藏起岁月沧桑印在心中的消极、迷惘、困惑的一面，把积极、光明、美好的东西教给孩子，在日常生活中，在寻常小事中培养他们诚实、善良、友爱、进取的美德。

在期中家长会上，我与家长朋友们分享了上面的读书笔记，吉倩同学的妈妈深受触动，写了两千多字的反思。很可惜，那封信现在已经找不到了，而我现在唯一能记得的是信上的几句话："我经常在孩子写作业的时候唠叨，说她这个不行，说她那个不行。真的，有的时候不要责怪孩子。当孩子表现不好的时候，不要从孩子身上找原因，首先要从我自己身上找原因。"二十年后的今天，在阅读《正面管教》一书时，想起了这些笔记。重新阅读还是觉得非常有道理，与大家分享与共勉。

在今天看来，这些笔记仍然有用。

苏霍姆林斯基的阅读格言

如果少年没有自己心爱的书和喜爱的作家，那么他们完满的、全面的发展就是不可设想的。我要培养一个人，设计他的个性，我就始终努力使我每一个学生早在小学起就建立起自己的小藏书箱。中年级和高年级学生的藏书量已经相当可观。就像音乐家不随时拿起自己心爱的乐器就不能生活一样，一个有思想的人如果不反复阅读自己心爱的书就无法生活。

［苏］苏霍姆林斯基

今天早上，我和同事聊天。我们这个月是古典名著读书月，分小组展开四大名著的阅读，不过，我总觉得在学校阅读的时间不够多，希望家长对课外阅读能引起重视。我的同事叹了口气，无奈地说："现在的孩子忙啊！哪有完整的时间看整本的书？哪有静心看整本的书？"

中午，接到一个家长的电话："老师，我孩子这次的语文考试阅读很不好，你能不能帮我推荐一本阅读练习，我让他做做。多做做阅读题肯定好的。”我说多阅读才好。可惜，我们表达的是截然不同的概念。

百岁人瑞周有光就说过：“小学学语文、数学、英语就够了。”或许他的这个观点与现在不相宜。但在《教育的目的》一书中，我还是看到了类似的表述：“教授大量的科目，却只是蜻蜓点水地教授一点皮毛，只会造成一些毫不相干的知识的被动授受，不能激起任何思想的火花。如果只给儿童们教授一些少而精的科目，让他们对所学的东西进行自由的想象和组合，他们就会利用这些所学的知识去认识世界，并在现实生活中加以运用。”

孩子们学的课程实在太多了。但最重要的阅读，它的时间往往被挤走了。

看到苏霍姆林斯基在《帕夫雷什中学》一书中介绍他的学校学生读书情况，真让人大吃一惊。苏霍姆林斯基的学校有一个总图书馆，另外还有文学图书馆、数学图书馆、科技图书馆、艺术图书馆等，学校里每层都有阅览室，楼道里有开放的书籍陈列架。学校规定，中学期间，每个学生必须读完两百部世界文学名著。现在绝大多数的学校硬件都很好，特别是图书馆的设计，真是美轮美奂，但是它们的利用率如何呢？某学校有一个孩子无意中对我说，他只知道自己的学校图书馆在学校的某一幢楼，但从来没有进去过；只从图片上看到过它，却从来没有在里面阅读过……我懂的。孩子们因为没有时间，有时就是老师推荐的书籍也没有时间去看。

我想对那些思想上对课外阅读还没有足够重视的家长说：“阅读

练习少做一篇，真的不要紧。把时间花在大量的阅读上，你一定会发现孩子的进步！”

还有，昨天一位中学老师问我：“如果我的班里有一位同学每门功课只能考几分，那么我怎么办？”我说，让他看自己喜欢的书吧！

> 学生学习越感到困难，在脑力劳动中遇到的困难越多，他就越需要多阅读：正像敏感度差的照相底片需要较长时间的曝光一样，学习成绩差的学生的头脑也需要科学知识之光给以更鲜明、更长久的照耀。不要靠补课，也不要靠没完没了的“拉一把”，而要靠阅读、阅读、再阅读——正是这一点，在学习困难的学生的脑力劳动中起着决定性的作用。

欢歌四季

每次翻看《笔记大自然》，我的心里是温暖的，仿佛重新回到了童年，就像春日阳光下翩翩的蝴蝶……

童年在农村度过。我以为所有的孩子，童年都应当在乡野度过。赤脚走在松软的泥土上，感受大地的亲切；钻入油菜花中，感受香气浓郁；躺在草垛上看天，才知道什么是真正的蓝色；院落里吃饭，火烧云的霞光是抹不去的色彩……在童年的双眸里，春夏秋冬充满神奇！

但城里始终是乡下人的欲望，我们读书，我们工作，努力成为城市的一员。我也最终成为城市的一个个体，渐渐远离了田园生活，在水泥丛林中偶尔张望天空飞过的鸟儿。故乡在消逝，在城里又没有归属感，于是我常常去旅游，到大自然去走走。于是我从一个地方飘到另一个地方。最后，发现自己对脚下的土地依然所知甚少。

自然在哪里呢？《笔记大自然》告诉我世界上无论哪个角落都有无限的活力，等着人们去探索。重要的是放慢自己的脚步，全心地体会周围的一切，才有可能不断地融入自然。“一只不知名的昆虫也远比最先进的设备复杂得多。”于是我开始了一种新的生活，重新发现了世界的新奇和美丽：春天的时候，枇杷渐渐转色；夏天，蝉儿疯叫；秋天的时候，石榴挂满枝头；冬天，麻雀停在枯枝上觅食，那段枝条颤巍巍……

每次阅读《笔记大自然》，我想起的是我们古代那些诗人作家们，自然在他们的文字间永驻。元丰六年（1083 年）十月十二日夜，苏轼“解衣欲睡，月色入户，欣然起行”。他去承天寺找张怀民。两人“相与步于中庭”。只见“庭下如积水空明，水中藻、荇交横，盖竹柏影也”。翻看古代经典，在作品中可以找到无数个这样的例子，这是文字对自然的记录！

作为普通人，没有诗人作家的文才，如何记录自然呢？《笔记大自然》告诉我们每个人都可以成为一个记录者，只要你行动起来。具体做法是：有规律地观察记录、认识、体会和感受自然。它是整个笔记自然的核心。记录日记的形式不限，可以根据个人的兴趣、背景和学问决定。有些人喜欢用诗和散文表现，有些人喜欢用素描和彩绘表现，有些人喜欢用相机磁带实录，也有人喜欢写歌礼赞……

我准备了一本笔记本，开始在白色的纸上记录。我开始用文字和图画探索自然，融入自然。但是我的手是多么笨啊，我第一次为自己不会画画而深深地遗憾……但是我发现，写观察日记的时候，心放松了下来，人整个静默了下来，与自然的亲近，让我有一种前所未有的发现——时间好像停了下来。怪不得有人说，写自然日记就像“打坐”，它可以让我们的生活变得充满情趣，可以维系生活的平衡，因而心灵显得更为平静。

每次打开这本书，就想着要和我的学生们一起来写自然笔记。孩子们对手机、电视、汽车非常熟悉，可是，对于身边的世界，却非常陌生。问他们是否听到早晨秋虫的鸣叫，绝大多数摇摇头；问他们校园里的植物，绝大多数的名字，就是“树”；问他们可曾看到南门江上飞过白色的大鸟，绝大多数表示从未！

那天一个学生端来一盆郁金香，正是含苞待放的状态。我发下一张普通打印纸，就开始指导孩子们对它细致地观察。孩子们一丝不苟地画了画，并从茎、叶、花三个部分，按形状、颜色、手感等角度做了细致地描述。十五分钟的过程，孩子们仿佛对花产生了一份异样的情感。第二天，很惊喜地发现，其中的一个花苞微微开了，向里一看，露出嫩黄色的花蕊。于是我又利用中午课外阅读的时候，做了观察，写了日记。第三天，花苞怒放……

三天的自然笔记，他们的反响格外强烈。我问他们想不想继续下去，他们热情高涨。仿佛这不是他们讨厌的作业，而是玩。对，就是玩。于是我们决定自选主题：植物类、动物类、人物类、物品类……一切都是自由的。

日记本是自己选，空白的，方格的；16K 的，32K 的；卡通的，公文的；现成的，新买的……

作画笔是自己定，蜡笔、钢笔、水彩笔，都可以。即使没有，一支铅笔也可以作画；

有素描基础的当然好，没有绘画才能的不要紧，没人会嘲笑我们稚嫩的画和文字；

抬头看天，看云，看树梢，都可以；十个字可以，五十个字可以，五百个字也可以……

孩子们欢呼着，这个自主作业从春天一直坚持到夏天。蝉儿鸣叫的时候，我的桌上堆满了一大沓自然笔记。让我们来看其中的一份吧：

观察者：葛子琪

时　间：2014 年 3 月 3 日

地　点：阳台下的草丛

植　物：金边黄杨

所　见：

1. 金边黄杨的叶子最引人注意。由中心的深绿色至周围的浅绿，富于变化。那两种绿色连接着，交错着，波动着，给人一种朦胧的美感，直映入我的心里。在我看得痴痴迷迷的时候，一道金边映入眼帘，是多么突兀。但，这就是黄杨“金边”的来历，金绿交织，比绿色更显繁华典雅。

2. 金边黄杨的芽儿呈红绿色，也就是一片片叶尖被绿叶包起来，像米粒一样，并不是十分饱满。

3. 金边黄杨的茎瘦瘦的，上面有很多嫩黄的小点点，总体呈黄绿色。

…………

每天下课，孩子们都来与我交流他们的观察发现，他们发现了身边许多有趣的现象：

不经意间，柳树已经冒出了嫩黄色的新叶，柳枝在空中随风摇曳。它让我想起了那首名诗。我摘下一段柳枝，插到家里的花瓶里，它给我们家增添了无限生机。

一只鸟儿，站在窗台上，玻璃上映出它惹人注目的尾巴影子。

我和妈妈一起去散步，此时一轮圆月从建筑物的后面慢慢升了起来。它显得比往常有些红，好像刚刚生过气。

早上九点，阳光灿烂，把周围万物都照得灿烂夺目，闪闪发光。

…………

作为一名教师，我们能教会学生许多事，但是能教会学生们做的最重要的事，莫过于怎样好好地观察了。这是我带领他们写自然笔记的初衷。我认为，让孩子们写自然笔记有助于他们更好地理解和体验这个世界："自然是我的一部分，我是自然的一部分。"

《笔记大自然》值得推荐给每一位教师，值得推荐给每一位家长，值得推荐给每一位热爱生活的人。

阅读，是希望的暖流

树是大地的诗行，人是世界的音符。天地有大美而不言，人却因为各种各样自己认为足够的理由而找不到安宁。一位思想家说得好：“人类的很多问题都是因为人自身在书斋中静不下心造成的。”的确如此，在过去的很长一段时间，我很茫然。

这种茫然很大程度来自我平凡的身体。对于工作，特别的努力；对于生活，极其认真；对于精神生活，尤其重视。一个女人，一个母亲，一个老师。工作和家务像无底洞一样消耗着我的青春和活力。享受为人师为人妇为人母过程的同时，疲倦像潮汐一样一次一次地把我带到一种筋疲力尽的状态。咯咯响的颈椎，血气郁积的背，整晚整晚的失眠。白天的辛苦，再也不能像踩倒的野草一样隔夜蓬勃，不能像童年那样睡一晚就照样生龙活虎，我知道那叫亚健康状态——极其严重！

这种茫然在很大程度上来自平凡生活中的不平凡事件。堂哥的英年早逝，舅妈的抑郁自杀，九十四岁奶奶的生命困境，一年三次葬礼的渲染，让我对生命起点与终点产生思考：人在这世上走一遭究竟是为了什么？偶然在书店里看到一本书，因为书名，我如获至宝，它叫《人为什么活着》——全球一百三十九位大师的回答。读完后，我找到的答案是什么呢？——没有答案！所以，我站在窗前，望着眼前的城市，恍然大悟：我认识到自己，如同一只蚂蚁，不知道如何感受，不知道如何思考，不知道如何活着。

这种茫然还来自衰老。很明显周围的人都在变老，他们眼角的皱纹，松弛的肌肉，周围成千上万的人都在走向这种绝望。我也同样如此，脖子上的第一道皱纹，脸上暗沉的色斑。穿着旗袍不再窈窕，眼睛开始不再清澈，孩子们自然觉得与你沟通有距离，尽管你还像孩子一样地大笑，可是，眼角的皱纹却无意出卖你的尴尬……

茫然，茫然，于是，我真不知道，为什么还要活得积极？成年人，有时的确会花一些时间在椅子上，思考着他们的一生。就像总往同一个窗户上乱撞的苍蝇，它们摇晃、挣扎、虚弱，最终坠落。生活怎么把我变得如此死气沉沉？四十不惑时，我知道成年人的最大敌人是消极！

在早餐时
你看什么
你读什么
我就知道
你是谁了

——摘自《优雅的刺猬》

我知道，书籍的力量。读书将使我们的人生超越通常意义上的价值寻求，能够从庸碌的日常生活中突围，而不仅仅是“活着”。在很长的一段时间，我不停地买书。学校传达室的师傅向我竖起大拇指：“每个星期买这么多书，不简单啊！”的确，物质在我心里分量不足，但可叹的是，这些书买来后，放在沙发上，放在书柜里，放在床头，我竟看不进去。安静能让人进入内心世界，这对一个并非仅仅追求外向生活的人来说是必不可少的。我知道，这段时间，我的心如同外面的街道一样混乱而嘈杂。我凭经验，靠整理和打扫房间来试着让自己的内心变得井井有条。我开始养花，侍弄迷迭香和兰花。我看着它们枝叶繁茂，香气怡人。不是我在养它们，是它们滋养了我。迷迭香，让人明白，手有余香是什么情形；兰花，让我知道，原来中午的炎阳，它们也是不怕的。培养植物，因无聊而全心全意。这样的收获让我明白了，养育生命原来是能够净化灵魂的。

书读得也不算少。光是为了考出大学文凭，我就自学了汉语言文学的十四门课，包括英语。每一本都是“啃”过，这样的阅读经历虽然功利，却是最为难忘的。当然，我还看过许多其他的书。然而，和所有的自学者一样，虽然通过了考试，读完了一本又一本，我却不能确认理解是否正确，有时仿佛十分明白，一结合社会实际，却凌乱起来——然后，我再读同样的句子也茫然。

今天早上，我茫然地坐在厨房里，前面刚好摆着一本薄薄的书。我和平时一样放任自己思想，没想到，竟然找到了阅读的感觉。

这本书是《刺猬的优雅》，主人公勒妮刻苦耐劳、学识渊博。她钻研历史、哲学、政治、社会、经济等。她外表冷漠、内心火热。

用她自己的话说："外表上看，我是个穷人，但是要论聪明才智的话，我是一个百战不败的女神。"她珍惜生活，酷爱艺术。她将生命的每一分钟都用于读书、看电影、听音乐。她善于从日常生活中领悟深刻的道理。勒妮感悟到："生命或许便是如此吧，有很多的绝望，但也有美的时刻，只不过在美的时刻，时间是不同于以前的。生命重要的是现在，构建某种状态，就在此刻，不惜代价，竭尽全力。时刻想着每天超越自我，使生命成为不朽。一步步地攀登自己心中的珠穆朗玛峰，使自己的每一步成为永恒。"

平凡的小人物，在平凡的生活中体悟了生活之美，即使那是夏天的一场雨：

> 您知道一场夏雨意味着什么吗？
>
> 首先，素雅之美划破夏日之空，这征服心灵的敬畏之情让人们在雄伟壮丽的景致之中感到自己如此微不足道、如此软弱无能，怎能不被事物的威严所俘获，被世界的豪迈所吸引呢？
>
> 接着，时不时地，如同泪珠，圆润、有力、串串相连，在它们身后划出一道长长的不规则的痕迹——雨水，夏季，清除了静止不动的灰尘，使灵魂再生，像永不停息的呼吸。
>
> 因此，夏季的一些雨滴扎根在我的心中，有如一颗新生的心，与另一颗心一齐跳动。
>
> …………

我喜欢这本书，我读什么，你就知道，我是谁了。

此刻，我疲惫不堪，可是想到勒妮，就不禁思忖，生命或许如此吧：有很多的绝望，但也有美的时刻，只不过需要领悟。一场夏雨，不仅仅是一场夏天的雨啊！

书是什么？书是扩大精神版图的武器，不是为了扩张，而是为了让自己更强大！

他走来

她走来

但是百年过去

他们仍不能相遇

大地多么广阔啊

——摘自《我的阿勒泰》

与一本书的相遇，是需要机缘和线索的。

那天，我在楼下公园散步，散步是我喜欢的活动。慢悠悠地走着，静静地，自由自在。天热，有时也会感到浮躁。偶尔看一眼远处，可以看到夏天的火烧云，色彩艳丽，轻莹灵动。夏天的云也是生动的！我在秋千上坐了下来。

一个男孩子，十一二岁的样子，坐在紫藤下头也不抬地看一本厚厚的书。我心情一下愉快起来，我羡慕他：沉浸在自己的世界里，一个不同于现实的世界。所以不时抬头看他，观察着他，后来，他意识到了，也抬头看我，眼神里还带着书里的意味。我站了起来，来到他身边，问他看什么书，他抬头看我，眼睛干净清亮，眼珠是明净的银灰色，瞳孔则大而漆黑。我一看，《优雅的刺猬》。粗略地翻了一下，问：“你看得懂吗？”他居然生气了，迅速地说：“看得懂啊！很好看！”然后，把书拿走，仿佛生气了，我就不好意思再问什么了。这是我们唯一的一次关于这本书的对话。

我继续坐着，他继续看着。傍晚，天色渐暗。他站了起来，还是不舍得把书合上，一边走，一边看，身影渐远。这是多么美好的傍晚啊！《优雅的刺猬》，不知道写什么。刚才粗粗一看，封面上写着“最巴黎的小说”，应当是一本成人阅读的书啊！我想起了唐代诗人李贞白《咏刺猬》的诗：“行似针毡动，卧若栗球圆。莫欺如此大，谁敢便行拳。”这个男孩子好像也是一只刺猬啊！

回家，上网搜索了解了一下，大惊，“本书荣获法国书商奖，曾连续三十周登上法国畅销书排行榜，销售量超过百万册”，并获很高的评价：“作品以独特的视角创造了生动鲜活的人物形象，以巧妙的艺术构思表达了深邃的生命和艺术哲理。”一个十一二岁的男孩子，一本“最巴黎”的畅销作品，这两者勾起了我强烈的好奇心，于是当即在网上下了单。

第三天，下着暴雨，书到了。送书的工人好辛苦！在我养着迷迭香的厨房，在白色的台板上，我放上水果和书，一边削一个水果，开始吃起来，一边尽情地享受读书的悠闲。我想，如果它们能抵抗对方强有力的冲击的话，如果苹果的香味不使我怀疑书的力量，如果书使水果变得食之无味的话，我就知道我面对的应当是一本非同凡响的作品，因为很少有作品，在美味苹果的攻势下，还能不被化解，还能不被抛开！

我要说，这真是一次奇遇：在喧嚣浮躁的时代，读到这样一本描写小人物的书，清新活泼，直指人心，让人过目不忘。原来，门房也可以如此精彩地活着，真是不可思议！更不可思议的是，我在书中读到了主人公勒妮关于书的选择的方法：黄李香实验。居然与我的苹果实验不谋而合，这难道不是又一种奇遇吗？

循着这线索，我看了同名电影，看了法国电影的代表作品《红》《白》《蓝》。在少年时代阅读维克多·雨果的作品二十年后，重新阅读与观看了《笑面人》《巴黎圣母院》《茶花女》。然后，对法国的音乐香颂作品产生了浓厚的兴趣，在汽车里放了香颂的 CD。虽然听不懂，但那一种旋律只有法国香颂才有。

于是，我又不停地推荐这些书、影片、音乐给朋友，给学生……线索在继续延伸，阅读在继续展开。

阅读，一股希望的暖流，在认识与不认识的人之间传递，温暖人心，给予力量……

头发着了火

作为一名老师，在阅读一些教育书籍，比如《第56号教室的奇迹》时，我强烈地感到书中教师“管理”学生的方法和策略固然令人叹服，但他们对待学生的态度更值得我们深思。我第一次看到《第56号教室的奇迹》封面上的一句英语“Teach like your hair's on fire！”（像头发着火一样教育）时，想到的是《诗经》中的一句话：“战战兢兢，如临深渊，如履薄冰。”想到寒风瑟瑟中站在校门口的家长：“我把这样一个孩子交给学校，多年后，你将还我怎样一个孩子？”瞬间理解了王崧舟老师说的：“教育当以慈悲为怀”。

在阅读完《第56号教室的奇迹》后，我发现光有责任心是不够的。如果不喜欢这份职业，那就没有真正的教育。雷夫说：“当时正上化学课。我决心帮一个女生完成一个她认为不可能完成的实验。我身体向前倾，尽量试着用火柴点燃灯芯。灯芯点着了！我得意地抬起头，心想这下你终于可以体会到成功感了。没想到，大家都开始尖叫。很快我发现我的头发正在燃烧。”

雷夫通过这件事，终于认识了自己。他说：“我发现，自己其实可以无视第一线教育工作者面对的那些乱七八糟的事，只需要尽一切帮助孩子进步。或许不一定做得很好，但起码我努力过了。我告诉自己，如果我这么在乎教学，在乎到连自己的头发着火都没发现，那么我的方向就对了。从那以后，我决心要用'头发着了火似的'态度，全心全意投入到教育工作中去。"

相信我们当中的很多人，见到以前比自己读书差却混得很牛的人，难免心潮起伏，于是失去平衡感，眼睛里失去平和与清亮。很多时候，我们过度关注外部世界，过度依靠物质的力量，忽略对于教师自我的深入认识，我想是许多老师不幸的根源。我们来思考一些问题："谁"在教书？"我"是谁？"我"如何面对我的工作？好的老师首先来自自身认同与自身完整。因为当老师并不热爱知识的时候，他只是一个简单的搬运工，无法在知识中灌注热情，因而也无法真正理解知识；当教师并不热爱学生的时候，一切技术都是无用的，最终会走向伤害性的控制；当老师并不热爱职业的时候，他便永远不可能真正地获得职业幸福。

你激起的水花，可以掀动世界

一早到校，走到转角的时候，就竖起耳朵听。教室里很安静，很好。这个四月，是我们班的古典名著阅读月。我走到教室后面，在自己那张课桌坐了下来。

从包里拿出书，还有二十分钟可以看。翻开书，其中一页《你激起的水花，可以掀动世界》：

> 你看，被那石头激起的波纹正在拍打你的脚，这说明，它已经找到了回到你身边的路径。我们所有人都应该当心自己在世界上激起的各种水花，因为，由你造成的波纹总是会返回到你自身。如果那水花有危害、能引起伤痛，我们将不欢迎它回来；但是，如果它由美好的言行造成，我们将很高兴看到它回家。

此刻，我坐在这里，像其他的任何一个学生，孩子们习以为常。

我经常引用论语中的话：“子在川上曰：逝者如斯夫！”时间是逝者。所有的东西都像时间、像水一样，无情地流走。

我经常引用庄子的话:“人生天地之间，若白驹过隙，忽然而已。”这是一个多么形象的比喻。少则几十年，长则一百年，对于漫漫时间长河，却真是弹指一挥间!

我也经常引用王小波的话:“学习文史知识的目的在于温故，有文史修养的人生活在从过去到现代一个漫长的时间段里。学习科学知识的目的在于知新，他生活在从现在到广阔无垠的未来。假如你什么都不学习，那就只能生活在现时现世的一个小圈子里，狭窄得很。”

身为老师，非常苦恼的是时间不断地被杂七杂八的事情挤走。阅读成了奢侈的事。

身为老师，非常重要的是需要不断带给孩子新鲜的内容。阅读是重要的手段。

教室是个好地方，特别是对班主任来说，更有家的感觉。在这个空间里，有更多的时间与学生相处。

有一天，我去杭州广播电视大学参加省普通话测试，与浙江工商大学的李容老师搭档。休息的时候，我们聊起了高校老师的工作，聊起了现在越来越多的校园事件，也聊起了老师对学生的示范作用。她说:“现在的学校很多是新建的，特别是大学城。老师们早上从老城坐校车去学校，晚上坐校车回老城。学生只能在课堂上看到老师，与老师的交流很少；到了晚上，大学校园里一个老师也没有，学生去找谁解惑？可以说，老师的‘示范’两个字，现在大学校园已经稀缺了。”

我认同她的看法。师生的情意应当是大学最起码的文化基础。

学校里看不到老师，没有时间见到老师，学生们怎么寻找精神的方向？没有师生充满情意的交往，学校怎么会有活力？没有老师的真诚指导，学生们在迷惘的时候，找谁诉说？

我坐在教室后面的位置上，阅读着，思考着。一个调皮的学生回头看我，我依然盯着文字，用眼睛的余光看他。他认真地看了我一眼，又转过头去，埋头看了起来……其实，让学生热爱书籍，哪里需要说教？他们周围的成人，捧起了书，聊起了书，就意味着一切。而对老师来说，又是一种多么经济的备课！当然教师的本意并不是为了给孩子看，他的阅读是极其自然的事！

你激起的水花，可以掀动世界！

结构化的阅读最有力量

读书这件事，其实是一件私事。你为什么读，读什么，怎样读，与他人一点关系都没有。它关乎的是个体生命的质量。

读书这件事，对于教师而言，又是一件公事。你读什么？怎么读？你有怎样的读书体会？阅读在你的生活中扮演着怎样的角色？这些问题在工作中又是实实在在影响着学生的。

“结构化的阅读最有力量。”2007 年，在一次培训中，我从特级教师闫学那里听到了这句话。当时，我的心里咯噔了一下。阅读还有结构？在我眼里，阅读可以是闲庭信步，可以是小窗读幽，也可以睡前助眠。作为全国推动读书十大人物，闫学老师对于结构化的阅读做了这样的表述：

“这种结构，潜在地作用于日常教学，哪怕是上一节课，也是整个知识结构在起作用。课堂上存在的问题，往往与知识结构的缺陷有关。

“教育作为专业领域，拥有最合理的知识结构。本体性知识是从事教育职业的人所必须具备的核心知识，从语文老师的角度出发，包括汉语知识、文本解读、文学作品等；专业知识是从事教育职业的人所必须具备的专业基础知识，包括教育学、职业认同、心理学等；人类基本知识构成了专业阅读更为广阔的背景。三者比例不同，造成不同的专业偏向，决定他或她将成为的普通或者优秀的教师。如何让自己的知识结构更合理？阅读是最经济的手段。”

…………

从1993年参加工作到听到这个关于教育阅读的讲座，已过去整整十四年，我第一次开始从阅读结构这个角度反思自己的课堂教学。

1993年8月，中师毕业的我带着初中生的文科底子和书本上的一点点背下来的心理学、教育学的知识走进了一所乡村小学。工作的情感是饱满的，工作的态度是认真的，对学生的喜欢是发自内心的，但工作的方向基本上是盲目的：不知道语文要教些什么，不知道在课堂上要关注哪些东西，不知道教学的重点难点，只凭着一腔热情工作着。因为家庭教育的影响，我有机会看一些名著，比如《红楼梦》《漂亮朋友》《红与黑》等等。应该说有一些文学阅读，所以对文本的感受力比较强。那时候，还不知道解读文本这回事，只是凭着自己对文本的理解选择最对自己胃口的东西教。所以，《在炮兵阵地上》让自己热血沸腾，《十里长街送总理》使学生眼含热泪，下课了，自己坐在办公室还“到底意难平”！那时候上课讲究教师的基本功：粉笔字、普通话、简笔画等。在课堂上，我是很在意自己的语言、板书、简笔画的。特别是公开课，我希望自己以一口流利的普通话，一手漂亮的粉笔字，还有能一笔画成《泊船瓜洲》的绝活儿“震”住听课的人。至于学生在课堂上的反应，除了纪律，我无暇顾及。我很容易在课堂上调动学生的情绪，常常成了煽情。那时我没有意识到自己的课堂教学有问题，反而觉得课后酣畅淋漓。我不知道自己将文本内容当作教学内容、对文本形式置之不理，授之以鱼而不能授之以渔，导致热闹背后，仍然是相当程度的低效浪费。

1997 年，我调入高桥小学。当年 12 月，我承担了语文的公开课，执教《田忌赛马》。这是我的亮相课，我调动了所有的激情。可是课上完了，自己感觉良好时，评课的钱正权老师却直言不讳：

“老师把讲台当作了自己的舞台。

“语文课的基本知识字词句段篇没有落实，听说读写的能力更没有扎实地训练。

“老师对学生课堂的回答基本没有做及时的反馈，许多有价值的点本可以从学生的回答中发散开去，可惜老师忽视了。

“语文课少不了语言的品味咀嚼，这堂课却是蜻蜓点水”

…………

这些评价无疑是一记棒喝，我当时心里还很是不服，哭了好久好久。回头看，这些评价都极为中肯。后来我知道，我这样的课不是语文课，既缺乏理论的支撑，又忽视学生对文本的真切感受，这样的课堂真的只是教师唱独角戏的地方。

在接下来的几年中，我学习的重头戏是学历教育。因为功利的原因，不算真正的阅读。先是参加小学教育班的学习，那时候的函授班学习机会来之不易，学习也认真，所以听了教育学、心理学的讲座，由于有了一些工作经历，所以理论与实践互相联系，收获颇丰。后来又参加汉语言文学本科专业的自学考试，《现代汉语》《古代汉语》《文学概论》《电影概论》《唐诗研究》等课目的自修，使我学到的语文知识比中师三年还要多，语文素养得到整体提升。

值得一提的是在怀孕的后半年，学校照顾我，安排我在学校图书馆工作。我们学校的图书馆很幽静，书和杂志极多。我就坐在那里，一点一点地看，一点一点地记。我记得常看的杂志有 32K 本《小学语文教师》，每一期都介绍一位出色的语文老师，每一期都有许多来自一线的文章。我回想着自己课堂上的情形，针对着书上那些案例，反思着自己的课堂得失。提笔写下了生平第一篇教学随感《我给〈卖火柴的女孩〉画连环画》。两个月后，当我在《小学教学》上发现自己的名字时，欣喜若狂。后来，又写了关于儿童教育的小文章，发表在《家庭教育》《幼儿教育》上，很是振奋。

有了孩子后，又看了许多的教育书籍和教育电影。《爱与自由》《挑战自卑》《孤独的孩子》等教育书籍，让我重新认识学生，重新认识童年，重新认识学校教育与家庭教育。《放牛班的春天》《死亡诗社》《生命因你而动听》等优秀影片中那些特立独行的优秀教师也让我重新思考人与职业的关系。

我开始正确定位职业，正确定位课堂。著名教育家弗雷塔克说："只有教师拥有在教学过程中以自己独特方式寻找自身道路的能力时，教育才有可能成为艺术，才会有质量。只有教学、研究、服务三位一体的教育，才是真正高质量的教育。"我发现，自觉的教育阅读无形中提升了自己的理解力。我相信只有阅读才有可能使讲台前的人成为比较理想的教师：既有对文本很强的感受能力和解读能力，又具备一定的理论素养，使课堂不至于肤浅，真正实现教学的有效性。

记得我看得最认真的教学专著是绍兴周一贯老师的《追求优化的课堂教学》。这本书教我学会合理地制定教学目标，围绕目标设计教学过程，重视课堂导入语，对环节间的过渡语要字斟句酌，关注课堂中学生的回答，能及时有效解答……还有一本是《名师授课录》，里面记录了于永正、支玉恒、贾志敏等老一代特级教师的经典课例。我自己反复地学习，并在实践中模仿，明白了“课堂上细节的处理，体现的是执教者的专业素养”这句话。好的教学环节可以模仿，但是好的细节很难模仿。因为那是教学艺术。要达到华应龙老师那样的“我就是数学”的境界，不是朝夕之功。

渐渐地，我发现自己的课堂变得沉着。上课的时候，我用一只眼“看”自己，另一只眼开始关注学生。我更注重课前的备课：让那些文本立体起来，让那些方块字生动起来，我不再根据自己的喜好决定教学的内容，我不再展示自己。我会合理选择教学内容，更多地关注语言形式，通过听说读写的语文实践，让孩子来获得切实的进步。课堂上，我对教学环节了如指掌，同时，把注意力重点放在了每一个学生身上。无论学生如何作答，都将从我这里得到发自内心的适宜的鼓励。我在观察每一个学生怎样学习，某些学生在思维、识记方面遇到哪些困难，适时地进行个别化的辅导。我仅是一名普通的语文老师，但我有一点野心：让孩子尽量地爱上语文课。

苏霍姆林斯基在《给教师的建议》中这样说道：

一位有三十年教龄的历史教师上了一节公开课，课题是“苏联青年的道德理想”。区培训班的学员、区教育局的视导员都来听课。课上得非常出色。听课的教师们和视导员本来打算在课堂进行中间写点记录，以便提些意见，可是他们听得入了迷，竟连记录也忘记了。他们坐在那里，屏息静气地听，完全被讲课吸引住了，就跟自己也变成了学生一样。

课后，邻校的一位教师对这位历史教师说："是的，您把自己的全部心血都倾注给自己的学生了。您的每一个句话都具有极大的感染力。不过,我想请教您:您花了多少时间来备这节课?不止一个小时吧？"

那位历史教师说："对这节课，我准备了一辈子。而且，总的来说，对每一节课，我都是用终生的时间来备课的。不过，对这个课题的直接准备，或者说现场准备，只用了大约十五分钟。"

这几段话启开了一个窗口，使人窥见了教育技巧的一些奥秘。十五分钟现场准备的背后，是什么呢？这就是读书，每天不间断地读书，跟书籍结下终生的友谊。潺潺小溪，每日不断，注入思想的大河。读书不是为了应付明天的课，而是出自内心的需要和对知识的渴求。

我又想到了数学特级教师华应龙老师。他的课有一种强大的气场，这种气场来自他对孩子的认识，是他营造出来的对学生的喜欢与尊重，还有满腹经纶的他散发出来的妙趣横生的知识。在银河小学听过他一次课，光是课前的观点报告，就让人深深地折服。这哪里是一个数学老师，文采，口才，从老子的《道德经》到柏拉图，再到康德，简直是个哲学家！演说家！作家！身为语文老师的我，屏息凝神，在享受讲座的过程中，深感自己的不足。据说他是真正坐拥书城、手不释卷的人。

我也喜欢阅读，可以说，阅读也是我每日生活中必不可少的功课。十月里，《语文学习》促进了我对课堂教学的理性思考；余华的《活着》让我自己能去窥探那些生活与我们如此不同的人物的心灵；更别说那有分量的报纸《南方周末》，引导我关注时事，有助于开拓广阔的视野……每天早上，我坐在教室里阅读，比学生都早。学生进来了，放下书包，也专注地看了起来。此时，窗外桂花芬芳，红色的石榴花如火焰缀满枝头……

现在我四十岁了！转眼工作二十年了，自感知识结构仍不合理。可怕的是时间，学校里的事，家里的事，人到中年的疲惫，用于阅读的时间被分割得面目全非。但我仍要感谢阅读。它使我明白，年岁渐增，不是坏事，正像意大利卡尔维诺说的："时间流逝的目的只有一个：让感觉和思想稳定下来，成熟丰收起来，摆脱一切急躁的偶然变化……"

农谚说："谁也不知道哪块云彩会有雨。"今天我读的，指不定哪天会有用。然而积"云"多了，积得"厚"了，就不愁不下雨了。

我想，因为结构化的阅读，我会继续成长，成为更好的老师。

附录，人物小传

她导演着一出出直抵灵魂的童剧

朱华贤

俞玲玲，女，属虎，高桥小学语文教师。以前听过她的演讲，感觉激情澎湃；也知道她管理班级出色。班主任，我已经采访过一位，心想：无非是善于转化差生。后来，与一位原教育局工会干部闲聊，她建议说，俞玲玲值得一写，她一定会有全新的内容。国庆前，打电话相约，定在十月四日，地点就在她的教室。外面飘入阵阵桂香，沁人心脾。她简单地聊了经历后，就介绍起班主任的事来。我洗耳恭听，从八点半到近十二点，没有一点倦怠之感。她给我一个强烈的印象，就是纯粹，她用单纯的心，把全部心思都投注在班主任和教学上。她做班主任工作，简直就像著名导演那么精心和专注。这几年，她导演出了无数场富有创意的、惊心动魄的心灵童剧。以下是她的自述。

1. 只要动脑筋，肯定会有做不完的事

我是径游人，下俞村的，乡里姓俞的很多。父母都出生在那里。

父亲当兵去了，在上海，后来提干了。小时候，我在上海生活过六年，算是见过大城市的。我十分敬佩父亲，他对我们的影响非常大。他自己热爱学习，也要求我和弟弟努力学习。他常说，社会肯定是向前发展，文化知识会越来越重要。他很有远见，在二十多年前就说过，这三样一定要学会，电脑、英语、开车。在言行举止、待人接物方面，父亲对我们要求非常严格，规矩很多。我母亲是社办企业的会计。在当时，我们这样的人家，算得上书香门第。我的小学和初中，都是在自己村和乡里读的。一九九〇年，我考上了湘湖师范。在师范，可能因为比较高大和活泼，我担任体育委员和劳动委员。一九九三年毕业后，就分配在径游小学，第二年就要我担任少先队辅导员。人哪，只要动脑筋，肯定会有做不完的事。当时，乡里有个广播站，担任辅导员后，我就主动和他们联系，说能不能单独给学校办一个节目，宣传一下学校里的事。他们说，好的呀！从此，我就开始采编和设计。节目每周一次，每次十五分钟。说是十五分钟，即使插点歌曲，内容也至少得有十多个。当时，没有录音设备，我就想办法去借。采访，写稿，编排，然后去广播站录制，都一个人，忙是忙点，但很快乐。录制后，就回到家里，坐在广播下面，竖起耳朵，听自己编辑和播送的节目。真的，这个滋味特别好，是一种享受。那时的广播，老土老土的，经常有这样的话：某某地方新到一批小猪，要买赶快；什么什么农药到了，需要的社员请注意。都用土话播的。这些广告节目后，就是我编播的学校专题，我说的当然是普通话。采编这个节目，什么报酬也没，可我干得不亦乐乎。两年后，我调到了浦阳镇小学。一九九七年，学校要我上一节公开课，我也不问是什么性质的。上课就上课，我的任务就是认真准备。过了一段时间才知道，是拔尖调动。大概我的课上得不错，下半年，我就调到高桥小学。现在想想，那个时候，我没有提要求，没有拉关系，就这么从乡下调进了城区。这一年，筹建中的高桥小学搬入新址，正需要一批教师。我是幸运的。

2.“一个都不能少”系列

到今天为止，教书二十三年了，我做了二十二年班主任。只一年，学校要我做教导处副主任。当时也没怎么想，做就做，可后来发现，这工作杂得很，教研活动、课务安排、通知表格，一天到晚坐不下来。虽然还教着一个班的语文，但发现，我走不进学生了，也走不进课文了，我惘然了。有一次，我走过一面大镜子，一照，啊，我那么年轻，可我的心好像已经老了。因为我整天在应付杂务，心已经静不下来了。我决定辞职。辞职，当然让校长感到不爽，是他信任我才提拔我的。但没办法，我想，他以后也一定会理解我的。现在，我对做学校行政工作有了新的看法，不是说行政岗位上不能有所作为，而只是我不适宜这个岗位。我适宜于做班主任，做语文教师，我的兴趣点在这里。好的，下面我讲讲班主任的事。

今年元宵节前的一天，我和我的 403 班全体同学搞了一次大型汇报活动。对，学校还没开学。活动的主题是：一个都不能少——喜迎猴年元宵。参加的人员是“1+5”，就是一个学生带五个家庭成员，父母亲、爷爷奶奶或外公外婆，另外还邀请了学校的一些老师和领导，共两百多位，在文源楼的四楼报告厅。为什么叫一个都不能少？就是全班每一个同学都至少有一次登台亮相、有一次展示才华的机会。目的是让家长了解自己的孩子，也了解班级中其他孩子。活动整整进行了两个小时，气氛活泼和热烈。同学们表演的有课本剧《小木偶的故事》，有相声、有诗朗诵、有诗伴舞、有乐器合奏、有钢琴独奏，光相声就有单口、群口，朗诵有个人的、小组的，最有代表性的是《每一个汉字都是我的故乡》，共二十多个节目。为了这次演出，可以说准备了一个学期，也可以说准备了一周。一个学期，是说这些节目，是学期刚刚开始时就准备了，是经过反复筛选推敲了的，人员也是多次筛选，确定后又进行无数次的排练，当然用的都是课余时间。有好多节目，都是经过激烈竞争才推出来的。我们的宗旨是，每一个节目必须是最优的，也是个人最拿手的。说一个星期，是说除了节目准备以外的筹备工作，我整整花了一个星期，从正月初七开始，我把全部精力和时间都放在这里了。这次活动，我是总导演，方方面面都必须考虑周全。比如，场地和舞台的布置，我同广告公司反复商量，用什么色调、图画、灯光。比如，给每个学生家长的礼物是什么，装在什么袋子里。礼物有四样：一是班级优秀作文集，作文共选八十篇，每一个学生都有入选其中的；二是班刊《小可爱的故事》，这一年，我们养了一只叙利亚仓鼠，记录了具体故事；三是学生周记，每个学生的周记前，我都写了一段话；四是推荐给家长阅读的一本书，是关于要多陪伴自己孩子的。现在不是有的家长老是盯着手机嘛，这本书就是劝导家长要多陪陪孩子。这些礼物装在什么袋子里，我也反复考虑过，是元宵节，要喜庆、吉祥，价格必须合理。我在 QQ 群里说了这事后，有个家长说，他们厂里有，价格比较便宜。我说，价格便宜倒好，可不是没其他要求，我要他拿一些来让我挑选。活动主持人是学生，只是四年级啊，开场白怎么说？串联词怎么串？出现意外怎么办？我都得帮助他们想好啊，也要一遍遍排练。还有节目单的印制，有没有错别字？邀请嘉宾的邀请书怎么写？假如写错姓名，谁都会不高兴。还有一个事，让我琢磨了好久。有两个节目要用到钢琴，可文源楼四楼没有钢琴，必须到另一幢楼的二楼去搬，要不要搬？谁来搬？钢琴是必须由四五个壮劳力才能搬得动的。为了让学生的才艺发挥到最佳效果，哪怕只一个人用，只有几分钟，也应该搬。我想到搬运公司，想到琴行，后来征求家长的意见，一个家长主动提出，由他安排，不要你老师操心。真的，我们的家长都非常好，许多家长不但积极参与，还主动献计献策和伸出援手，我非常感激他们。另外，还有对联，都是学生写的，也是他们张贴的。活动搞得很成功，反响比较热烈，学校公众号上的点击量非常高。但反响不是我追求的，我追求的是过程，是学生的发挥。

你问我为什么要搞？我在这次活动的开头，说了这样几句。多年前，我刚刚搞过一个六一节活动，有一天，一位奶奶来接孩子，她拉着我的手，捏得紧紧的，含着眼泪恳求似的说："我这个孩子胆子小，老师，你能不能多给他一些锻炼的机会。"我看着这位奶奶，发觉她满眼都是真诚的期待。这位奶奶的话我一直记着：如何让每一个学生都能施展的机会。为什么还搞得那么隆重和正式？这之前，我也搞过一次活动，主题是"天生我材必有用"，地点在琴行，有一个学生家长在琴行。那次，我不大满意，主要是准备不充分，有了点子后马上就活动，参与者主要是有音乐才能的。有了那一次不足，所以我才搞这一次，才搞得这样正式和隆重。我认为，只有正式和隆重，才是深刻的历练。哈哈，明年，我们这班学生就要小学毕业了，我现在已经有一个想法了，搞一台戏，演《小王子》，我要让每一个学生都担当一个适合自己的角色。

3.“小可爱的故事”系列

再说第二个系列吧。我教的，一般都从三年级到六年级。这四年，班主任的工作重心是各不相同的。我以最近一个轮回为例来说。三年级时，我用每周一信的方式，与家长沟通，因为新接班，大家还不了解。我用书信与家长直接沟通。信中通常有这样几个内容，一是我的教育理念，简明扼要的一两句。比如有一句是：假如全世界的人都鄙视你的孩子，作为父母，你也要满含热泪地拥抱他。有一天，我在校门口，有个家长来接孩子，看到我，他直通通地说：“老师，我这个孩子很差的。”接下去就说怎么差，怎么差。我使劲地朝他眨眼，暗示不要说，可他还在说。我想，家长怎么可以否定自己的孩子呢？二是一周的工作小结。这一周，我这个班主任，我们班级，做了什么事？应该向家长做个汇报，哪些同学表现好，让家长知道。三是推荐书目，下一周建议读什么书或文章。四是温馨提示，写一些应当注意的事项。这信，全班都一样的。学生是存在着个性差异的，至于个别学生的事，就采用个别沟通。

三四年级的学生，对小动物特别喜欢，在四年级时，我们班里养了一只叙利亚仓鼠。为什么选择仓鼠？这也是反复考虑过的。兔子，可爱是可爱的，可太常见；金鱼，漂亮是漂亮，可一则常见，二则要水，容易打翻弄湿。仓鼠呢，好动，小巧，少见。我从花鸟市场买来后，全班一下子热闹起来了，它大大丰富了学生的生活和写作素材。光是观察日记就写了许多，比如观察外形、动作、吃食方式，再比如给它取名，为什么要用这个名字？谁的名字取得好？后来，我们根据学号，每个学生带回家去轮流喂养一天。这一下，故事就更多了，比如父母亲怎么参与，爷爷奶奶怎么帮助，还有，半夜里逃出来了，全家人怎么寻找，家家户户都有新鲜事发生。后来，有的说，一只太孤单，想给它配一只，可不知道这一只是公的还是母的，于是研究起它的性别。后来，有的真又去买了一只来。再后来，有一只的肚子真的大起来了……啊呀，这下可热闹了！各种各样的故事很多，都是很好的材料。后来我们把喂养仓鼠过程中写的作文，专门编了一本集子，题目是《小可爱的故事》。

从五年级开始，我们办了班刊，喏，这两本就是:《行走的风筝》《我的读书故事》。每周一期。好多人一听，这工作量好大啊！其实，不怎么大。我们班每个星期都写一篇作文，要么课堂上直接写，要么回家写周记。我的做法是：我从中选择二十篇。五年级的学生自己都会电脑打字了，我要他们各自打印出来，贴在教室后面。再要求每个学生课余时间去阅读，在你认为比较好的作文下面打钩，并写上自己的姓名，每人限选十篇，即打十个钩。这个过程实际上是个鉴赏过程。我再根据打钩数量，选择其中得票最多的十篇，再在班级里讨论评比，对每一篇提出修改意见，然后要作者自己去复印五十份。胶起来后，加个封面，一装订，就成了班刊，发给大家。然后，我们再集体讨论，从这十篇中选择五篇。选五篇干什么？大有用场嘞！送校刊编辑部，送校广播站，投寄给其他学生刊物。一发表，学生多么高兴。许多家长对这个事情非常重视，几期出来后，有的家长就同我说，能不能给自己的孩子也上一篇，我愿意复印，哪怕一百份。我对家长说，能不能上，全是由学生民主评选决定的。要上班刊的唯一办法，就是写好作文。五六年级，是培养学生作文兴趣和能力的关键时期，如果这个年龄段的学生不愿写，不会写，以后就难了。所以，我想一直坚持下去。

4.“食堂阿姨辛苦啦”系列

我再讲个小系列吧。我们学校规模比较大，学生有一千七八百人，基本上都在学校食堂用中餐。食堂里的师傅有十四五个，大多是女性。在用餐过程中，我发现，学生在食堂内遇到老师，都会亲切地叫一声“老师好”，可遇到食堂里的师傅，却从来不叫。是不知道师傅姓什么吗？这似乎也可以理解。可有的老师，学生也不知道姓啊，学生不是照样用“老师好”致意吗？我们学校食堂里有些师傅已经干了很多年，上学的日子是每天都要碰到的，为什么不叫，或不打招呼呢？我觉得这里有些认识和感情上的问题。从前几年开始，我策划了对食堂师傅慰问演出活动。活动一年搞两次，上半年一次，在三八节前后，食堂以女职工为主嘛，当然男职工也一道邀请在内。下半年一次，一般在冬至前后。我提前几天与食堂里的负责人沟通，上午，师傅们忙，下午两三点后，师傅们都要回去。我们就安排在下午一点到两点这个时间内，用我们的班队活动课。慰问活动主要有这样几个内容，一是张贴一些横幅或标语在食堂里，比如：食堂师傅,你们辛苦啦！谁知盘中餐,粒粒皆辛苦。这些都是学生自己写。二是演出一些短小的节目，节目大多是现成的，以前各种场合演出过，以语言类为主，我们挑选一些优秀的、适合的，演给师傅们看看。三是送一些小礼品，三八节，就送每位师傅一个苹果啊什么的，下半年就送一支护手霜什么的。礼物都比较小，只是表达一点心意。我们的目的，就是让大家懂得：食堂师傅是辛苦的，他们同样应该被尊重和尊敬。我感觉到，对同学们的慰问，食堂师傅可高兴啊！看演出的时候,他们穿得干干净净,坐得笔挺。我们贴在那里的标语，一个多月过去了，还不肯拿掉。他们还在外面说，这些孩子好，记得我们。

现在，我正在考虑用一种形式，组织学生对园林工人和保安人员进行慰问。我们学校的绿化面积比较大，有两个专职的园林工人。这两位园林工人，我觉得都非常好。他们懂得植物，热爱花草树木，没有一点违和感。背着大大的剪子，戴着草帽，整天转悠在花草树木丛中，话不多，手不停。上次，我在路上碰到一个，我问师傅，今年的桂花怎么还没开？师傅指着花苞说，这样的天气，再过两天，就会开了。两天过后，桂香真的飘来了。我正在考虑，用怎么样一种新颖别致的活动来表达孩子们的敬意，最好在表达敬意的同时，让大家获得更多一些。还有学校的保洁阿姨，上次我看到一个保洁员弯着腰，用牙刷在刷小便槽，穿着雨靴。我连忙用手机拍了下来。阿姨对我说，槽里的斑迹怎么也擦不掉，今天从自己家里拿来牙膏和旧牙刷，想试试能不能擦掉。我看了，真的很感动。还有学校保安，共有七八位，他们也很尽职。我们必须从小在孩子们的心里播下这样的种子，并深深扎根：尊重体力劳动者。

5. 流口水的课堂

上面都是系列性的，但班主任工作，更好更多的是单一性的活动。我也讲几个给你听听。

先讲“流口水的课堂”。去年冬天，我班搞了一个“我最喜爱的菜肴”活动，要求每个同学在爸妈的指导下，在自己家里，烧一个菜带到学校里。这个菜，必须是自己烧的，烧时，还得记住步骤和有关要领，并给它取一个好听的名字。盛在盒子里盖上，带到学校后，放在抽屉里，先不让别人看。活动分三步，先是各自报菜名，用开小火车的形式，四十三个同学都报出自己的菜名，并写在黑板上。啊，真是五花八门，有五子登科，有翡翠丛林，有黑色幽默，有盘古开天地等，再从这些菜名中选择大家最感兴趣的五个，请作者上台来介绍：为什么用这个名字？用什么食材？加工过程怎样？这个菜有什么营养？等等。然后分五人小组在组内介绍，每个人都必须介绍，而且要求具体清晰。最后是组内品尝。注意，这是品尝，用事先准备的牙签稍微戳一点尝一尝。我们是在课堂里，不是在食堂，品尝后再说说自己的味道，是咸是淡，是生是熟。这个活动安排在上午第二、第三节课，第二节介绍和品尝，第三节写作文。有了这样一次活动，没有一个同学说没东西可写。从大的方面来说，可以写烧菜的过程，可以写怎样给菜取名，可以写介绍菜名时的课堂情况，可以写品尝时的情景，还可以写各种各样的意外。从小的方面，那就更多了。写好作文后，再把自己的菜带到食堂里去吃。那天，有几个同学因为内容丰富，作文写得很长，食堂师傅说，你们班怎么拖拖拉拉来的？我觉得，这个活动有多方面的意义，一是培养动手能力；二是体会到了劳动的艰苦，为什么安排在冬天？既可避免馊掉，又能体验洗、切等的寒冷；三，当然是丰富作文材料，可以让学生的作文写得更有真情实感。有没有是父母代烧的呢？我说不准，但要介绍啊，都是父母代劳，你怎么介绍？活动之后，有的学生向我提了一个要求：俞老师，你也烧一个菜给我们尝尝？唉，当时我没有想到，这是我的不足。我说，你们的意见很好，我一定会在适当的时候烧一个给大家尝尝。

6. 谁的妈妈生弟弟妹妹了，都告诉我

再讲个关于二胎的事。国家二胎政策实施后，许多城镇适龄夫妇肯定要考虑这个问题。我今年教的五年级，学生的父母大多数在三十六七岁吧，超过四十岁的很少，也就是说，好多父母还在生育期内。一天，有个奶奶来接孩子，是我班的学生，姓谭。遇到了我，她悄悄对我说，我们这个孩子，这几天在家里经常发脾气。我问为什么，她说，他妈妈肚子大了，再过几个月要生娃娃了，他情绪好大，还吓唬着说要跳楼。我一听，绷紧了神，怎么会这样的呢？我联想到平时在办公室与教师们闲谈时，也听到类似的事：有的爸爸妈妈在准备生二胎前，要小心翼翼地征求老大的意见；有的老大用不吃饭不上学来逼迫父母不生二胎；有的稍大一点的老大，比如已经上初中了，还要父母签下财产分割的协议书，等等。面对即将被分享出去的爱，

这些被独爱惯了的老大忍受不了。虽然不是全部，但也绝不是个别。我了解到，我们班级已经有好几位妈妈已经怀孕，正在调养过程中的也有一些。我觉得这是一个比较严重而又亟待解决的问题，我有责任对孩子们进行教育和引导。用一种什么方式呢？光说教，讲道理，肯定效果不好。我在苦苦地思考。一段时间后，还是那位奶奶告诉我，媳妇生了，而且生日和老大的生日相同。我顿时来了灵感，觉得机会来了。我走进教室，用非常喜悦的语调对全班同学说，今天，我以激动的心情告诉大家一个特大的喜讯：前天，谭某某得到了一个无比珍贵的礼物，这礼物是由他父母送的，你们猜是什么？……一个非常活泼可爱的小弟弟，这小弟弟的生日同谭某某是同一个日期，都是5月16日，你们说，这是不是世界上最珍贵的礼物？因为以后他们情同手足，可以互相帮助互相关心，是不是？同学们齐声说：是！我接着说，我决定，我们去探望这个小宝宝和他伟大的妈妈，愿意一道去的请举手！结果，所有的同学都举起了手！我说，看来，大家都非常喜欢有这样一个小弟弟或小妹妹，我真的很高兴，你们知不知道，我俞老师也有一个弟弟，当然，我这个弟弟已经三十多岁，我们姐弟俩可亲热了。现在，谭某某的弟弟和妈妈还在医院里，我们不可能全班都去，只能派代表。这样吧，已经有弟弟妹妹或哥哥姐姐的，请把手放下，因为你们已经实现了心愿。手差不多放下了一半。还是太多。这样吧，每组选一个。选出后，发现三女一男，我要求其中一个组换一个男生，变成两个男生两个女生。我又说，下一次，谁的妈妈生弟弟或妹妹了，都告诉我，我们也组织慰问团去。下次去的，当然是这次没机会去的同学。这天放学后，我们买了一只漂亮的水果篮，拿着相机去医院了。快到医院时，我说，要小声，轻手轻脚。谭奶奶和谭妈妈看到我们也到医院去探望，激动得不知说什么，眼睛都湿润了。我抱起小宝宝，仔细地欣赏一番后，转交给了谭某某，并说，你看，鼻子是不是同你很像，还有嘴巴，像极了。谭某某抱一抱后，我要他把宝宝再转交给其他四个同学。这些过程，都一一拍视频和照片。后来，我了解到，班级里刘某某的妈妈也怀孕了，六个月，肚子有点明显。刘某某是摄影爱好者，那天得到一个消息，她的一张照片在比赛中获得了一等奖。我忽然想到，这也是一个机会：我把刘妈妈请来，要她站在讲台前，再要老大刘某某轻轻地抚摸妈妈的肚子，侧耳静静地听听肚子躁动的声音，然后拍下照片。目的在于，感激妈妈养育了这么优秀的老大；表达老大对妈妈有了弟弟或妹妹的喜悦之情。更大的意义当然在于，给全班同学以感染。

7. 我已报名，准备参加小马拉松比赛

前些年，我遇到原先的一位同事，现在她已经调到政府部门工作。她见到我的第一句话就是：你怎么还在当老师？在她看来，当老师多辛苦啊，我老早就应该不当老师了。可在我看来，当老师不是很好的嘛，和天真无邪的孩子们在一起，看着他们一天天懂事，一天天地成长，等于我每天都有喜事，多好啊！我觉得自己每天都是新的，因为孩子们每天都像春笋般在往上冒。当我说到还在当班主任时，那位原先的同事又说，你怎么还乐意当班主任，烦不烦？说实话，现在确实有一部分老师不愿当班主任，可我，真的非常乐意。亲近啊，

信任啊，深深地感情交流啊！人是需要感情的，和班级中那么多孩子都像朋友似的，这滋味，这人生，要多美有多美！

我发觉，我是一个充实而有新鲜感的人。从 2001 年开始，我自学英语，没有间断过。这次和孩子们一道去美国游学，我的英语发挥了很大的作用，同时，也大大激活了我脑子中存在着的那些英语词汇。三十三岁时，我通过自学取得了学士学位，三十八岁时，学会了游泳，三十九岁时，学会了开车，四十二岁时，能够阅读英语原著，今年我已经报名，准备参加一个小马拉松比赛。我认为，作为老师，自己的每一天都应该是新的，只有自己新意迭出，才能导演出令人耳目一新的儿童剧。

后记

散步

2020年11月29日下午，一家人去北塘河公园散步。今年，是特别的一年，上半年，我们仨在家里度过了最清闲的四个月。下半年，因为先生工作岗位的调整、我工作单位的调整、女儿专业的转换，我们仨度过了最忙碌的三个月。像这样的散步，很少很少。

我们聊学校的文化，聊教师的专业成长。先生总结了他的学校管理经验，我总结了教师专业成长的动力。

> 有的学校是绿皮火车，开得很慢，但车上的人慢慢走，沿途可以欣赏风景。有的学校是动车，是高铁，虽然能快速到达目的地，但运转太快，车上的人容易眼花缭乱。两种学校都有自己的生态，不过，乘客偶尔还是登个山，看看远处的风景。

先生的这句话挺有意思，我们都笑了。人到中年，可以更加沉稳地面对工作，面对人生。如何度过余下的几十年，还是要有方向的。

对面跑过来育才小学的杨老师，她正在锻炼身体。简单地聊天，我们都发现了对方的变老：发量的减少，白发的增多，掩饰不住的疲倦……

“我们老了，不能再跟年轻人比了，他们能熬夜，我们不行了。”杨老师的话跟昨天我在小区里听到的采荷三小的沈老师说的一模一样。

中年老师，是坐在绿皮火车里，晃荡晃荡地度过每一个站点，还是紧跟着年轻人的步伐坐上动车，却疲于奔命？

我想到很久以前李银河写过的一本书——《以温柔优雅的态度生活》，文中有这样一段话：

> 1995年，我被评为研究员。那年我四十三岁。在这个俗世上，这是我最后一个世俗的目标。我最强烈的一个感觉是：我从此进入了一个真正自由的世界。正如诗人布拉加所说：
>
> 再没有一个地平线在召唤我
>
> 再没有召唤在驱使我

生活的残酷在于，即使没有一个地平线在召唤我，我还是每天生活在烦琐的日常。我已经做班主任多年了，很多的工作，除去课堂教学，感到一种重复。而这种重复无比疲倦。“人到无求品自高。”这是一句古话，是中国人的生活智慧。我发现自己到了这个年纪，已经变得非常淡然。就像吃饭，我觉得喝粥已经非常满足了。人生各种活动可以被大略地分为两大类，一类是不得不做的，另一类是自己愿意做的。我已经摆脱了一切不得不做的事，剩下的就是我愿意去做的事了。在这三个月，我最担忧的是，我的时间花在很多看不见的地方。人在忙碌，身体在疲惫，可是不知道自己做的事有没有在原有基础上发生质的改变。

我的主要焦虑就是：什么事是我真正愿意去做的？我想起三十年前，湘师同学汪溶对我说过："你将是我们班第一个写书的人。"不知为什么，汪溶的话至今深深地印在我的心里。也许我无数次地读过这样一句话："人这一辈子，要做三件事才能称得上完整——生一个孩子，种一棵树，还有写一本书。"孩子已经有了，家庭完整而幸福。种树，我在故乡有一小片地，也容易办到。写一本书，还没有完成。

前几日，与妈妈说起工作中的事情，妈妈说："我都不知道你经历了这么多。以后你要保护好身体，回忆录可以写起来。"我笑了，妈妈说得挺对的，今年暑假里教师新平台上我选的课中一位老师就说，教师要以写自传的精神来工作。

朱华贤老师说过，写作是最深刻的思考，是最深入的学习、提炼与积淀。中年教师想更上一层楼，少不了写作。最好每年都磨一篇文章出来。这一篇不是应付的，不是拼凑的，而是经过大脑层层筛滤的，每个例子，每个判断，每一句，每一字，每个标点，都经过自己反复推敲与斟酌，整篇文章都浸润着自己的心血。

于是我轻轻说："我想写写教室里的故事。你看怎么样？"

"好呀！这很有意思，也很有意义。"家人都很支持。

受到了鼓励，于是我又说："如果我能写一百个故事，那就可以成一本书了。”我马上想好了三个部分：课堂插曲、班级故事、读书感受。对于这三部分，我的电脑里已经有许多的材料了。

“对，现在你可以把这二十几年散落的珍珠收集起来，书名就叫《向上成长》吧。”先生打趣。

我倒认真想了一下，最终还是决定用“激扬的水花”作为这本书的名字。

我又突然想起年初《萧山日报》记者王洁老师对我说的话：“俞老师，为自己立个目标，写本书吧。”也许，老同学也好，记者也好，老妈也好，都在说同一件事：突破发展瓶颈，寻找成长目标，以温柔优雅的态度做自己想做的事。

向上成长，是以为记。

2020-11-29

我见青山多妩媚，

料青山见我应如是。

我和教室的关系，

大约也是这样。

不用宏大叙事，只要用心地注视。